Die Katze, die zur Weihnacht kam

Cleveland Amory

# *Die Katze, die zur Weihnacht kam*

## Geschichten um eine Katze im besonderen – und um alle Katzen der Welt

Deutsch von
Christian Spiel

Scherz

Gewidmet der besten aller Katzen –
mit Ausnahme natürlich der Ihren

Erste Auflage 1989
Einzig berechtigte Übersetzung
aus dem Amerikanischen von Christian Spiel
Titel des Originals: «The Cat Who Came for Christmas»
Copyright © 1987 by Cleveland Amory
Gesamtdeutsche Rechte beim Scherz Verlag, Bern, München, Wien
Alle Rechte der Verbreitung, auch durch Funk, Fernsehen,
fotomechanische Wiedergabe, Tonträger jeder Art und
auszugsweisen Nachdruck, sind vorbehalten.
Der Abdruck von T. S. Eliots «Wie heißen Katzen?»
aus «Old Possums Katzenbuch»
erfolgt mit freundlicher Genehmigung
des Suhrkamp Verlags, Frankfurt. Schutzumschlag von
Manfred Waller unter Verwendung eines Bildes von
Klaus Holitzka/Agentur Luserke, Friolzheim

## 1  *Die Rettung*

Niemanden, der je Eigentum einer Katze war, wird es verwundern, daß er selbst die unbedeutendsten Ereignisse, die im Zusammenhang mit seiner Katze passierten, sein ganzes Leben nicht vergißt. Zu diesen Erinnerungen gehört nicht zuletzt, wie sie beziehungsweise er ihm zum erstenmal begegnete.

Als ich meine Katze das erstemal sah, dachte ich nie, daß unser Zusammentreffen je etwas Denkwürdiges bekommen würde. Zunächst einmal sah ich sie nur undeutlich. Es schneite, und sie stand in einiger Entfernung von mir in einer engen Straße in New York. Und dann nahm das, was ich von ihr sah, mich ganz und gar nicht für sie ein. Sie war mager, sie war verdreckt, und sie war anscheinend verletzt.

Die Umstände unserer Begegnung entbehrten nicht einer gewissen Ironie: Es war Heiligabend, und inmitten der weihnachtlichen Stimmung bot die Katze ein Bild des Jammers. Ein Fremder würde es kaum glauben, aber New York kann, wenn es sich anstrengt, eine schöne Stadt sein. So war es auch an jenem Weihnachtsabend vor ein paar Jahren.

Einen wichtigen Beitrag leistete der Schnee: Schnee lag in den Straßen, und noch immer fielen dicke Flocken – ein seltener Anblick zu Weihnachten. Die weiße Pracht begann allmählich die vielen alltäglichen New Yorker Mißlichkeiten wie Lärm und Dreck, üble Gerüche und Schlaglöcher zu dämpfen und zu überdecken. Die Christbäume und die

Lämpchen und die weihnachtlich dekorierten Fenster, all das, was anderswo so gewöhnlich wirken kann, wirkte an diesem verschneiten Abend in New York einfach stimmig.

Ich möchte mich nicht zu der Behauptung versteigen, New York hätte das gleiche traute Bild wie damals Bethlehem geboten; aber es war doch um einiges von jener Weihnachtsstimmung entfernt, die eine berühmte Glückwunschkarte veranschaulicht, die eine New Yorker Kfz-Reparaturwerkstätte in jenem Jahr an alle ihre Kunden verschickte. «Fröhliche Weihnachten», stand darauf zu lesen, «wünschen Ihnen die Jungs aus der Werkstatt – zweite Mahnung.»

Für mich persönlich jedoch schien gerade dieses Weihnachtsfest wenig Erfreuliches bereitzuhalten. Daß es bereits sieben Uhr war und ich noch immer in meinem Büro am Schreibtisch saß, sprach für sich. Der Verein zur Bekämpfung von Grausamkeit gegenüber Tieren, den ich ein paar Jahre zuvor gegründet hatte, war in Schwierigkeiten – offen gesagt, gilt das noch heute – und schien dem Ende nahe. Wir waren auf beinahe jedem Gebiet des aktiven Tierschutzes vehement engagiert, und obwohl wir dies zu Gehältern taten, die mit knapper Not zum Leben reichten – oder, wie die meisten von uns, überhaupt ohne Bezahlung –, konnte sich der Verein finanziell kaum über Wasser halten. Er hatte zwar gewisse Erfolge verbuchen können, doch seine großen Leistungen lagen noch im Schoß der Zukunft.

Sogar sein Name, Tierschutz-Fonds, hatte sich als eine Enttäuschung erwiesen. Ich hatte ihn in einem, wie ich glaubte, Augenblick sublimster Inspiration gewählt, weil ich überzeugt war, seine bloße Erwähnung werde erkennen lassen, daß wir Geld gebrauchen konnten. Doch wie sich zeigte, hatte der Name mitnichten diese, sondern die gegenteilige Wirkung. Alle Leute dachten, wir hätten das Geld bereits.

Zu der Ebbe, die an diesem Heiligen Abend in der Vereinskasse herrschte, kam noch, daß es um meine eigenen Finanzen nicht zum besten bestellt war. Meine schriftstellerische Tätigkeit, mit der ich mir schon seit Jahren meinen Lebensunterhalt zu verdienen pflegte, wollte keine Früchte tragen. Ich verwandte so viel Zeit darauf, den Fonds flottzubekommen, daß ich den Ablieferungstermin für ein Buch um vier Jahre überzogen hatte und mit zwei Zeitschriftenartikeln schon so viele Monate in Verzug war, daß mir halbwegs plausible Entschuldigungen ausgingen. Für den heutigen Tag hatte ich unter anderem geplant, mir eine Zeile von Dorothy Parker zu borgen und meinem Lektor zu erzählen, ich hätte mich wirklich bemüht, die Sache fertigzustellen, aber irgend jemand habe mir den Bleistift stibitzt.

Was mein Privatleben anging, ließ auch dieses einiges zu wünschen übrig. Vor kurzem geschieden, wohnte ich in einem kleinen Apartment, und obwohl ich nicht gerade ein Eremitenleben führte – ich hätte an diesem Abend zwischen mehreren Einladungen von Arbeitskollegen und sogar von Freunden wählen können –, fand ich doch, daß Weihnachten ein Fest ist, das man nicht mit Leuten aus dem Büro oder auch Freunden, sondern mit seiner Familie verbringen soll. Und meine Familie bestand zu diesem Zeitpunkt aus einer einzigen, geliebten Tochter, die in Pittsburgh lebte und selbst eine Familie hatte, die sie vollkommen ausfüllte.

Ein letztes kam dazu: Obwohl ich zeit meines Lebens, soweit ich mich überhaupt erinnern kann, und auch während meiner Ehejahre Tiere hatte und obwohl ich jeden Tag mit Tieren zu tun hatte, nannte ich kein einziges mein eigen. Für einen Tierfreund ist ein Heim ohne Tier überhaupt kein Heim. Trotzdem war ich überzeugt, daß es bei diesem Zustand bleiben werde. Ich war im Durchschnitt mehr als zwei Wochen pro Monat auf Reisen und beinahe so oft von zu Hause fort wie daheim. In meiner Situation ein Tier zu halten, wäre unverantwortlich gewesen.

Ich war gerade von der erfreulichen Beschäftigung, dem fallenden Schnee draußen zuzusehen, zu der unerfreulichen Arbeit zurückgekehrt, die eingegangenen Rechnungen durchzusehen, als es klingelte. Draußen stand eine mit Schneeflocken bedeckte Frau; es war Ruth Dwork. Ich kannte Miss Dwork schon seit vielen Jahren. Sie war früher einmal Lehrerin gewesen und gehört zu den Leuten, die ein großes Herz für Tiere haben. Sie holt alle möglichen Geschöpfe von der Straße, von Hunden bis zu Tauben, und hat ihr Leben der «Armee der Helfenden», wie ich sie getauft habe, verschrieben. Allerdings ist sie in dieser Armee kein einfacher Soldat – sie hält sie einsatzbereit. Deswegen habe ich sie immer Sergeant Dwork genannt.

«Fröhliche Weihnachten, Sergeant», sagte ich. «Was kann ich für Sie tun?»

Sie war ganz geschäftsmäßig-nüchtern. «Wo ist Marian?» fragte sie. Marian Probst, meine langjährige Gehilfin, hat viel Erfahrung darin, Tiere von der Straße zu holen; nach dem Gebaren Sergeant Dworks zu urteilen, war gerade eine solche Aktion im Gange. «Marian ist nicht mehr da», sagte ich. «Sie ist gegen halb sechs weggegangen und hat etwas davon gemurrt, daß manche Leute am Heiligen Abend frei bekämen. Ich sagte ihr, sei gehöre zu denen, die immerfort auf die Uhr sehen, aber es hat nichts geholfen.»

Sergeant Dwork fand das nicht lustig. «Und wie steht's mit Lia?» wollte sie wissen. Lia Albo koordiniert die Arbeit des Tierschutz-Fonds landesweit und ist außerdem sehr geschickt darin, herrenlosen Tieren ein Heim zu finden. Sie war jedoch schon vor Marian weggegangen.

Miss Dwork war offensichtlich nicht sehr glücklich darüber, mit mir vorliebnehmen zu müssen. «Na schön», sagte sie, mich kritisch musternd, versuchte aber, das Beste daraus zu machen, «ich brauche jemanden mit langen Armen. Ziehen Sie Ihren Mantel an.»

Während ich mit Sergeant Dwork durch den wirbelnden Schnee und in bitterer Kälte die Straße entlangging, erklärte sie mir, daß sie schon seit beinahe einem Monat eine bestimmte herrenlose Katze einzufangen versuche, bisher aber keinen Erfolg gehabt habe. Sie habe, sagte sie, schon alles versucht, habe sich bemüht, die Katze in eine «Hab-ein-Herz»-Falle zu locken, doch so ausgehungert das Tier und so erfolgreich diese Methode in zahllosen anderen Fällen gewesen sei, hier habe sie nicht funktioniert. In der letzten Zeit, sagte Miss Dwork, sei sie nun zu einem direkteren Vorgehen übergewechselt. Zwar habe sie es immerhin so weit gebracht, daß die Katze dicht an den Eisenzaun am Ende der Gasse gekommen sei und sogar von ihren ausgestreckten Fingern kleine Käsestückchen genommen habe. Es sei ihr aber nie geglückt, das Tier so nahe herbeizulocken, daß sie es fangen konnte. Bei jedem Versuch sei die Katze weggesprungen, und jedesmal sei es schwieriger geworden, das Vertrauen des immer argwöhnischer werdenden Tiers zurückzugewinnen.

Am Abend vorher, erfuhr ich von Sergeant Dwork, sei sie zum erstenmal drauf und dran gewesen, die Katze zu erwischen. Diesmal sei das Tier, während es den Käse verschlang, nicht weggesprungen, sondern stehengeblieben, wo es war – näher als je zuvor, aber ärgerlicherweise gerade noch außer Reichweite. So erfreulich das war, Miss Dwork war nun überzeugt, sich im Wettlauf mit der Zeit zu befinden. Die Katze hatte im Souterrain eines Wohngebäudes Zuflucht gesucht, und der Hausverwalter war angewiesen worden, sie noch vor Weihnachten daraus zu vertreiben; andernfalls werde er Ärger bekommen. Und nun hatten die ihm unterstellten Leute auf seine Anweisung der Katze den Krieg erklärt. Miss Dwork hatte, als sie das letztemal dort gewesen war, selbst gesehen, wie jemand einen Gegenstand nach dem Tier warf und es damit traf.

Als wir unser Ziel erreichten, stellte ich fest, daß hier zwei Gassen begannen. «Sie ist entweder in der einen oder in der andern», flüsterte Sergeant Dwork. «Sie nehmen sich die hier vor, ich mir die andere.» Sie verschwand nach links, und ich stand da, im unablässig fallenden Schnee in meinen Mantel vermummt, und spähte in den dunklen Schacht vor mir. Ehrlich gesagt, hatte ich wenig Vertrauen zu dem ganzen Plan.

Die Gasse war wie ein Messereinschnitt zwischen zwei hohen Gebäuden, gesäumt von düsteren, eingedellten Mülltonnen, mit schneebedeckten Abfallbergen, die durch einen Eisenzaun von der Straße getrennt waren. Und dann, während ich angestrengt umherblickte, um zu sehen, wo sich inmitten dieser Trostlosigkeit die Katze versteckt halten könnte, bewegte sich plötzlich einer der Abfallhaufen. Irgend etwas reckte sich, schüttelte sich und drehte sich zu mir her, um mich in Augenschein zu nehmen. Ich hatte die Katze entdeckt.

Wie ich schon sagte, war der erste Anblick nicht eben denkwürdig. Das Tier wirkte eher wie ein Gespenst in Katzengestalt. Vor dem weißen Hintergrund des Schnees sah es so mager aus, daß es ganz und gar wie ein richtiges Gespenst gewirkt hätte, wäre es nicht so mitleiderregend schmutzig gewesen. Ja es starrte derart vor Dreck, daß sich nicht einmal erraten ließ, welche Farbe sein Fell ursprünglich gehabt haben mochte.

Wenn Katzen, selbst streunende Katzen, es so weit mit sich kommen lassen, zeigt das zumeist, daß sie aufgegeben haben. Auf diese Katze traf dies jedoch nicht zu, obwohl sie nicht nur schmutzig, sondern auch naß war, fror und Hunger hatte. Zu allem Überfluß ließ ihre schiefe Haltung auf eine Verletzung schließen, entweder an einem der Hinterbeine oder an einer Hüfte. Und das Maul wirkte sonderbar verkrümmt, offenbar von einer breiten Schnittwunde entstellt.

Aber sie hatte, wie gesagt, nicht aufgegeben. Während sie zu mir herstarrte, hob sie, so schwer es ihr auch gefallen sein muß, eine Vorderpfote und begann sie abzulecken. Dann kam die andere Vorderpfote dran. Und als sie geputzt waren, machte sich das Tier an das ungleich schwierigere Werk, zuerst – ungeachtet seiner verletzten Hüften – die eine und dann die andere Hinterpfote hochzuhieven. Als es schließlich damit fertig war, vollführte es etwas, was mir völlig unglaublich erschien: Es machte mit angelegten Ohren einen Luftsprung, als übte es, ausgerechnet in dieser Verfassung, seinen Beutesprung.

Als ich diesen Sprung sah, fühlte ich mich erleichtert. Vielleicht war die Katze doch nicht so schwer verletzt, wie ich anfangs gedacht hatte.

Einen Augenblick später merkte ich, daß Miss Dwork, die sich auf leisen Sohlen bewegte, wieder zu mir gestoßen war. «Sehen Sie sich ihr Maul an», wisperte sie. «Ich hab Ihnen ja gesagt, sie haben ihr den Krieg erklärt.»

Auch wir hatten einen Krieg vor uns – aber nicht einen gegen, sondern für die Katze. Während Sergeant Dwork mir leise ihren taktischen Plan mitteilte, beschlich mich das ungute Gefühl, daß sie mich anscheinend als einen blutigen Anfänger betrachtete und deswegen darauf bedacht war, mir nur einfache Aufgaben zuzuteilen, mit denen nicht einmal ein männliches Wesen überfordert war. Jedenfalls erklärte sie mir, noch immer im Flüsterton, sie werde sich dem Zaun nähern, auf der ausgestreckten Hand die Käsestückchen, die der Katze inzwischen völlig vertraut waren. Ich sollte mich hinter ihrem Rücken zusammen mit ihr vorwärts bewegen. Sobald sie die Katze so nahe wie möglich herangelockt hatte, wollte sie rasch einen Schritt zur Seite tun, und ich sollte mich, die Arme bereits durch den Zaun gestreckt, auf die Knie fallen lassen und zupacken. Sergeant Dwork war überzeugt, die Katze sei derart ausgehungert, daß sie in diesem Augenblick in ihrer Wachsamkeit so weit nachlassen werde, daß sie nach dem Köder schnappte – und das werde ihre Gefangennahme besiegeln.

Wir machten uns ans Werk, und während ich hinter Sergeant Dwork kroch, erhaschte ich zum erstenmal einen Blick in die Augen der Katze, die zu uns herüberstarrte. Sie waren das Schönste überhaupt an der armseligen Kreatur: sanft und von einem strahlenden Grün.

Während sich Sergeant Dwork dem Zaun näherte, redete sie in beruhigendem Ton auf die Katze ein, zog zugleich demonstrativ den vertrauten Käse aus der Tasche und versuchte das Tier dazu zu bringen, sich nicht auf das massive Etwas zu konzentrieren, das hinter ihr dräute. Sie tat dies mit solcher Geschicklichkeit, daß wir unsere Zielposition tatsächlich fast im selben Augenblick erreichten, als die Katze, die noch immer, wenn auch zusehends argwöhnischer, näher kam und so dicht am Zaun stand, daß sie den ersten Bissen von Sergeant Dworks ausgestreckter Hand nehmen konnte.

Doch dies bot uns noch keine Chance. Mit einer einzigen, unglaublich flinken Bewegung packte die Katze das Käsestückchen, schlang es hinunter und sprang zurück. Unser zweiter Versuch hatte genau das gleiche Ergebnis. Wieder ein Satz nach vorne, das Zupacken, das Hinunterschlingen und der Sprung zurück. Sie beherrschte das Spiel des Zuschnappens und Ausweichens einfach zu gut.

Mittlerweile war ich überzeugt, daß Sergeant Dworks Plan zu nichts führen werde. Aber ebenso stand für mich fest, daß wir die Katze irgendwie erwischen mußten. Ich wäre am liebsten über den Zaun geklettert und hätte Jagd auf sie gemacht.

Von einer solchen Verrücktheit wollte Sergeant Dwork natürlich nichts wissen, und obwohl es mich ärgerte, wußte ich doch, daß sie recht hatte. Auf diese Weise hätte ich das Tier nie gefangen. Doch Sergeant Dwork ging etwas anderes durch den Kopf. Wortlos gab sie mir zu verstehen, wie sie ihre Taktik abzuwandeln gedachte. Diesmal wollte sie der Katze nicht nur ein, sondern zwei Käsestückchen hinhalten – je eines auf beiden ausgestreckten Händen. Doch diesmal, bedeutete sie mir, werde sie zwar die rechte Hand, so weit es ging, die linke hingegen längst nicht so weit durch den Zaun strecken. Offensichtlich hoffte sie, die Katze werde versuchen, beide Bissen zu erwischen, ehe sie wegsprang. Noch einmal gingen wir zum Angriff über, und ich schob über Sergeant Dwork die Hände durch den Zaun. Und jetzt nahm die Katze, ganz wie erhofft, nicht nur den ersten Bissen, sondern wollte sich auch den zweiten holen. Und exakt in diesem Augenblick, mitten im Zubeißen, warf sich Sergeant Dwork seitwärts, während ich mich auf die Knie fallen ließ.

Meine Knie schlugen auf dem Boden auf, mein Gesicht prallte gegen den Zaun, aber ich spürte es nicht einmal. Denn zwischen meinen Händen – von meinen Fingern fest umklammert – war die Katze. Ich hatte sie.

Überrascht und wütend gab sie zuerst ein Fauchen und dann einen Schrei von sich, wand sich hin und her und zerkratzte mir mit ihren Krallen beide Hände. Wieder spürte ich nichts, weil ich inzwischen ganz mit der doppelten Aufgabe beschäftigt war, sie nicht loszulassen und gleichzeitig ihren mageren, sich verzweifelt windenden Körper den ich in einem festen Griff hielt, wenn auch für einen Sekundenbruchteil nur in einer einzigen Hand – durch eine der schmalen Öffnungen in dem Eisenzaun zu manövrieren. Nun kam mir zustatten, daß sie nur aus Haut und Knochen bestand, denn so konnte ich sie zwischen den Stangen durchziehen.

Noch immer kniend, hob ich sie auf und versuchte sie in meinen Mantel zu stopfen. Doch dabei war ich entweder zu optimistisch oder zu wenig auf der Hut, denn irgendwo zwischen Hochheben und Hineinstopfen verpaßte sie mir, noch immer fauchend und spuckend, einen letzten bösen Kratzer über Gesicht und Hals.

Als ich mich hochrappelte, klatschte Sergeant Dwork vor Freude in die Hände, aber offensichtlich fand sie, nun sei es an der Zeit, *mich* in Sicherheit zu bringen. «Oh!» sagte sie. «O je! Ihr Gesicht! Mein Gott!» Während wir im Schnee dastanden, versuchte sie mir mit ihrem Taschentuch das Blut abzuwischen. Und währenddessen spürte ich, daß das kleine Herz der Katze vor Furcht wie wild pochte und sie sich unter meinem Mantel zu befreien versuchte. Doch ich hatte sie fest im Griff und nun wieder mit beiden Händen.

Sergeant Dwork hatte mir inzwischen das Gesicht saubergetupft und wurde wieder ganz zum Sergeant. «Ich übernehme sie jetzt», sagte sie und streckte die Hände aus. Unwillkürlich machte ich einen Schritt zurück. «Nein, nein, es ist schon in Ordnung so», versicherte ich ihr. «Ich nehme sie mit zu mir nach Hause.» Davon wollte Sergeant Dwork nichts wissen. «Aber nein!» rief sie. «Ich wohne ja ganz in der Nähe.» – «Ich auch», antwortete ich und schob die Katze noch tiefer in die Tiefen meines Mantels. «Wirklich, es macht mir überhaupt nichts aus. Und außerdem ist es ja nur für diese Nacht. Morgen entscheiden wir dann – äh –, was mit ihr geschehen soll.»

Sergeant Dwork sah mich zweifelnd an, als ich mich auf den Weg machte. «Na schön», sagte sie. «Ich rufe Sie gleich morgen früh an.» Sie winkte mit der Rechten, die in einem Fäustling steckte. «Fröhliche Weihnachten.» Ich wünschte ihr das gleiche, aber zurückwinken konnte ich nicht.

Joe, der Portier in meinem Apartmenthaus, gefiel mein Aussehen ganz und gar nicht. «Mr. Amory!» rief er. «Was ist denn mit Ihrem Gesicht passiert? Ist alles in Ordnung?» Ich gab zurück, er hätte sehen sollen, wie der andere Typ zugerichtet war. Während er mich zum Lift führte, konnte er vor Neugier kaum an sich halten, sowohl was den Umstand, daß ich scheinbar keine Hände mehr hatte, als auch die Ausbuchtung unter meinem Mantel betraf. Joe ist wie jeder gute Portier in New York die Diskretion in Person – zumindest von Hausbewohner zu Hausbewohner –, aber seine Neugier ist so riesengroß, daß sie es mit dem Mount Everest aufnehmen könnte. Zugleich aber hat auch er ein Herz für Tiere und konnte sich denken, daß das, was ich unter meinem Mantel trug, jedenfalls etwas Lebendiges war. Er beugte sich zu mir und wollte in meinen Mantel fassen. «Lassen Sie's mich streicheln», sagte er. «Nein», antwortete ich entschieden. «Nicht anfassen!» – «Was ist es denn?» wollte er wissen. «Sagen Sie's niemandem», antwortete ich, «aber es ist ein Säbelzahntiger. Und außerdem hat man ihm die Krallen nicht abgefeilt.» – «Mann!» sagte er. Und dann, kurz bevor sich der Lift in Bewegung setzte, teilte er mir mit, daß Marian schon oben sei.

Ich hatte damit gerechnet, daß Marian dasein werde. Mein Bruder und seine Frau hatten sich zu einem Drink bei mir angesagt, bevor wir alle zu einer Party aufbrachen, und Marian, die wußte, daß ich mich vermutlich verspäten würde, war gekommen, um sie hereinzulassen und sozusagen die Stellung zu halten.

Ich stieß mit dem Fuß an die Wohnungstür. Als Marian öffnete, sprudelte ich die Geschichte mit Sergeant Dwork und der eingefangenen Katze heraus. Auch sie wollte wissen, was mit meinem Gesicht geschehen sei. Ich versuchte es mit dem gleichen Witz wie bei Joe. Doch Marian läßt sich nicht mit matten Witzchen abspeisen. «Der einzige ‹andere Typ›, der mich interessiert», sagte sie, «steckt in Ihrem Mantel.» Bevor ich mich nach vorne beugte, um meine Beute freizugeben, drückte ich die Katze noch einmal an mich, um ihr zu zeigen, daß jetzt alles in Ordnung sei.

Im Wohnzimmer hatte ich ein bescheidenes Weihnachtsbäumchen stehen. Es war nicht sehr groß – aber auch die Katze war damals noch nicht sehr groß. Den Baum umgab ein ansehnlicher Haufen bunt verpackter Geschenke, und er war sogar mit Kerzen geschmückt, die in rhythmischen Abständen aufleuchteten und erloschen. Für eine Katze jedoch ist ein Baum ein Baum, und dieser, so verrückt er auch aussah, bildete keine Ausnahme. Mit einem einzigen Satz sprang sie über die Päckchen, schoß durch die Zweige, an den Kerzen und der elektrischen Schnur vorbei nach oben und verschwand in der Krone. «Braves Kätzchen», hörte ich mich törichterweise sagen. «Du brauchst keine Angst zu haben. Hier passiert dir schon nichts.»

Ich trat an den Baum und griff dorthin, wo ich sie ungefähr vermutete, bekam sie aber nicht zu fassen. Mit einem einzigen Satz sprang sie herunter, flitzte an meinen wedelnden Armen vorbei und versuchte in den Kamin zu klettern. Zum Glück war der Rauchfang verschlossen.

Als sie wieder erschien, merklich schmutziger als vorher, wartete ich bereits auf sie. «Braver Junge», flötete ich – denn inzwischen war mir klargeworden, daß es sich um einen Kater handelte. Ich versuchte dabei den verständigsten Ton anzuschlagen, dessen ich fähig war. Doch es half nichts – wieder war er weg. Diesmal tobte er durchs Schlafzimmer, in einer Blitztour, von der mehr zu hören als zu sehen war, so daß Marian und ich fürchteten, er könnte durchs Fenster zu springen versuchen. Als der Kater schließlich im Flur wieder auftauchte, wirkte sogar er etwas entmutigt. Vielleicht, dachte ich verzweifelt, kann ich ihm jetzt vernünftig zureden. Langsam trat ich rückwärts ins Wohnzimmer, um vom Tablett mit den Horsd'œuvres ein Stückchen Käse zu holen. Das würde ihm sicher klarmachen, daß er sich bei Freunden befand und ihm nichts geschehen würde. Als ich wieder in den Flur kam, traf ich Marian mit bestürzter Miene an. «Er ist fort», sagte sie. «Fort?» sagte ich. «Wohin denn?» Marian schüttelte den Kopf, und plötzlich wurde mir bewußt, daß kein Lärmen, ja überhaupt kein Geräusch zu hören war.

Wir warteten auf sein Wiedererscheinen. Als es nicht dazu kam, blieb offensichtlich nichts anderes übrig, als mit einer systematischen Suche zu beginnen. Meine Wohnung ist vergleichsweise klein und bietet – jedenfalls waren Marian und ich zunächst dieser Ansicht – nur relativ wenige Versteckmöglichkeiten. Doch wir täuschten uns. Zum Beispiel stand im Wohnzimmer ein Bücherregal, das eine ganze Wand einnahm: der Kater war so mager und so flink, daß es durchaus denkbar war, daß er hinaufgeklettert war und es fertiggebracht hatte, sich hinter einen Stapel Bücher zu klemmen. Wir begannen Buch um Buch herauszuräumen.

Aber er war nicht dahinter. Er war überhaupt nirgends. Wir räumten drei Einbauschränke aus. Wir zerrten das Sofa von der Wand weg. Wir schauten unter die Tische. Wir suchten die Küche ab. Und obwohl sie so winzig ist, daß darin zwei Erwachsene von Normalgröße nur knapp zur gleichen Zeit Platz finden, öffneten wir jeden Schrank, schoben den Herd weg, schauten in das Mikrowellengerät und stocherten sogar in dem kleinen Schränkchen unter dem Spültisch herum.

In diesem Augenblick klingelte es an der Wohnungstür. Marian und ich tauschten einen Blick – das mußten mein Bruder und seine Frau Mary sein. Mein Bruder ist einer von den drei Männern, die als einfache Soldaten in den Zweiten Weltkrieg zogen und als Befehlshaber einer Frontdivision im Oberstenrang zurückkamen. Er war, genau gesagt, bei den amphibischen Kampfeinheiten und hat an vierzehn Landeoperationen gegen die Japaner teilgenommen. Später hatte er auch das Amt eines stellvertretenden Direktors der CIA inne. Als ein Mann, für den Krisen etwas Altgewohntes sind, warf er nur einen einzigen Blick auf das Chaos in meiner Wohnung. In solchen Situationen spricht mein Bruder nicht, sondern er blafft. «Einbrecher», blaffte er. «Haben anscheinend gründliche Arbeit geleistet.»

Ich erklärte ihm kurz das Vorgefallene und daß der Kater nun überhaupt unauffindbar sei. Während Mary Platz nahm, übernahm mein Bruder augenblicklich das Kommando. Er wollte wissen, wo wir nicht gesucht hätten. Nur an Stellen, die für den Kater absolut unerreichbar seien, versuchte ich meine Stellung zu halten. «Ich will keine Theorien hören», blaffte er. «Wo habt ihr *nicht* gesucht?» Resigniert nannte ich die obersten Fächer im Einbauschrank, die Herdröhre und die Geschirrspülmaschine. «Mal sehn», schnarrte mein Bruder und nahm sich zuerst den Einbauschrank, dann den Herd und zuletzt die Geschirrspülmaschine vor. Und siehe da, unten im Geschirrspüler, buchstäblich um die Mechanik gewickelt, im unmöglichsten Versteck, in das man sich in der ganzen Wohnung zwängen konnte, war der Kater. «Sieh an», sagte mein Bruder und wollte sich bücken, um das Tier herauszuziehen.

Ich hielt ihn zurück, weil ich nicht zulassen wollte, daß er noch einmal bei einer Landung unter feindlicher Gegenwehr sein Leben riskierte. Tapfer trat ich an seine Stelle. Schließlich war ich leichter zu entbehren.

Aber so oder so, keiner von uns brachte den Kater heraus. Er hatte sich so tief in die Maschine verkrochen, daß er selbst nicht mehr herausfand. «Benützt du den Spüler?» wollte mein Bruder wissen. Ich schüttelte den Kopf. «Dann zerleg ihn!» befahl er. Gehorsam suchte ich nach Schraubenzieher, Zange und Hammer, und wenn ich auch kein großer Monteur bin, kann mir wohl niemand, nicht einmal mein Bruder, als Demonteur das Wasser reichen. Doch ich kam ihm zu langsam voran. Ungeduldig schob er mich beiseite und stürzte sich selbst ins Getümmel. Ich erhob keinen Protest. Mit der Geschirrspülmaschine war er als Pionier schließlich fast in seinem Element.

Als mein Bruder mit der Arbeit fertig war, guckten wir alle, Marian eingeschlossen, den Kater an. Und zum erstenmal, seit ich ihn in der Gasse gesehen hatte, guckte er zurück. Er war derart erschöpft, daß er keinen Versuch machte, sich zu bewegen, obwohl es ihm nun möglich gewesen wäre. «Ich möchte einen Antrag einbringen», sagte Marian leise. «Ich beantrage, daß wir ihn dort lassen, wo er jetzt ist, ihm etwas zum Fressen, Wasser und ein ‹Töpfchen› hinstellen und ihn sich selbst überlassen. Ruhe und Frieden, das braucht er jetzt.»

Der Antrag wurde angenommen. Wir stellten drei Schüsselchen hin mit Wasser, Milch und etwas zu fressen, löschten alle Lichter, auch die Kerzen am Weihnachtsbaum, und verließen ihn.

Als ich in der Nacht nach Hause kam, trat ich auf Zehenspitzen in die Wohnung. Die drei Schüsseln standen genau dort, wo wir sie hingestellt hatten, und alle drei waren geleert. Von dem Kater war jedoch nichts zu sehen. Doch diesmal begann ich keine Suchaktion. Ich füllte die Schüsselchen einfach wieder und ging ins Bett. Unterstützt von einem Sergeanten, einem Oberst und von Marian war ich, wozu es auch führen mochte, zumindest auf ein paar Tage zu einer Weihnachtskatze gekommen.

## 2  Die Entscheidung

Am nächsten Morgen erwachte ich schon früh – nach meiner Erinnerung so früh wie noch nie an einem Weihnachtsmorgen seit meiner Kindheit. Damals durften mein Bruder, meine Schwester und ich, sobald wir aufwachten, die Strümpfe mit unseren Geschenken öffnen, vom Weihnachtsmann alle einzeln verpackt und sorglich verstaut. Es war eine der wenigen Gelegenheiten, bei denen ich auf meine Schwester neidisch wurde. Sie glaubte erstens noch an den Weihnachtsmann – meinem Bruder und mir drohte man, wir würden überhaupt keinen Strumpf bekommen, sollten wir uns einfallen lassen, ihr ein Licht aufzustecken –, und zweitens bekam sie einen Strumpf wie für ein ausgewachsenes Mädchen. Er war mehr als zweimal so lang wie meiner und der meines Bruders und enthielt deshalb viel mehr Geschenke. Schon früh hat die Frauenemanzipation in unserer Familie Einzug gehalten.

Mein Rekord im Wachwerden am Weihnachtsmorgen stand bei vier Uhr früh. An meinem ersten Weihnachtsfeiertag mit dem Kater unterbot ich diese Marke zwar nicht, war aber nahe daran. Jedenfalls beschloß ich, sofort aufzustehen und mich auf die Suche nach ihm zu machen. Doch als ich mich schlaftrunken im Bett aufsetzte, sah ich mit einem einzigen Blick, daß sich das erübrigte. Nur ein paar Schritte von meinem Bett entfernt, in beinahe genau der gleichen Haltung, in der ich ihn zum erstenmal gesehen hatte, stand der Kater.

Anscheinend stand er schon seit einiger Zeit so da, auf irgendwelche Lebenszeichen von mir wartend. Und nun, da er solche registrierte, begann er zu sprechen. «Ajau», sagte er.

«Was heißt hier ‹ajau›?» antwortete ich. «Fröhliche Weihnachten.» Ich erinnerte ihn, daß er eigentlich «miau» sagen müßte.

«Ajau», wiederholte er. Konsonanten waren offenbar nicht seine Stärke, aber in Vokalen war er groß.

Als ich aus dem Bett stieg und dicht an ihm vorbeiging, um seine Schüsselchen wieder zu füllen, stellte ich fest, daß er keinen Versuch machte, mir aus dem Weg zu gehen. Er verdrückte sich auch nicht, als er mit seiner Mahlzeit fertig war. Er saß ein paar Augenblicke ruhig da, leckte sich und betrachtete die Dinge ringsumher. Dann trat er, langsam und gemessen, einen Rundgang durch die Wohnung an. Als er ins Schlafzimmer zurückging, folgte ich ihm. In der Ecke zwischen den beiden Fenstern blieb er stehen und blickte zu mir zurück. «Ajau», gab er wieder von sich. Offenbar wollte er aufs Fensterbrett hinauf, um hinauszuschauen. Und ebenso offensichtlich war, daß er diesmal um Beistand ersuchte, obwohl ihm am Abend vorher dieser Sprung ohne jede Mithilfe – und mit fast fünfzig Stundenkilometern – gelungen war.

Ich ging hin und hob ihn auf. Er blickte zu mir um, als ich ihn anfaßte, tat aber sonst nichts. Einen Augenblick später setzte er seinen langsamen Rundgang fort, diesmal auf dem Fensterbrett. Er verbrachte einige Zeit damit, auf die Straße hinab- und hinüber in den verschneiten Central Park zu schauen. Anschließend sprang er zum nächsten Fenster hinüber, das auf einen kleinen Balkon geht. Dieser nahm sein Interesse so stark in Anspruch, daß er sich hinlegte und einige Zeit liegenblieb, wobei sich sein Schwanz vor und rückwärts bewegte. Es lag auf der Hand, daß er Tauben gesehen hatte. Schließlich sprang er hinunter und ging ins Wohnzimmer zurück.

Wieder ging ich ihm nach, und zum erstenmal seit unserer Bekanntschaft streckte er sich in voller Länge aus. Dann drehte er sich auf den Rücken, steckte den Kopf halb unter eine Schulter und sah mich an, während sich der Schwanz wieder gemächlich hin und her bewegte. Katzen sprechen mit ihrem Schwanz, und noch nie hatte sich eine Katze deutlicher ausgedrückt. «Ich ziehe hier ein», gab er zu verstehen, auf genau die Art, wie jemand, der gerade eine Wohnung gründlich besichtigt hat, einem Mietverhältnis zustimmen würde. Befriedigt ging ich wieder ins Bett.

Gegen acht Uhr klingelte das Telefon. Ich konnte nicht glauben, daß am Weihnachtsmorgen jemand imstande war, so früh anzurufen. Es war, wie ich mir hätte denken können, Sergeant Dwork. «Fröhliche Weihnachten», sagte sie. «Wie geht's unserer Katze?» – «Gut geht's unserer Katze», antwortete ich. «Ganz gut.» Ich bemühte mich, mir nicht anmerken zu lassen, daß ich, selbst in diesem Stadium meines Lebens mit dem Kater, dieses «unser» nicht recht angebracht fand. Das gelang mir anscheinend, denn Sergeant Dwork sprach begeistert weiter. «Ich habe eine wunderbare Neuigkeit», sagte sie. «Eine Frau, die die Katze haben möchte.»

«Toll», antwortete ich, allerdings ohne große Begeisterung, was Sergeant Dwork gemerkt haben muß, denn sie fügte rasch hinzu: «Ich kenne sie, und sie wird ihr ein wunderbares Zuhause schaffen.»

Ich sagte, davon sei ich überzeugt. «Die Sache ist allerdings die», fuhr Miss Dwork fort, «daß sie sie sofort haben will, als Weihnachtsgeschenk für ihre Tochter. Sie haben nämlich ihre eigene Katze verloren.»

Ich bemühte mich, wenn nicht Begeisterung, so doch einen gefaßten Ton aufzubieten. Wann sie kommen und den Kater ansehen könnten, fragte ich. Am Nachmittag?

«Aber nein.» Sergeant Dworks Stimme klang schockiert. «Nicht erst am Nachmittag. Heute vormittag. Gleich jetzt.

Sie ist bereits zu Ihnen unterwegs. Übrigens, sie heißt Mrs. Wills.»

«Moment», bremste ich sie in strengem Ton. «Nicht so hastig.» Ich warf einen Blick auf die Stelle im Wohnzimmer, wo der Kater es sich gemütlich gemacht hatte. «Er ist so schmutzig», sagte ich, «und es kommt mir ganz schrecklich vor, daß er wieder woanders hingebracht werden soll, wo er gerade anfängt –»

Doch Sergeant Dwork schnitt mir das Wort ab. «Unsinn», sagte sie. «Je früher, desto besser. Wenn er sich bei Ihnen zu sehr eingewöhnt und Sie ihn zu liebgewinnen, dann wird es für Sie wie für ihn um so schwerer, wenn Sie ihn doch hergeben. Und bitte, Sie haben ja selbst gesagt, daß für Sie eine Katze auf Dauer ganz und gar nicht das Richtige wäre, weil Sie doch so oft fort sind und so.»

Was sie sagte, hatte natürlich Hand und Fuß, das mußte ich zugeben. «Okay», lenkte ich ein. «Ich werde mit Mrs. Wills sprechen und Ihnen nachher am Telefon sagen, ob ihr die Katze gefällt.»

Doch als ich auflegte, brachte ich es nicht fertig, den Kater anzusehen, obwohl ich spürte, daß er zu mir herblickte. Ich wandte den Kopf ab und schaute zum Fenster hinaus.

Gleich darauf klingelte es. Mrs. Wills war da.

«Entschuldigen Sie, daß ich so früh komme», sagte sie munter, während sie in jedem Wortsinn Einzug hielt. «Aber ich hätte ihn gern für –»

«Ich weiß», sagte ich, «für Ihre Tochter als Weihnachtsgeschenk.» Ich drehte mich um und wollte auf den Kater zeigen. Aber von einem Kater war natürlich nichts zu sehen.

«Das ist komisch», sagte ich vorsichtig. «Vor einer Sekunde war er noch da.» Ich blickte mich nervös um. Die Vorstellung einer zweiten Suchaktion wie der vom Abend vorher und unter den Augen von Mrs. Wills hatte den ganzen Reiz einer Betriebsprüfung durchs Finanzamt. Mrs. Wills ließ den Blick umherschweifen.

«Was ist denn hier passiert?» fragte sie. «Es sieht ja aus, als wäre hier eine Bombe hochgegangen. Hat der Kater...?»

Ich hatte natürlich das Chaos in der Wohnung vollkommen vergessen. «Ach, der Kater», wiederholte ich und versuchte, unbekümmert zu lachen. «O nein. Das war nicht der Kater. Mein Bruder hat das angerichtet. Er war nämlich gestern abend hier, und wir haben vergeblich nach einem Buch gesucht. Mein Bruder ist nämlich eine Leseratte.»

Mrs. Wills Augenbrauen hoben sich etwas, während sie den Inhalt des Einbauschranks im Wohnzimmer musterte, der noch auf dem Boden in der Diele verstreut lag. «Soooo», sagte sie.

Ich fragte, ob ich ihr eine Tasse Kaffee holen solle. Sie schüttelte den Kopf.

Es blieb nichts anderes übrig, als den Tatsachen ins Gesicht zu sehen. «Komm hierher, mein Junge», rief ich kühn. Ich kam mir dabei nicht nur idiotisch vor, sondern wußte auch sehr genau, daß es ganz unwahrscheinlich war, er würde einen solchen Ruf zur Kenntnis nehmen, geschweige denn ihm Folge leisten, zumal wenn eine fremde Person anwesend war. Trotzdem ging ich im Zimmer umher und wiederholte meinen Ruf, während ich so tat, als rückte ich Dinge zurecht, in Wahrheit aber verstohlen nach dem Kater Ausschau hielt. Schließlich – Mrs. Wills hatte gerade begonnen, bedeutungsvoll mit einem Fuß auf den Boden zu klopfen – manövrierte ich mich in die Position, die ich von vornherein angepeilt hatte, das heißt, ich tat so, als wollte ich den kleinen Teppich neben dem Sofa glätten, linste aber in Wirklichkeit unter das Sitzmöbel. Und siehe da, ganz hinten an der Wand kauerte in starrer Unbeweglichkeit der Kater. «Sieh an!» rief ich und ließ mich auf Hände und Knie nieder. «Da ist er ja! An seinem Lieblingsplätzchen!»

Zögernd kniete sich Mrs. Wills neben mich. «Ich sehe überhaupt nichts», sagte sie vorwurfsvoll. Ich sagte, ich wolle eine Taschenlampe holen.

Als ich zurückkam und der Strahl der Lampe auf den Kater fiel, glühten seine Augen auf. Im übrigen aber wirkte er wie eine in die Enge getriebene Hyäne. «Oh», sagte Mrs. Wills. «O je! Wie wild er aussieht.»

«Ach, machen Sie sich darüber keine Gedanken», beruhigte ich sie. «Er ist nur ein bißchen überrascht.»

«Und wie schmutzig er ist», fuhr sie fort. «Nun ja», antwortete ich gemessen, «vergessen Sie nicht, er hat ja bis jetzt auf der Straße gelebt. Er ist im Handumdrehen sauber zu bekommen.»

Doch die Inspektion war noch nicht abgeschlossen. «Warum kauert er denn so schief?» wollte Mrs. Wills wissen. «Ist was mit ihm nicht in Ordnung?»

«Ach, das ist nichts Besonderes. Manchmal steht er sogar so da. Es läßt sich bestimmt beheben. Und bedenken Sie auch, daß er nervös ist, weil wir beide ihn so anschauen.»

Doch Mrs. Wills war mittlerweile argwöhnisch geworden. «Irgend etwas ist mit seinem Maul verkehrt», konstatierte sie.

«Er hat eine Schnittwunde», antwortete ich. «Eine ganz kleine. Wirklich nur winzig, die Wunde.»

Sie rappelte sich hoch und ging zu ihrem Sessel zurück. «Ach Gott», sagte sie wie in einem Selbstgespräch. «Ich weiß nicht recht. Jetzt, da ich ihn gesehen habe, bin ich mir nicht mehr so sicher. Einen Versuch könnte ich wohl machen. Aber Jennifer ist ja noch so klein, und diese Katze wird sicher schrecklich viel Arbeit geben.»

Ich sagte, ich nähme nicht an, daß es so schlimm wäre, und machte ihr einen Vorschlag. Was würde sie dazu sagen, fragte ich sie, wenn sie es mir überließe, das Tier zu säubern und zu beruhigen, und dann ihre Entscheidung träfe? Ich stellte mir mindestens ein paar Tage dafür vor.

Die Idee gefiel ihr – nicht aber die Zeitdauer. Es mußte offenbar unbedingt eine Weihnachtskatze sein. Sie blickte auf ihre Armbanduhr. «Ich komme nach dem Gottesdienst wieder und lasse inzwischen den Katzenkoffer da.»

So, dachte ich, das war's. Zumindest hatte ich mich um das bemüht, was auf lange Sicht das beste für den Kater war. Jedenfalls blieb nun – erster Weihnachtsfeiertag hin oder her – nichts anderes übrig, als das Tier zu säubern. Ich ging ins Badezimmer, um Seife und Waschlappen, über die ich warmes Wasser laufen ließ, und außerdem eine Badematte zu holen.

Als ich ins Wohnzimmer zurückkam, war der Kater nicht mehr unter dem Sofa. Er lag wieder in der Zimmermitte auf dem Boden, genau dort, wo er vor Mrs. Wills' Auftritt gelegen hatte. Ich hatte den Eindruck, daß er genau begriff, was es mit der Matte, dem Badetuch und all den übrigen Utensilien auf sich hatte, daß er genau wußte, was ich im Schilde führte. Zugleich aber schien er einfach nicht glauben zu wollen, daß ich zu etwas Derartigem imstande wäre. Sein Schwanz vollführte ein ungläubiges Klapp-klapp. «Eine Katze waschen!» rief er. Er fand offensichtlich, daß sogar jemand wie ich, mochte ich als Katzenhalter auch noch so unerfahren sein, doch mit den Selbstverständlichkeiten vertraut sein müßte – und was konnte selbstverständlicher sein als das schlichte Faktum, daß das Waschen nicht meine, sondern seine eigene Aufgabe war?

Er stellte sich auf die Pfoten und schaute zu mir hoch. Ich schaute zu ihm hinunter. Wir blickten einander gewissermaßen in die Augen, ich aus 1,80 und er aus 0,15 Meter Höhe. Und wie bei allen solchen Konfrontationen sollte es auch hier darum gehen, wer als erster blinzelte. Ich, so hatte ich mir bereits geschworen, würde das auf keinen Fall sein.

Und ärgerlich blieb ich meinem Vorsatz treu. Zugegeben, manche Nörgler könnten bemängeln, daß ich mich nicht sofort ans Werk machte. Sie könnten sogar argumentieren, daß ich ein kleines bißchen geblinzelt hätte. Aber es wäre völlig verkehrt und mir gegenüber äußerst unfair, es aufzubauschen. In Tat und Wahrheit geschah folgendes: Im selben Augenblick, als ich mit der Säuberung beginnen wollte und das Klapp-klapp des Katzenschwanzes noch unheilverkündender wurde, kam mir plötzlich und ganz aus eigenem Antrieb – es hatte nichts damit zu tun, daß der Kater einen Buckel zu machen begann und die Ohren anlegte – die Idee, daß ich möglicherweise nicht genug über das Waschen von Katzen wisse und Autoritäten zu Rate ziehen sollte.

Eilends legte ich die Waschutensilien beiseite und trat zum Bücherregal, wo ein ganzes Fach mit Katzenliteratur angefüllt war. Wie die übrigen Bücher befanden sich auch diese nun in einem Zustand trauriger Unordnung. Zudem suchte ich nach etwas ganz Speziellem – nicht nach Auskünften über Katzen im allgemeinen, sondern über das Waschen von Katzen. In den verschiedenen Büchern standen viele Hinweise zu dem Thema, aber es fanden sich auch, wie es bei heiklen Fragen oft vorkommt, viele unterschiedliche Meinungen oder, um es genau zu sagen, zwei einander diametral gegenüberstehende Denkschulen. Die eine der beiden vertrat die Auffassung, man solle eine Katze nie, unter keinen Umständen waschen. Katzen, so diese Theorie, besorgten das nicht nur lieber selbst, sondern seien darin auch viel besser als irgendein Mensch, und außerdem könnte es leicht vorkommen, daß ihnen Seife in die Augen oder ins Fell geriete, was für sie möglicherweise sehr schlimme Folgen hätte. Die andere Schule hingegen vertrat den Standpunkt, es sei durchaus in Ordnung, wenn man seine Katze wäscht. Ja, wenn man es unterließe, könnten ihr alle möglichen unguten Dinge zustoßen.

Angesichts der gegebenen Situation und nach Abwägung sämtlicher Faktoren beschloß ich, mich an die Theorie II zu halten, und ging die Bücher durch, bis ich eines fand, schlicht «Du und deine Katze» betitelt, das mir als das maßgeblichste auf diesem Gebiet erschien. Geschrieben hatte es ein englischer Tierarzt, David Taylor, und frohgemut begann ich zu lesen:

Das beste «Bad» dürfte das Spülbecken in der Küche abgeben. Ehe Sie sich an die Arbeit machen, vergewissern Sie sich, daß sämtliche Türen und Fenster geschlossen sind und der Raum frei von kalter Zugluft ist. Legen Sie eine Gummimatte ins Spülbecken, damit die Katze nicht ausrutscht.

So weit, so gut, befand ich. Doch der folgende Absatz hatte es in sich:

Wenn Sie annehmen, Ihre Katze wird sich sträuben, stecken Sie sie in ein Leinwandsäckchen, so daß nur der Kopf herausschaut. Schütten Sie das Shampoo in das Säckchen, und senken Sie dieses zusammen mit der Katze ins Wasser. Dann können Sie die Katze durch den Stoff massieren und Schaum erzeugen.

Die Katze in einen Sack stecken! Vielleicht, dachte ich, brächte das mein Bruder mit seinem Regiment fertig, aber daß ich allein es schaffen könnte, war höchst zweifelhaft. Zwar verhielt sich der Kater an diesem Vormittag ruhig, doch in Erinnerung an das Getobe vom Vorabend und angesichts dessen, daß ich selbst keine amphibische Kampfausbildung durchgemacht hatte, sah ich voraus, daß es zu einem Desaster à la Gallipoli oder zumindest Dünkirchen kommen könnte.
Doch nichts konnte Dr. Taylors wäßrige Offensive aufhalten.

Lassen Sie in das Spülbecken fünf bis zehn Zentimeter hoch warmes Wasser einlaufen. Die Wassertemperatur sollte der Körpertemperatur Ihrer Katze, achtunddreißigeinhalb Grad, möglichst nahekommen. Um die Katze hineinzuheben, schieben Sie eine Hand unter ihr Hinterteil, während Sie sie mit der andern am Genick packen. Wenn Ihre Katze es lieber hat, erlauben Sie ihr, daß sie die Vorderpfoten aus dem Wasser heraushält.

Ich war mir sicher, daß die Katze, um die es hier ging, dies nicht nur lieber hätte, sondern daß sie auch die erste Gelegenheit ergreifen würde, mit eben diesen Pfoten auf denjenigen loszugehen, der sich zu solchen Waschungen erdreistete. Jedenfalls ich hatte genug. Ich stellte das Buch wieder an seinen Platz, ging zu dem Kater zurück und breitete mit all der Autorität, die mir zu Gebote stand, die Matte neben ihm auf dem Boden aus.

Zu meiner Verblüffung stellte er sich prompt darauf. Obwohl ich vorsichtshalber aufrecht stehengeblieben war, um mich notfalls rasch zurückziehen zu können, erkannte ich rasch, daß ich ihn falsch eingeschätzt hatte. Wenn ich so dumm sein wollte, die Arbeit eines anderen – das hieß, seine – zu machen, dann bitte sehr.

Ich konnte ihm nicht länger widerstehen. Ich kniete mich neben ihm nieder, nahm ihn in die Arme und drückte ihn so lange an mich, daß er ein leises und überrascht klingendes «Ajau» von sich gab, im übrigen aber nichts tat. Ich bin überzeugt, daß er seit langer Zeit – wenn nicht überhaupt – zum erstenmal von einem Menschen in die Arme genommen wurde oder sonst einen Beweis von Zärtlichkeit erhalten hatte. Dann begann ich mit seiner Säuberung, und ohne einen Laut, ohne einen einzigen Versuch, sich mir zu entziehen, ließ er sich von mir abwaschen – was ich zuerst behutsam und dann, während ich mich buchstäblich durch Schichten von Schmutz arbeitete, fester und fester tat.

Nach geraumer Zeit und nach etlichen Gängen ins Badezimmer, wo ich die Waschlappen sauber spülte, hatte ich sein Fell so weit abgeschrubbt, daß ich eine verblüffende Entdeckung machte: Unter all dem Dreck war er weder gelbbraun noch grau, sondern – weiß.

Ich konnte meine Begeisterung nicht verbergen, worauf der nun einigermaßen saubere Schwanz sich zum erstenmal während der ganzen Prozedur regte. «Was für eine Farbe hast du denn erwartet?» wollte er wissen. «Purpurrot?» – «Aber du warst so *schmutzig*!» protestierte ich. «Weiß hätte ich auf keinen Fall erwartet.»

Als ich ihn in einen leidlich präsentablen Zustand gebracht und mit dem Badetuch trockengerieben hatte, stand ich auf und nahm ihn in Augenschein. Mit seinen grünen Augen im Verein mit dem nun relativ sauberen weißen Gesicht sah er zum erstenmal schön aus. Ja ich fand ihn in diesem Augenblick so schön, daß mich der Drang überkam, ihn einfach anzuschauen. Ich wußte, daß es den meisten Tieren nicht behagt, wenn sie angestarrt werden, und daß sie, wenn ein Mensch sie anstarrt, zumeist wegblicken. Er aber sah nicht weg, sondern erwiderte meinen Blick unverwandt. Noch einmal bückte ich mich und drückte ihn an mich.

Es klingelte wieder, und draußen stand natürlich Mrs. Wills. Doch als ich sie ins Wohnzimmer führte, hatte sich der Kater wieder an seinen Zufluchtsort zurückgezogen.

Ich reichte Mrs. Wills die Taschenlampe. Inzwischen war sie schon daran gewöhnt, daß seine Inaugenscheinnahme verlangte, sich auf Hände und Knie niederzulassen. Sie knipste die Taschenlampe an und steckte entschlossen den Kopf unters Sofa. «Mein Gott», rief sie gleich darauf, «er ist ja weiß!» Ihr Gesicht wandte sich mir mit einem mißtrauischen Ausdruck zu. «Sind Sie sicher», fragte sie, «daß das derselbe Kater ist?» Ich versicherte es ihr und deutete zum Beweis auf den Haufen der Waschlappen und Handtücher, der auf der Herdplatte in der Küche lag. «Nicht zu glauben», sagte sie.

«Es war gar nicht weiter schlimm», sagte ich mit einem Achselzucken. «Man muß sich nur auskennen und ausdauernd sein. Aber Sie hatten recht, Mrs. Wills. Weiße Katzen machen wirklich eine Heidenarbeit.»

Mrs. Wills achtete nicht auf mich. Statt dessen war sie ganz damit beschäftigt, unter dem Sofa einen Kontakt herzustellen. «Komm her, kleines Miezekätzchen», rief sie. Wieder und wieder lockte sie – ja sie rief jeden Namen bis auf

Schmutzelchen. Natürlich blieb alles wirkungslos. Sie streckte die Hand aus. Der Kater rückte weg. Wieder streckte sie die Hand aus. Der Kater rückte weiter weg. Dieses stilisierte «Duett» ging einige Zeit so. Dann rappelte sich Mrs. Wills hoch und setzte sich in einen Sessel. Ich registrierte, daß sie einen wählte, der dem Sofa gegenüberstand. Ich nahm neben ihr Platz.

«In meinem ganzen Leben ist es mir noch nicht passiert, daß ein Tier so auf mich reagiert», sagte sie. «Zumindest auf halbem Weg sind sie mir immer entgegengekommen. Ich hab mich bisher mit Tieren immer gut vertragen.»

Ich sagte zu ihr, das sei ja das Problem. Er glaube, sie wolle ihn forttragen. Mrs. Wills ignorierte mein schlechtes Wortspiel. «Ich habe noch nie ein Tier gesehen, das dermaßen scheu war.»

Ich hätte einmal einen Lehrer gehabt, gab ich zum besten, der uns gesagt habe, es gebe nichts Trügerischeres als Schüchternheit und Scheu. Schüchterne Menschen fielen oft nur ihrer Einbildung zum Opfer: Sie glaubten, alle Leute blickten auf sie, dabei sei dies natürlich gar nicht der Fall.

Mrs. Wills sah mich jetzt an, als hätte ich zwei Köpfe. Aber die Katze beschäftigte sie noch immer. «Sie ist so hübsch», sagte sie. «Jennifer würde sie sicher ins Herz schließen.»

Es war an der Zeit, sämtliche Register zu ziehen. Natürlich, sagte ich, sei es möglich, daß es sich nicht nur um Scheu handle – genau könne man das nie sagen. Eventuell aber sei es etwas anderes. Ich gab ihr zu bedenken, daß weiße Katzen schließlich Albinos und deswegen vielfach taub seien.

«Taub!» rief sie. «Wollen Sie damit sagen, daß er mich vielleicht nicht hören kann?»

Ich sagte ihr, das sei durchaus denkbar.

Zum erstenmal wirkte Mrs. Wills unschlüssig. «Ich weiß eigentlich nicht viel über weiße Katzen», gestand sie.

Ich stieß rasch nach.

«Aber es geht nicht nur um die Taubheit», sagte ich, «sondern auch um die Probleme mit der Haut. Weiße Katzen können nämlich schreckliche Schwierigkeiten mit ihrer Haut bekommen.»

Jetzt war ihr sichtlich unbehaglich zumute. «Nun ja», fuhr ich erbarmungslos fort, «die Sache ist sicher nicht ansteckend. Wie alt ist Ihre Jennifer?»

«Zehn», antwortete sie besorgt.

«Sie könnte vielleicht Handschuhe anziehen», regte ich an. «Hautprobleme können eine Katze natürlich irritieren und bösartig machen. Zum Glück ist der Kater ja nicht sehr groß. Aber wütend kann er zweifellos werden.» Ich deutete auf die Kratzer an meinem Gesicht und Hals. «Er hat mich ordentlich zugerichtet, aber zum Glück wenigstens meine Augen nicht erwischt. Trägt Jennifer eine Brille?»

Mrs. Wills' Augen blickten mich jetzt starr an. «Es war natürlich nicht der Rede wert», sagte ich, «und Ruth Dwork hat das Blut rasch gestillt.» Nach einer Pause fuhr ich fort: «Trotzdem finde ich, es wäre nicht ratsam, Jennifer mit ihm allein zu lassen, zumindest am Anfang.»

Mrs. Wills' Blick wanderte zur hintersten Ecke unter dem Sofa. «Aber», sprach ich weiter, «er wird ja zunächst ohnehin mehrere Monate lang meistens beim Tierarzt sein. Sie hatten ganz recht mit seiner schiefen Haltung. Er braucht mindestens *eine* Operation, das ist klar.»

Mrs. Wills schwieg lange Zeit. Dann breitete sich langsam ein Lächeln auf ihrem Gesicht aus. «Mr. Amory», fragte sie, «haben Sie vor, den Kater selbst zu behalten?»

Nun war es an mir zu lächeln. «Aber, Mrs. Wills», sagte ich, «wie kommen Sie denn auf diese Idee?»

Sie erhob sich und nahm den Katzenkoffer. «Das sagt mir mein kleiner Finger», antwortete sie. Ich wollte mich dafür entschuldigen, daß sie sich zweimal die Mühe hatte machen müssen, in meine Wohnung zu kommen. «Lassen Sie's gut sein», sagte sie. «Und rufen Sie Ruth Dwork nicht an. Ich möchte mir nicht den Spaß entgehen lassen, ihr selbst zu erzählen, wie sich alles abgespielt hat.» Sie legte eine letzte Pause ein. «Ich wünsche Ihnen mit Ihrem Kater alles Glück auf der Welt.» Sie lächelte maliziös und versetzte mir einen letzten Stich. «Nach dem zu schließen, was Sie mir über ihn erzählt haben», sagte sie, «werden Sie es gebrauchen können. Schöne Weihnachten.»

Inzwischen näherte sich die Mittagszeit, und ich hatte eine Verabredung. Als ich wieder ins Wohnzimmer trat, um mich von dem Kater zu verabschieden, saß er wie vorher in der Mitte des Zimmers. Der Eingebung des Augenblicks folgend, beschloß ich, daß nun ein erstes Gespräch von Mann zu Kater angebracht sei. Ich teilte ihm mit, daß ich seit einiger Zeit als Junggeselle lebte. Und abgesehen von ein, zwei herrenlosen Tieren, die gelegentlich einige Zeit hiergewesen seien, hätte ich allein gelebt. Zugleich sei mir ja bekannt, daß er – ich drückte es möglichst taktvoll aus –, nun ja, in der Wildnis gelebt hatte und deshalb gewohnt sei, sich selbst durchs Leben zu schlagen und in einem gewissen Sinn ebenfalls allein zu leben. Wir seien beide gewohnt, unsere eigenen Entscheidungen zu treffen. Wenn wir aber fortan auch nur einigermaßen harmonisch zusammenwohnen wollten, müßten beide Seiten zu Kompromissen bereit sein.

Ich zum Beispiel müßte lernen, daß er seine Bedürfnisse hatte, und müßte auch unterscheiden lernen, wann er Gesellschaft haben und wann er für sich sein wolle. Und er seinerseits, fuhr ich fort, müsse in meinem Fall das gleiche respektieren. In beinahe allen Dingen, sagte ich, könnte und sollte es ein wechselseitiges Geben und Nehmen sein. Doch in denjenigen Fällen, in denen wir unterschiedlicher Meinung wären und eine Lösung gefunden werden müßte, könnte nur einer von uns beiden die Entscheidung treffen. Und diese würde mir zufallen.

Bei diesen letzten Worten begann sein Schweif, der sich anfangs gemächlich bewegt hatte, rascher auf und ab zu gehen. Der Kater erwog offensichtlich meine Äußerungen, war aber keineswegs voll damit einverstanden. Ich hatte keine Ahnung, was in seinem Kopf vorging, aber irgendwie schien meine Ansprache so kompliziert, daß er erst darüber Rat halten mußte. Und seine Idee von einem Rat bestand darin, daß er zunächst wegblickte, dann gähnte und sich schließlich zu putzen begann. Die Zeichen waren nicht zu mißdeuten: Solange sein Rat tagte, war er keinesfalls gewillt, sich zu einer übereilten Entscheidung drängen zu lassen.

Plötzlich schien es mir von grundlegender Bedeutung für unsere gemeinsame Zukunft, daß ich mich von einer solch legalistischen Denkweise nicht überfallen ließ. Streng teilte ich ihm mit, es wäre ratsam, daß er sich ein für allemal folgendes klarmache: Junggesellen stünden in dem Ruf – und ich betonte das mit großem Nachdruck –, sehr eigenwillig in ihren Lebensgewohnheiten zu sein.

Diesmal kam die Antwort zusammen mit dem Klappklapp des Schwanzes unverzüglich. Und genauso eigenwillig, erwiderte er mit derselben Nachdrücklichkeit, seien Katzen.

## 3   Der große Kompromiß

Vor einigen Jahren schrieb Aldous Huxley einen kurzen Essay, der folgendermaßen beginnt:
«Unlängst lernte ich einen jungen Mann kennen, der Romancier werden wollte. Da er wußte, daß dies mein Metier ist, bat er mich um Rat, wie er es anstellen solle, ans Ziel seines Strebens zu gelangen. Ich bemühte mich nach Kräften, ihn aufzuklären. ‹Als erstes›, sagte ich, ‹muß man eine ordentliche Menge Papier, ein Fäßchen Tinte und einen Federhalter kaufen. Danach brauchen Sie nur noch zu schreiben.›

Doch das genügte meinem jungen Freund nicht. Er hatte anscheinend die Idee, es gebe sozusagen ein esoterisches Kochbuch voll literarischer Rezepte, die man nur sorgfältig zu befolgen brauche, um ein Dickens, ein Henry James, ein Flaubert zu werden...

...Ob ich ein Notizbuch hätte oder ein Tagebuch führe, fragte er. Ob ich systematisch die Salons der reichen und eleganten Leute frequentiere... Oder ob ich meine Abende damit verbrächte, in den Bars im East End nach ‹Material› Ausschau zu halten...

Und so weiter. Ich gab mir redlich Mühe, diese Fragen zu beantworten – natürlich möglichst unverbindlich. Und da der junge Mann noch immer recht enttäuscht dreinsah, erteilte ich ihm schließlich als Gratisbeigabe einen Ratschlag. ‹Mein junger Freund›, sagte ich, ‹das Beste, was Sie tun können, wenn Sie psychologische Romane und über Menschen schreiben wollen, ist, sich ein paar Katzen zu halten.› Und damit verabschiedete ich mich von ihm.»

Wenn ich diesen Aufsatz gelesen hätte, bevor ich meinen Kater von der Straße holte, hätte ich vermutlich gedacht, bei Huxley sei eine Schraube locker gewesen. Doch nach dem ersten Weihnachtsabend in Gesellschaft meiner weißen Katze mußte ich mein Vorurteil aufgeben – erst recht nachdem sie schon in der zweiten Nacht plötzlich aufs Bett gesprungen, würdevoll zu meinem Kopf hinaufmarschiert war und sich dann an meinen Hals geschmiegt hatte. Danach konnte ich mir keinerlei Urteil über Huxley mehr anmaßen.

Und sobald ich Zeit dafür hatte, verschlang ich voll Eifer den Rest des Aufsatzes von Aldous Huxley – der den faszinierenden Titel «Sermon in Cats» trägt. Darin gab der Schriftsteller dem jungen Mann detaillierte Ratschläge. Er solle sich zum Beispiel die «geschwänzte Varietät» der Katzenspezies beschaffen; ja der junge Mann wurde mit Nachdruck davor gewarnt, sich ein Paar schwanzlose Manx-Katzen zuzulegen, weil das vermutlich seine Studien erschweren würde. «Bei Katzen», erklärte Aldous Huxley, «ist der Schwanz das Körperteil, das Stimmungen am sichtbarsten ausdrückt.» Er riet seinem Schüler auch, nicht nur seine Katzen zu beobachten, «wie sie von einem Tag zum andern leben», sondern mehr noch, «sich die Lektionen, die sie über die menschliche Natur erteilen, zu merken, sie zu lernen und innerlich zu verarbeiten». Ob ich nun, bewußt oder unbewußt, Aldous Huxleys Rat folgte oder es einfach aus Freude tat – in den ersten Tagen zusammen mit meinem Kater verbrachte ich viel Zeit damit, ihn einfach nur zu betrachten, auch dann, ja ganz besonders dann, wenn er schlief. Katzen schlafen erstaunlich viel – nahezu Dreiviertel des Tages nach meiner Schätzung, die kurzen Nickerchen, die für sie so typisch sind, eingerechnet. Mein Kater jedoch schlief in diesen ersten Tagen noch mehr – wohl, um die vielen Stunden wettzumachen, die er in seinem vorigen Leben gezwungenermaßen wach und wachsam hatte bleiben müssen. Ich nahm auch an, daß er nun mehr schlief, weil er glücklich war. Ich glaubte bereits damals fest an die Theorie, daß das Schlafen eine der Ausdrucksformen ist, mit denen Katzen zeigen, daß sie zufrieden sind.

Während er schlief, träumte mein Kater offensichtlich manchmal. Dann zuckte er, oft nur schwach, doch zuweilen heftig, wobei sich Vorder- und Hinterpfoten bewegten – manchmal sogar so stark, daß er sich selbst weckte. Wenn er auf diese Weise aufgeschreckt wurde, war er gleich hellwach. Sobald er sich dann, nach einem kurzen Blick in die Runde, vergewissert hatte, daß er aus der Traumwelt in die Realität zurückgekehrt war, gab er einen matten Seufzer von sich und schlief sofort wieder ein.

Ich habe viel darüber gelesen, wovon Tiere träumen, doch nichts hat mich so richtig überzeugt. Nach meiner Ansicht träumen sie genau wie wir von allem, was in ihrem Leben geschieht. Sie träumen gute und böse Träume in – genau wie bei uns – beinahe direkter Entsprechung dazu, ob ihr zurückliegendes Leben gut oder schlecht verlief. Doch da es die meisten Tiere leider soviel schwerer haben als wir, nehme ich an, daß sie, sofern sie nicht besonders glücklich dran sind, überwiegend schlecht träumen.

Ich glaube auch nicht, was ich ebenfalls gelesen habe: daß Tiere sich nicht an bestimmte Dinge erinnern, weil sie ein kürzeres Gedächtnis haben als wir. Zum einen glaube ich nicht, daß ihr Erinnerungsvermögen nicht so weit zurückreicht wie das unsrige – eher reicht es wohl noch weiter zurück. Und zum andern bin ich der Meinung, daß sie sich an ihre Träume genausogut erinnern wie wir, vielleicht sogar noch besser. Ich zum Beispiel behalte einen Traum ganz schlecht. Wenn ich mich nicht im Augenblick des Erwachens auf das konzentriere, was ich geträumt habe, kommt es wirklich selten vor, daß ich es nach dem Frühstück noch weiß. Dagegen kann ich an der Art, wie mein Kater seine Denkerposition einnimmt – Vorderpfoten unter sich, Kopf gerade nach vorne gerichtet, aber die Augen halb geschlossen –, erkennen, daß er sich zweifellos noch lange nach dem Frühstück an seine Träume erinnern kann. Daß er nicht schon vor dem Frühstücken über sie nachdenkt, liegt einzig und allein daran, daß er um diese Zeit nur das Frühstück im Kopf hat. Seine Denkprozesse verlaufen sehr geordnet.

Wovon er in diesen ersten Tagen träumte, konnte ich anhand dessen, was ich über sein Leben wußte, leicht erraten. Zunächst einmal sagten mir seine Zähne und andere Merkmale, daß er ungefähr zwei Jahre alt war. Nach seinen Verletzungen, seiner Magerkeit und allgemein schlechten Verfassung zu schließen, hatte er mit ziemlicher Sicherheit wenn nicht sein ganzes Leben, so doch den größten Teil davon auf der Straße verbracht. Doch wie lange hatte er bereits das Leben eines Einzelgängers geführt, als ich ihn fand? Er mußte doch wenigstens einige Zeit mit anderen Katzen zusammengewesen sein, zumindest damals, als er selbst noch ein kleines Kätzchen war. Oder war er entlaufen oder vielleicht ausgesetzt worden? Das alles waren Fragen, auf die ich nie eine Antwort bekommen würde.

Einige andere Dinge hingegen standen mit leidlicher Sicherheit fest. Zum Beispiel hatte mein Kater sich wohl nie in einem Tierheim aufgehalten. Für Tiere in einem Heim gibt es nur zwei Wege hinaus: entweder sie werden adoptiert oder getötet. Und Katzen werden so selten adoptiert, daß viele Tierheime, sogar in manchen Großstädten, sie gar nicht erst aufnehmen.

Auf den Straßen, als herumstreunende Tiere, haben Katzen Hunden manches voraus. Sie sind flinker und können bei Gefahr rascher flüchten. Sie sind gewitzter im Auffinden von Verstecken und können sich, da sie kleiner sind, auch leichter unsichtbar machen. Sie sind geschickter in der Nahrungssuche und wissen besser zu unterscheiden, was ihnen bekommt und was nicht.

Doch damit enden die Vor- und beginnen auch schon die Nachteile. Katzen sind besonders reinliche Tiere und sehr empfindlich, ja sogar wählerisch, was ihre Umgebung betrifft. Ein Leben in Lärm, Schmutz und Unordnung ist für sie schwer zu ertragen. Und das vagabundierende Leben macht es für sie ungleich schwieriger, sich zu verteidigen. Streunende Katzen tun sich wie streunende Hunde der größeren Sicherheit halber oft zusammen, doch da sie ein individuelleres Territorialverhalten zeigen, neigen sie eher als Hunde dazu, gegeneinander zu kämpfen. Und obwohl es vorkommt, daß sie sich zusammen mit anderen Katzen verstecken, so bilden sie doch, anders als Hunde, nie Rudel und kämpfen auch nie zusammen gegen gemeinsame Feinde. Und zu diesen Feinden gehören schließlich nicht nur all die Feinde, die auch Hunde haben, sondern diese selbst noch obendrein.

Außerdem ist zu bedenken, daß es zwar ebensoviele Katzen- wie Hundeliebhaber gibt, daß aber viel mehr Leute gegen Katzen als gegen Hunde sind. Bei Menschen, die für Tiere nichts übrig haben, findet man eine gewisse Voreingenommenheit gegen Hunde, aber die Abneigung gegen Katzen geht viel tiefer. Manche Kinder, es ist leider wahr, binden Hunden Konservendosen und Knallfrösche an die Schwänze, aber sie lassen sich dazu oft nur von der Furcht, sie könnten gebissen werden, hinreißen. Eine in die Enge getriebene Katze hingegen gilt nicht als gefährlich und wird als Freiwild betrachtet. Selbst junge Kätzchen bleiben von Grausamkeiten nicht verschont. Die keineswegs schlimmste, wenn auch wohl die dümmste dieser Quälereien besteht darin, daß Leute Katzen packen und sie aus großer Höhe in die Tiefe fallen lassen, um zu sehen, ob sie wirklich auf den Pfoten landen.

Irgendwelche Leute hatten mit Gegenständen nach meinem Kater geworfen und ihn damit ernstlich verletzt. Was sonst noch, fragte ich mich immer wieder, mag man ihm angetan haben? Mir fiel ein Film über einen Tag im Leben einer streunenden Katze ein, den ich viele Jahre vorher gesehen hatte. Eine Szene daraus – aufgenommen in Augenhöhe einer Katze – ist mir immer in Erinnerung geblieben. Sie zeigte die Katze, wie sie nachts eine Autobahn in Kalifornien zu überqueren versuchte. Das Tier hielt nach irgendeiner Möglichkeit Ausschau, über die vielen Fahrspuren zu kommen – im Tohuwabohu des tosenden Lärms, der blendenden Scheinwerfer, der vorbeirasenden Pkw und der Lastwagenmonster.

Nach dem Film wünschte ich, daß wir alle irgendwann in unserem Leben aus der Perspektive eines kleinen Tieres kauernd oder vielmehr liegend die Welt betrachten müßten, damit uns klar wird, wie riesig und furchteinflößend alles auf dieses Geschöpf wirken muß. Wie gewaltig mochte ich an jenem allerersten Abend meinem Kater erschienen sein, als ich mich aufrichtete und ihn in meinen Mantel stopfte!

Sein Verhalten mir gegenüber in jenen ersten Tagen war faszinierend. Immer wieder, nicht nur durch die lebendige Sprache seines Schweifs, sondern noch deutlicher dadurch, daß er sich sachte an meinen Beinen rieb, brachte er seine große Dankbarkeit dafür zum Ausdruck, daß ich ihn vor der Straße gerettet hatte. Doch zugleich führte er mir auf verschiedene Weise – indem er meine Gesellschaft verschmähte oder anklagend miaute, wenn ich ihn zu lange allein gelassen hatte – vor Augen, daß ich seine Dankbarkeit in keiner Weise mißverstehen solle. Sie bedeute mitnichten Nachsicht mit etwas, was für ihn jeden Tag schmerzlicher offenbar wurde: daß ich in der Kunst, mit ihm auf eine halbwegs zivilisierte Weise zusammenzuleben, noch unglaublich viel zu lernen hatte.

Wie sicher jeder weiß, der längere Zeit Umgang mit ihnen hatte, zeigen Katzen eine unendliche Geduld mit der Begrenztheit des menschlichen Geistes. Sie sind sich bewußt, daß sie sich wohl oder übel mit unserem für sie qualvoll langsamen Auffassungsvermögen abfinden müssen. Sie müssen in Kauf nehmen, daß wir Menschen peinlich niedrige Intelligenzquotienten haben und vermutlich wegen dieses Defekts außerstande sind, auch nur die simpelsten und klarsten Weisungen zu verstehen, geschweige denn zu befolgen.

Als wäre all das nicht schon ärgerlich genug, müssen sie sich auch noch auf etwas einstellen, das für sie beinahe ebenso frustrierend ist: auf unsere enormen physischen Mängel. Es ist einfach so, daß wir Menschen trotz all unserer für Katzen grotesken Körpermaße unglaublich langsam und unbeholfen sind. Wir sind total unfähig zu einem ordentlichen Sprung in die Weite oder in die Höhe oder zu einem anständigen Tatzenhieb, ja selbst zu fast jedem anderen simplen Manöver, das uns zu einem halbwegs passablen Spielkameraden machen würde. Den Beweis für diese unsere Unzulänglichkeiten zu erbringen ist nicht schwer. Jede Katze, die auf sich hält, kann beispielsweise mühelos aus dem Stand auf den Kaminsims springen – eine Sprunghöhe, siebenmal so groß wie ihre eigene Körpergröße oder noch mehr. Der Rekord des Menschen im Hochsprung hingegen, für den wir sogar einen Anlauf machen dürfen, beträgt knapp das Doppelte unserer eigenen Größe. Und da Katzen in Augenhöhe sehen können, woher unsere kümmerlichen Kräfte kommen – ich spreche von unserem Fußgelenk –, liegt es für sie offensichtlich nahe, unseren Fuß mit ihren eigenen zierlichen, zartsehnigen Hinterbeinen zu vergleichen.

Ist es, um diesen Gedanken einen Schritt weiterzuführen, deshalb nicht denkbar, daß Katzen die armselige Langsamkeit unserer Beine mit einem langsamen Denken assoziieren? Anders ausgedrückt: Wieso sollte sich eine solche massive körperliche Benachteiligung nicht auch geistig auf uns auswirken? Ob dem nun so ist oder nicht, Katzen erkennen anscheinend schon früh, daß ihre Aufgabe, uns zu schulen, nicht leicht und nur dann zu erfüllen ist, wenn sie ihrerseits mit ungewöhnlicher Entschlossenheit und Hingabe zu Werke gehen. Sie spüren, daß es für sie unabdingbar ist, jede Gelegenheit zur Erziehung und Korrektur zu nutzen, da wir sonst, unserer trägen Art entsprechend, sofort in unsere schlechtesten alten Gewohnheiten zurückfallen. In dieser Hinsicht, habe ich mir sagen lassen, ähnelt ihre Aufgabe der von Ehefrauen.

Da ich selbst immer Hunde hatte, habe ich lange die Theorie vertreten, daß im allgemeinen Männer Hunde bevorzugen und Frauen mehr für Katzen übrig haben. Vor meiner Katzenzeit hatte ich diese These sogar mit, wie ich immer fand, unanfechtbarer Logik vertreten – männlicher Logik natürlich.

Mein Ausgangspunkt war die schlichte Tatsache, daß Katzen ein Katzenklo benutzen. Für Frauen ist dies ein unumstößlicher Beweis für die Überlegenheit der Katzen- über die Hundenatur; ganz davon abgesehen, daß es sie der Notwendigkeit enthebt, das Tier bei unfreundlichem Wetter spazierenzuführen und sich dabei die Frisur zu verderben. Für Männer hingegen handelt es sich dabei um eine bekannte Eigenheit von Katzen, doch kaum um mehr als das. Ich selbst habe es als etwas Selbstverständliches betrachtet, daß mein Kater, wie er es auch tat, bereits am ersten Abend in meiner Wohnung die Katzentoilette benutzen würde. Ich kam nicht einmal auf den Gedanken, daß das mit Zeitungsfetzen ausgepolsterte Provisorium, das Marian und ich eingerichtet hatten, durchaus die erste gewesen sein könnte, die der Kater jemals zu sehen bekam.

Ferner nimmt die Katze die Frauen mit ihrer Fähigkeit für sich ein, daß sie sich nicht nur selbst sauberhalten kann, sondern auch das Verlangen danach hat und sich im Verlauf eines Tages sogar wiederholt putzt. Dies wirkt auf Frauen, von denen nach meiner Erfahrung viele dem Baden den Vorzug vor jeder anderen Beschäftigung geben, einfach unwiderstehlich.

Doch obwohl alle diese Punkte wesentliche Bestandteile meiner Theorie waren, handelte es sich dabei doch um vergleichsweise geringfügige, oberflächliche Dinge. Der springende Punkt meiner Theorie und Logik betraf etwas viel Wichtigeres, nämlich daß Frauen Katzen deswegen den Vorzug vor Hunden gäben, weil sie sich mit der Unabhängigkeit der Katzen identifizierten, und zwar deshalb, weil sie selbst – zumindest bis vor relativ kurzer Zeit – so wenig davon hatten.

Die Männer hingegen hatten für das Unabhängigkeitsstreben der Katze nicht nur nichts übrig, sondern verabscheuten es. Unendlich viel näher stand ihrem Herzen das Bild des anhänglichen Hundes, zusammengerollt zu ihren Füßen, des treuen Kameraden, der ohne Zögern jeder Laune seines Herrn gehorcht, ihn überallhin begleitet – auf Spaziergänge, beim Jogging, beim Laufen – und der vor allem kommt, wenn er gerufen wird, einerlei, womit er selbst gerade beschäftigt ist, sogar wenn er Jagd auf eine Katze macht.

Daß die Katze hingegen auch den einfachsten Befehl nicht einmal zur Kenntnis nimmt, geschweige denn geruht, ihm zu folgen, und daß sie, wenn gerufen, nur selten, wenn überhaupt erscheint, auch wenn sie mit nichts anderem beschäftigt ist – all dies war für die Männer nicht nur beunruhigend, es konnte auch nur eines von zwei Dingen bedeuten: entweder daß sie die Männer nicht liebte oder, schlimmer, daß sie Teilnehmerin an jener Revolution war, die schließlich nicht nur zur Gesetzlosigkeit auf den Straßen, sondern auch zur Anarchie in ihren eigenen vier Wänden führen würde.

Lange, wie gesagt, hatte ich an dieser Theorie festgehalten. Doch bereits vierundzwanzig Stunden, nachdem ich meinen Kater hatte, war ich mir nicht mehr so sicher. Und wenn mir etwas gegen den Strich geht, dann die bittere Pille schlucken zu müssen, daß eine meiner Gewißheiten plötzlich ins Wanken gerät. Jedenfalls kam ich zu dem Schluß, daß ich es meinem Kater schuldig sei, ihm reinen Wein einzuschenken –

oder ihn zumindest darüber aufzuklären, wie meine Vergangenheit in der Vor-Katzen-Ära ausgesehen hatte.

Etwa zur gleichen Zeit, als ich diesen Entschluß faßte, traf sonderbarerweise mein Kater, schon zu dieser Zeit ständig nach Gelegenheiten Ausschau haltend, mich zu erziehen und nötigenfalls umzuerziehen, ebenfalls eine Entscheidung. Wir waren auf Kollisionskurs.

Die Sache spitzte sich am zweiten Weihnachtsfeiertag zu. Den Anlaß lieferte ein Geschenk, das Marian ihm am Abend vorher mitgebracht hatte – ein Wollknäuel, abgezweigt von dem Haufen der Geschenke für die Katzen in unserem Büro. Obwohl mein Kater in seinem jungen Leben zweifellos schon mit vielen Dingen gespielt hatte, machte mir die Art, wie er mit diesem Knäuel umging, sofort klar, daß er noch nie ein richtiges Spielzeug gehabt hatte.

Den ganzen Abend über war er damit beschäftigt, das Knäuel umherzuwerfen, zu beißen und zu quetschen – und natürlich kam es ihm abhanden. Und wenn das geschah, war es offensichtlich meine Aufgabe, es ihm wieder zu beschaffen. Dabei hatte ich den Eindruck, daß er genau wußte, wo es sich befand, etwa irgendwo unter dem Sofa in einem Winkel, aus dem er es viel leichter als ich hätte hervorholen können.

Und als ich ungefähr das achte Mal meines Amtes als Laufbursche waltete, empfing ich die erste meiner Erleuchtungen, wie ich ihn dressieren könnte. Ich hatte einmal einen Artikel von einem Mann gelesen, der anscheinend viele Katzen abgerichtet hatte, und erinnerte mich an seinen Ratschlag, der Hausgenosse einer Katze solle nicht, wie bei Hunden, Befehle wie «Setzen!», «Hinlegen!» oder «Stell dich tot!» erteilen, sondern statt dessen «Setz dich!», «Leg dich aufs Ohr!» und «Schlaf ein!» verwenden. Außerdem sei, trotz dieser Variationen, manchmal ein «kleiner Anstoß» notwendig. Mit diesen Informationen ausgerüstet und fest entschlossen, unsere Spielstunde auch zum Lernen zu nutzen – was mir das erhebende Gefühl gab, ein Pionier der modernen Erziehungstheorien zu sein –, warf ich diesmal das Wollknäuel, nachdem ich es geholt hatte, nicht zu ihm hin, sondern ein Stückchen weit weg von ihm. «Hol dir's!» sagte ich in ernstem Ton zu ihm. «Hol's!» Und dies ergänzte ich durch den «kleinen Anstoß», in diesem Fall einen Schubser, während ich mir zugleich leicht ans Bein klopfte. Meine Absicht war kristallklar. Er sollte sich das Knäuel holen und es mir bringen.

Seine Antwort auf diesen Plan – der ihn dazu überlisten sollte, selbst das Knäuel zu holen, und zugleich dafür gedacht war, klare Verhältnisse zu schaffen – war verwirrend. Statt auch nur einen Augenblick lang zu erwägen, ob er meinem Wunsch entsprechen solle, hatte er offensichtlich auf der Stelle beschlossen, meinen Meisterplan in eine Lernerfahrung zu verwandeln – allerdings eine, die mir, nicht ihm zugedacht war.

Als erstes setzte er sich, sah erst das Knäuel und dann, mit strenger Miene, mich an. Langsam und kräftig schlug der Schwanz auf den Boden, nicht ein-, sondern zweimal. Katzen, so versuchte er mir geduldig, doch entschieden beizubringen, holen nichts, apportieren nichts und tun auch keines von jenen unglaublichen Dingen, wie sie vielleicht andere Tiere tun, deren Namen er vor den Anwesenden offensichtlich lieber nicht aussprach.

Ich muß völlig verdattert gewirkt haben, während er mich weiterhin mit seinen grünen Augen fixierte. Und in noch geduldigerem Ton klärte er mich auf, es sei ja keineswegs so, daß Katzen nicht gerne spielten. Sie spielten sogar sehr gern und viel hingebungsvoller als irgendwelche jener bewußten Tiere, die er vorher nicht hatte beim Namen nennen wollen. Doch es müßten Spiele sein, die *sie*, die Katzen, spielen wollten, und ihnen selbst müßte die Initiative überlassen werden.

Offenbar war die Zeit für ein weiteres unserer Gespräche von Mann zu Kater gekommen. «Komm hierher», sagte ich.

Und ich wiederholte das «Komm», um jede Unklarheit zu beseitigen.

Diesmal sah er mich an, als glaubte er, nicht recht gehört zu haben. Dieses «Komm» war wirklich des Guten zuviel. Er hatte es eindeutig mit einem Menschen zu tun, der, wie man so schön sagt, nicht alle Tassen im Schrank hat. Aber er war tolerant und bereit zu tun, was er konnte, um meine Verhaltensmuster zu bessern. Um jede Möglichkeit eines Mißverständnisses auszuschließen, wollte er mich wiederholen lassen, was ich da von mir gegeben hatte. Aber damit, sprach sein Schwanz warnend, hätte es sich dann auch.

Ich antwortete, daß ich meinte, was ich gesagt hätte. Und was mich betreffe, stehe jetzt nur eine einzige Frage zur Debatte: ob er es tun werde.

Katzen kennen kein Kopfschütteln. Sie brauchen es nicht. Statt dessen wedeln sie mit dem Schwanz, und dies tat er jetzt, und zwar mit – ich habe kein anderes Wort dafür – Endgültigkeit. Katzen, erklärte er eindeutig, kommen nicht, wenn man sie ruft. «Aha!» sagte ich. «*Nie?*» Und wenn es sich um etwas handle, was sie gern hätten – beispielsweise etwas zum Knabbern?

Er seufzte sichtbar. Das, versuchte er mir klarzumachen, sei ein ganz anderer Fall. Wenn unsere Diskussion überhaupt einen Sinn haben solle, möge ich doch bitte beim Thema bleiben.

Nun war es an mir zu seufzen. Ohne im geringsten zuzugeben, daß sein Essen mit dem vorliegenden Fall nichts zu tun habe, bat ich ihn, das jetzt erst einmal zu vergessen und mir nur eine einzige Frage zu beantworten: Warum er nicht kommen wolle.

Diesmal hätte seine Antwort in gesprochener Form nicht klarer ausfallen können. Es gehe, gab er zu verstehen, ums Prinzip.

Das hatte mir gerade noch gefehlt. «Prinzip, so ein Blödsinn!» sagte ich. Ich sei in meinem Leben schon vielen Katzen begegnet, und ich sei, ob es ihm gefalle oder nicht, auch schon sehr vielen von den Tieren jener anderen Sorte begegnet, die er ungenannt lassen wolle. Und, schloß ich in energischem Ton, die Sorte Tier, die ich am liebsten hätte, sei die, die tatsächlich komme, wenn man etwas so Einfaches wie «Komm!» sagte.

Darauf äußerte er geraume Zeit nichts. Das Schweigen dehnte sich derart lange, daß ich ernstlich fürchtete, ich könnte unserer Beziehung dauernden Schaden zugefügt haben. Wahrscheinlicher aber war, daß er nur über die entsetzliche Vorstellung nachgrübelte, daß ein Mensch wie ich einen so großen Teil seines Lebens in Gesellschaft einer in seinen Augen eindeutig minderen Spezies verschwendet hatte. Wie auch immer – die Diskussion fand ein Ende, als er mir sozusagen ein Ultimatum stellte. Anmutig und träge stand er auf, ging an dem Wollknäuel vorbei und ließ sich am anderen Ende des Zimmers wieder gemütlich nieder. Katzen, sagte er mit einem Gesichtsausdruck, der an Deutlichkeit nichts zu wünschen übrigließ, KATZEN KOMMEN NICHT AUF BEFEHL.

Nun war es an mir, Geduld zu üben. Einverstanden, sagte ich, wenn ich schon ohne eigenes Verschulden zufällig soviel Zeit mit einer minderen Spezies zugebracht und dadurch gewisse starre Denkgewohnheiten entwickelt hätte und wenn ich infolge besagter Denkgewohnheiten leichter mit einem Freund zurechtkäme, der auf die Aufforderung zu kommen, nun ja, eben kam, könnte er dann nicht einsehen, wie es mich belastete, diese Denkgewohnheiten praktisch über Nacht ändern zu müssen? Und könnte er angesichts dessen nicht hin und wieder meiner beschränkten Geistesverfassung ein Zugeständnis machen und auf meine Aufforderung «Komm!» – nun ja ...

Er gähnte und begann sich zu putzen. Offensichtlich war für ihn unsere Diskussion beendet und die Sache dem Rat vorgelegt worden. Und ebenso lag auf der Hand, daß mit einer alsbaldigen Entscheidung nicht zu rechnen war. Und nach dem Mangel an Energie zu schließen, mit dem er seiner Putzaktion nachging, würde die Ratssitzung zweifellos die ganze Nacht hindurch dauern.

Wie es sich dann ergab, bekam ich nie eine klare Entscheidung. Immerhin schlug ich einen Kompromiß heraus: Ich sollte niemals «Komm!» oder «Komm hierher!» oder etwas Ähnliches sagen. Außerdem sollte ich, hätte ich den Wunsch, daß er zu mir käme, niemals etwas tun, was sein Zartgefühl verletzen könnte, beispielsweise mir aufs Knie klopfen, in die Hände klatschen, pfeifen oder mit der Zunge schnalzen. Aber immerhin waren mir subtilere Andeutungen, daß um seine Gegenwart ersucht werde, erlaubt – zum Beispiel durch eine an die Welt schlechthin oder an das Zimmer im allgemeinen gerichtete Erkundigung, wo er sich denn befinde.

Er seinerseits erklärte sich bereit, solche allgemeinen Anfragen, wenn er sie vernahm, nicht gänzlich zu ignorieren. Im Gegenteil, nachdem eine schickliche Frist verstrichen war, würde er sich würdevoll-gemessen in meine Richtung in Bewegung setzen.

Auf diese Weise würde mir und der Welt insgesamt demonstriert, daß er dem geheiligten Erbe seiner Ahnen, die so lange und so ruhmvoll um ihre Unabhängigkeit gekämpft hatten, nicht untreu geworden war. Er hatte seine Pflichten nicht vergessen, war weder abgefallen noch hatte er die Seiten gewechselt. Allein im Interesse des Strebens nach Glück, um den häuslichen Frieden und ein gedeihliches Miteinander für uns beide zu sichern, hatte er zugelassen, daß dieser vordem so bedenklich benachteiligte Mensch ihm in einem kleinen – einem winzigen – Punkt eine gewisse Ähnlichkeit mit jenem Tier zuschrieb, das er nicht auszuzeichnen gedachte, indem er es beim Namen nannte. Aber es sollte keinerlei Unklarheit darüber bestehen, daß diese Angelegenheit damit ein für allemal als erledigt zu betrachten sei und nie wieder aufs Tapet gebracht werden dürfe.

## 4  Bei der Tierärztin

In meinen Tagen als Gesellschaftskolumnist beschrieb ich einmal in einer Story, wie die inzwischen verstorbene Mrs. E. T. Stotesbury, die angesehenste Gastgeberin in Palm Beach, eines Tages ihren Ehemann abholte, der einen ausgedehnten Urlaub in Europa verbracht hatte. Mrs. Stotesbury hatte die Zeit seiner Abwesenheit dazu genutzt, an ihrem herrschaftlichen Landsitz in Palm Beach umfangreiche Arbeiten ausführen zu lassen, und es irgendwie versäumt, ihren Ehemann über deren gewaltige Ausmaße ins Bild zu setzen. Doch nun mußte dies natürlich nachgeholt werden, und sie brachte ihm die Neuigkeit, kurz bevor sie in die Auffahrt einbogen, auf ihre Art bei. «E. T.», sagte sie und sah ihren Mann an. «Ich habe eine Überraschung für dich.» Argwöhnisch wandte Mr. Stotesbury den Kopf und blickte seine Frau an.

«Eva», sagte er, «Ehemänner mögen keine Überraschungen.»

Irgendwie erinnerte mich diese Geschichte an meinen Kater. Denn Katzen haben in diesem Punkt mehr mit Ehemännern als mit Ehefrauen gemeinsam. Auch sie mögen keine Überraschungen.

Hingegen haben Katzen viel für ein geregeltes Leben übrig. Und in unseren ersten gemeinsamen Tagen – und Nächten – legten mein Kater und ich viele Regeln für unser gemeinsames Leben fest. Oder vielmehr: Er legte sie fest, und ich legte mich ins Zeug, um sie zu befolgen.

Manche dieser Regeln verlangten notgedrungen Kompromisse. Mein Kater war zum Beispiel ein Frühaufsteher – in Tat und Wahrheit erhob er sich bereits um drei Uhr morgens. Damit war ich natürlich einverstanden. Seine Tageseinteilung, das gehörte zu unseren Abmachungen, war seine eigene Sache. Das dumme war nur, daß er um drei Uhr morgens gern einen Frühimbiß einnahm. Auch das bot scheinbar kein Problem; ich brauchte einfach ein Schüsselchen mit Brekkies hinzustellen, bevor ich mich aufs Ohr legte.

Leider aber hatte die Sache doch einen Haken. Ich konnte nicht einfach eine Schüssel Brekkies hinstellen, ehe ich zu Bett ging. Er würde sie vertilgen, bevor er sich aufs Ohr legte. Unglücklicherweise besaß er weder etwas von der guten altmodischen Bostoner Disziplin – obwohl ich dachte, er hätte zumindest begonnen, sie von mir zu übernehmen – noch meine gute, vernünftige Bostoner Zukunftsplanung. Wie groß die Schüssel auch sein mochte, die ich mit Brekkies füllte, sie war leer, ehe er sich zur Nachtruhe begab.

So wurde in diesem Punkt seine Zeiteinteilung auch zu meiner, und wir schlossen einen Kompromiß. Jeden Abend vor dem Zubettgehen stellte ich ein leeres Schüsselchen auf den Boden neben meinem Bett und legte auf das Tischchen daneben eine Packung Brekkies. Um drei Uhr morgens – und darin war er überaus penibel – pflegte er aufzuwachen, sich umzudrehen und mich zu wecken. Um 3.01 Uhr drehte ich mich um, legte ein paar Brekkies in sein Schüsselchen und schlief wieder ein – beziehungsweise ich versuchte wieder einzuschlafen.

Wenn dann der Morgen wirklich kam, war ein zweiter Kompromiß notwendig. Bei diesem hieß das Problem Wasser. Die Vorstellung, alle Katzen seien wasserscheu, ist irrig. Die meisten Großkatzen lieben Wasser sogar. Ein englischer Freund von mir, John Aspinall, der in der Gegend von Canterbury einen Privatzoo unterhält, hatte außer den Tigern auch einen Swimmingpool. An heißen Tagen nahmen die

Großkatzen regelmäßig ein kurzes Bad in dem Becken, und oft kam es vor, daß sie, wenn sie dabei Gesellschaft haben wollten, an Johns Haustür kamen, daran kratzten und ein Tiger-Miau von sich gaben. Dann zog John in aller Eile seine Badehose an, öffnete die Tür, und alle liefen sie schnurstracks zum Pool. Normalerweise gingen die Tiger einfach so ins Wasser, doch als sie im Laufe der Zeit öfter erlebten, wie John vom Sprungbrett ins Becken hechtete, stiegen sie selber auf das Brett und vollführten ihre Version von Johns Schwalbensprung.

Auch manche Hauskatzen haben, zumindest an heißen Tagen, nichts gegen ein Bad. Die ebenfalls mit mir befreundete Marti Scholl, die in Las Vegas eine eigene Fernsehshow hatte, nahm immer ihre beiden Katzen zum Swimmingpool mit. Als sie an einem besonders heißen Tag eine Runde schwamm, schien ihr, daß ihre Katzen ihr ungewöhnlich interessiert zusahen. Ohne lange zu überlegen, stieg sie aus dem Becken, klemmte sich unter jeden Arm eine Katze und ging von dort, wo die Stufen ins Wasser führten, so weit hinein, daß sie sich gerade noch über der Wasseroberfläche befanden. Dann ließ sie sie behutsam, wie man einem Kind das Schwimmen beibringt, ins Wasser, wobei sie zunächst unter jede eine Hand hielt. Im Handumdrehen schwammen sie von ihr weg und nach Herzenslust hin und her.

Mein Kater war keineswegs vom gleichen Kaliber wie Mr. Aspinalls oder Ms. Scholls Katzen. Allerdings sträubte er sich nicht gegen Wasser in jeglicher Form. Nur Wasser, das von oben kam, mochte er nicht – wie Regen oder Duschbäder. Er hatte nichts dagegen, wenn es in kleinen Quantitäten, wie aus einem Hahn, kam – ja in dieser Form sagte es ihm sehr zu. Aber es durften eben nur kleine Mengen sein. Ging es um Wasser in Massen, verlangte er es in horizontaler Ausführung. Und dann hatte er es besonders gern, wenn ich mich darin befand – in meiner Badewanne zum Beispiel. Für die Dusche hatte er nie etwas übrig, einerlei, ob ich darunter stand oder nicht.

So schlossen wir einen weiteren Kompromiß. Obwohl ich vorher immer geduscht hatte, gab ich nun diese Gewohnheit auf und legte mich statt dessen in die Wanne. In der Wanne, sagte ich mir, wird man ohnehin viel sauberer als unter der Dusche. Und ob dies nun zutraf oder nicht, ich fand großen Gefallen an diesem neuen von uns entwickelten Bade-Ritual. Dabei machte er folgendes: Sobald ich in der Wanne lag, sprang er auf den Rand hinauf – angesichts seiner lahmen Hüfte ein heikler Sprung –, balancierte sich aus und begann dann gemessen seinen Rundgang. Er ging zuerst auf das hintere Ende der Wanne zu und blieb stehen, wenn er zu meiner Schulter kam, lehnte sich an mich, gab mir einen kleinen Nasenstüber und kniff mich spielerisch mit den Zähnen. Dann setzte er seinen Marsch fort. Sobald er das obere Ende der Wanne erreicht hatte, untersuchte er sorgfältig den Wasserstrahl, und wenn ich diesen nicht so eingestellt hatte, daß er davon ein paar Tropfen trinken konnte, wandte er sich zu mir um und wies mich an, dies zu tun. Ich gehorchte natürlich.

Eines Tages nun las ich, ich glaube in der Zeitschrift *Cat Fancy*, einen Artikel, in dem eine Frau schrieb, einer der reizendsten Einfälle ihrer Katze bestehe darin, zusammen mit ihr zu baden. Dann schilderte sie das gemeinsame Bad und beschrieb es beinahe genauso, wie ich es eben dargestellt habe – samt dem Nasenstüber, und auch wie ihre Katze den Wasserhahn untersuchte und davon trank.

Da ich der Meinung war, nur mein Kater, er ganz allein habe solch wunderliche Gewohnheiten, war ich über den Artikel zunächst sehr verstimmt. Doch dann tröstete ich mich mit dem Gedanken, wenn diese beiden Katzen, mein Kater und die Katze der Verfasserin des Artikels, als einzige auf der Welt sich so verhielten, sei es eigentlich gar nicht so übel.

Trotzdem nagte der Zweifel an mir – so sehr, daß ich mich eines Tages an eine Katzenliebhaberin aus meinem Freundeskreis wandte und sie rundheraus fragte, ob sie schon einmal zusammen mit ihrer Katze ein Bad genommen habe. «Aber sicher», antwortete sie prompt, «und denken Sie sich, wenn wir ins Bad gehen, tut sie etwas ganz Kurioses. Sie springt –»

Ich wisse schon Bescheid, unterbrach ich sie mißmutig, denn mein Kater tue das gleiche. Jetzt, dachte ich, sind es nicht zwei, sondern schon drei und weiß Gott wie viele sonst noch. Vielleicht gab es Hunderttausende von Katzen auf der Welt, die dasselbe Ritual durchführten, und zwar seit Hunderten von Jahren oder zumindest seit der Erfindung der Badewanne. Weiß der Himmel, vielleicht hatte sich unter den Katzen herumgesprochen: Die Menschen sind derart auf den Kopf gefallen, daß sie glauben, du bist die einzige Katze, die die Sache mit dem Baden macht. Vielleicht hatte sich sogar herumgesprochen, daß die Leute, selbst wenn sie nicht glauben, ihre Katze zeige dieses Verhalten als einzige, dadurch unfehlbar so guter Stimmung werden, daß ihr Liebling sich zumindest darauf verlassen kann, ein reichlicheres und besseres Frühstück als gewöhnlich vorgesetzt zu bekommen.

Ich wollte mich mit diesem Thema nicht länger beschäftigen. Doch da ich gerade vom Frühstück spreche, möchte ich feststellen, daß mein Kater und ich mitnichten den normalen morgendlichen Imbiß einnahmen, wie ihn der Leser einnimmt. Denn lange bevor es überhaupt in Mode kam und die oberen Ränge des Big Business es analog dem Arbeitsessen für sich beanspruchten, bahnten wir beide ganz allein dem «Arbeitsfrühstück» den Weg.

Auch dies begann mit einem Kompromiß. Mein Kater hatte sehr viel fürs Frühstück übrig, und wenn er sein eigenes verzehrt hatte, nahm er gern auch noch meines zu sich. Vergebens hielt ich ihm vor, daß er egoistisch und rücksichtslos handle. Vergebens auch hielt ich ihm vor Augen, daß ich in einem Haus aufgewachsen war, wo Tiere zu keiner Zeit Zutritt zum Eßzimmer hatten, auch dann nicht, wenn gerade keine Mahlzeit aufgetragen wurde. Und was seine Angewohnheit betreffe, ohne meine Erlaubnis auf den Tisch zu steigen und hier einen Bissen, dort ein Häppchen zu naschen, von allem, wonach ihn gelüstete, von Getreideflocken bis zu Eiern oder was sonst noch, so müsse das ein Ende haben. Ich könnte und würde es einfach nicht tolerieren – punktum.

So schlossen wir abermals einen Kompromiß. Ich erklärte mich einverstanden, ihn auf den Tisch zu lassen, wenn keine Gäste da waren, und er seinerseits fand sich bereit, nichts zu sich zu nehmen, solange ich aß. Nicht fixiert war in diesem Kompromiß folgendes Problem: Wenn ich den Löffel oder die Gabel im Mund hatte und er sich nicht sicher war, ob sie dorthin zurückkehren werde, woher sie gekommen war, oder ob ich fertig war – wer war dann an der Reihe, er oder ich? Schließlich lösten wir das Problem so: Wenn sich der Löffel bewegte, war noch immer ich dran, wenn nicht, kam er an die Reihe.

Bei einem dieser Arbeitsfrühstücke bemerkte ich, daß seine Hüfte immer noch nicht in Ordnung war. Die Schnittwunde über dem Maul war gut verheilt, und die Hüfte hatte sich etwas gebessert, aber sie war keineswegs wieder ganz geheilt. Es war also höchste Zeit, daß ich ihn zum Tierarzt brachte. Ich hatte das möglichst lange hinausgeschoben, um seinen Eingewöhnungsprozeß nicht zu unterbrechen. Doch nun ließ sich die Sache nicht mehr länger hinausziehen. Die Hüftverletzung war nur einer von mehreren Gründen für einen Besuch beim Tierarzt. Er mußte gründlich untersucht werden, er mußte geimpft und er mußte – das Schlimmste von allem – kastriert werden. Ob er ins Freie kam oder nicht, ob er Umgang mit anderen Katzen haben würde oder nicht, ich, der ich seit Jahren Kastration und Sterilisation verfochten hatte, konnte mir einfach keine Katze halten, die nicht entsprechend «behandelt» war.

Außerdem schüttelte er oft heftig den Kopf. Zuerst dachte ich, das gelte manchen meiner Ideen, doch als es sich auch dann nicht gab, wenn ich ihm keinen Ratschlag erteilt hatte, erkannte ich, daß mit seinen Ohren irgend etwas nicht in Ordnung war. Das war keine Überraschung. Wie ich damals am ersten Tag zu Mrs. Wills gesagt hatte, haben die meisten weißen Katzen solche Probleme. Es war ein zusätzlicher Anlaß, ihn zum Tierarzt zu bringen.

Ein anderer Grund, warum ich den Besuch beim Tierarzt aufgeschoben hatte, war mir vielleicht nur halb bewußt. Damals – und das ist immerhin noch nicht einmal zehn Jahre her – zeigten nur wenige Tierärzte, zumindest öffentlich, Verständnis für das aktive Engagement von Tierfreunden. Obwohl der amerikanische Veterinär einen Eid ähnlich dem berühmten hippokratischen Eid des Humanmediziners ablegt – «meine wissenschaftlichen Kenntnisse und Fertigkeiten zu nutzen, um die Leiden von Tieren zu lindern» –, erschien den aktiven Tierschützern dieser Eid, wenigstens wenn man Tierärzte nach ihrer Einstellung uns gegenüber beurteilte, weniger hippokratisch als hypokritisch. Und manche Tierärzte erwiderten diese Gefühle von Herzen. Ja die schärfste Kritik, deren Ziel ich persönlich wurde, kam zum Teil direkt aus den Reihen ihrer Standesvertretung, der Amerikanischen Veterinärmedizinischen Gesellschaft. Ich möchte damit nicht sagen, daß ich unter den Tierärzten nicht auch manche Freunde hatte oder daß nicht einige von ihnen manchmal öffentlich meine Partei ergriffen. Doch sie waren die Ausnahme, nicht die Regel.

Leuten, die sich nicht selbst für den Tierschutz engagieren, mag dies vielleicht unglaublich scheinen. Sie lesen Bücher, die von gütigen Tierärzten handeln, die zu jeder Tages- und Nachtzeit auf den Beinen sind, um Tiere zu verarzten, und aus deren Worten die Liebe zum Tier spricht. Sie sehen Tierfilme und Fernsehsendungen, in denen der Tierarzt als einsamer Held gegen scheinbar unüberwindliche Widerstände antritt – allerdings nicht gegen Jäger oder Laboratorien –, und sie haben vielleicht sogar ein Kind, das Tiere liebt und, wenn es einmal erwachsen ist, nichts sehnlicher möchte, als Tierarzt oder -ärztin zu werden und Tieren beizustehen. Sie alle sind überzeugt, daß diese gütigen Tierdoktoren ausnahmslos mit Tierschützern und ihren Organisationen vertrauensvoll und beinahe Tag für Tag zusammenarbeiten.

Dieselben Leute fahren manchmal in eine Stadt, die für sie neu ist, und wenn sie mehr als nur einmal ein Schild mit der Aufschrift «Tierklinik» sehen, ziehen sie daraus sofort den Schluß, sie befänden sich in einem sehr tierfreundlichen Ort. Leider aber widerfährt es solchen Leuten nur selten, daß sie in dieser Stadt irgendwo am Straßenrand ein krankes oder verletztes Tier bergen und es dann in eine dieser «Tierkliniken» bringen. Dann nämlich müßten sie in vielen Fällen erleben, daß der «gütige» Tierarzt, der die Klinik leitet, es ablehnt, das Tier aufzunehmen, es sei denn unter zwei Voraussetzungen: Erstens muß man vorgeben, man bringe hier sein eigenes, nicht ein herrenloses Tier, und zweitens mindestens fünfzig Dollar in bar auf den Tisch legen.

Ein Feld, auf dem der Tierschützer und der engstirnige Veterinär von gestern lange die Klingen kreuzten, war das der kostengünstigen Sterilisations- und Kastrationsprogramme. Obwohl diese Aktionen unstreitig einen bedeutsamen Versuch darstellten, dem Überhandnehmen streunender Tiere entgegenzuwirken, wurden sie in jenen Tagen von den Tierärzten nur zu oft mit allen Mitteln bekämpft. Diese Programme bedeuteten für sie schlicht einen Verlust an Einnahmen; sie vertraten den Standpunkt, wenn sie für Sterilisationen und Kastrationen nicht denselben Tarifsatz wie für ihre anderen Dienstleistungen anwendeten, würden wohlhabende Leute, die sich die regulären Kosten leisten könnten, ebenfalls nur das niedrige Honorar zahlen, das doch für die Armen gedacht sei.

Fairerweise muß man zugeben, daß daran etwas Wahres war – es war schwierig, eine Regelung zu finden, wer den regulären und wer den ermäßigten Preis zahlen sollte. Doch die ablehnende Haltung hatte insgesamt zur Folge, daß sich allzu oft nur human gesinnte Tierärzte an solchen Programmen beteiligten, was für sie wiederum hoffnungslose Überlastung bedeutete. Heute, dank dem Erfolg von Kampagnen wie beispielsweise «Ein Herz für Tiere» in Los Angeles und dank der Tatsache, daß mehr und mehr Tierasyle verlangen, daß alle Katzen vor ihrer Adoption oder möglichst bald danach sterilisiert beziehungsweise kastriert werden, bessert sich die Lage allmählich. Nicht zuletzt hat dazu die veränderte Denkweise beim Stand der Tierärzte, namentlich bei dessen jüngeren Mitgliedern, beigetragen. Während vor zwanzig Jahren der Tierschutz-Fonds mit seinem Ansteckknopf «Auch Tiere haben Rechte!» bei Tierärzten nur mitleidiges Lächeln auslöste, gibt es heute eine hochgeachtete «Tierärztliche Vereinigung für die Rechte der Tiere».

Ja heute besteht sogar Anlaß zu Optimismus, was den lange wogenden Kampf zwischen Tierschützern und -ärzten auf dem überhaupt wichtigsten Gebiet betrifft – dem der Laborexperimente mit Tieren. Noch vor ein paar Jahren war es nicht einfach, einen Tierarzt für «unsere Seite» und dafür zu gewinnen, daß er bei einem Hearing in Washington oder auch nur in der Hauptstadt eines Bundesstaates aussagte, während der «anderen Seite» die Veterinäre anscheinend nur so zuströmten. Heute ist das Verhältnis zwar noch immer nicht ausgeglichen, aber wir holen auf, und für diesen Umschwung ist es, zumindest nach der Meinung des Autors, auch höchste Zeit. Und für kein Tier gilt dies mehr als für die Katze, weil sie, wie eigentlich jeder Tierarzt wissen sollte, wegen ihrer besonders großen Sensibilität im Labor wahrscheinlich viel mehr zu leiden hat als jedes andere Tier.

Zum Beispiel wird dem der Katze eigenen Reinlichkeitsbedürfnis nicht Rechnung getragen. In der Frühzeit des Tierschutz-Fonds, als er gerade seine Tätigkeit aufgenommen hatte, sah ich in einem Labor nach dem andern Käfig um Käfig, und alle bestanden aus Drahtgeflecht, was anscheinend ihre Reinigung erleichterte. Und für die Leute, die das besorgten, stimmte das wohl. Doch für die Katzen, die nichts hatten, worauf sie stehen konnten, außer diesen dünnen Drähten, auf denen sie nur mühsam das Gleichgewicht halten konnten, und keine Möglichkeit hatten, sich zu setzen oder hinzulegen, war es unglaublich grausam. Zu allem Überfluß liefen aus den oberen Käfigen Urin und Kot in die darunter befindlichen.

Doch die physischen Qualen sind für die Katze nur eine Seite eines jammervollen Labordaseins. Denn dieses Tier hat das schreckliche Mißgeschick, mit einem hochentwickelten Gehirn ausgestattet zu sein, das der Mensch schon seit Jahrhunderten zu erforschen versucht. Als es noch keine Anästhesie gab, müssen die Tiere unvorstellbare Qualen gelitten haben; doch selbst heute noch ist es ein herzzerreißender Anblick, wenn man in praktisch jedem Versuchslabor auf der Welt Hunderten von Katzen begegnet, die Gehirnexperimente zu Hunderten erdulden müssen – alle mit den verräterischen Elektroden, die nicht an, sondern in ihren kleinen Köpfen befestigt sind.

Doch nicht nur das Gehirn und das Nervensystem der Katze sind für die Wissenschaft von großem Interesse, auch die Katzenpsyche veranlaßt Forscher oft zu grausamsten psychologischen Experimenten. Vor kurzem wurde beispielsweise ein auf zwanzig Jahre (!) befristetes, mit Millionen Dollar Forschungsgeldern unterstütztes Experiment zur Untersuchung der Auswirkungen von Verstümmelungen auf das Geschlechtsleben von Katern in Angriff genommen. Dies geschah ausgerechnet im Naturhistorischen Museum in New York, wo die Experimentatoren unter anderem Katzen gehörlos machten, blendeten oder ihren Geruchssinn zerstörten, davon abgesehen, daß ihnen Teile des Gehirns und der Geschlechtsorgane operativ entfernt wurden.

Diese Experimente wurden zwar schließlich eingestellt, aber nicht etwa, weil das Museum selbst davon abrückte; sie wurden gestoppt, weil das Museum, wie mir der Präsident selbst mitteilte, dadurch ein Drittel seiner Sponsoren verloren hatte.

Nur wenige an Tieren begangene Grausamkeiten erstaunen mich noch, aber die an Katzen vorgenommenen psychologischen Experimente schockieren mich noch immer. Zwei davon stehen mir besonders kraß vor Augen. Das eine fand an der Stanford University statt, wo ein gewisser Dr. William Dement bei seinen Kollegen sozusagen Starruhm erlangte, weil er es fertigbrachte, eine Katze so lange vom Schlafen abzuhalten, daß er damit den meines Wissens bislang noch nicht überbotenen Weltrekord aufstellte. Siebzig Tage lang zwang Dr. Dement eine Katze, auf einem von Wasser umgebenen Ziegelstein zu stehen.

Das zweite Experiment fand am anderen Ende der Vereinigten Staaten statt, im Veterans Hospital in Northport, im Bundesstaat Long Island. Hier standen dem Experimentator eine Vielzahl von Katzenmüttern mit ihren Jungen zur Verfügung. Sein Verfahren bestand darin, die Katzenmutter von ihrem Nachwuchs zu trennen und dann dem Kätzchen, wenn es auf seine Mutter zulief, durch ein an seinem Bein befestigten Gerät Elektroschocks zu versetzen. Diese Schocks wurden immer stärker, je näher das Kleine seiner Mutter kam; das Experiment begann mit dem siebten Tag nach der Geburt und dauerte fünfunddreißig Tage lang, also während der gesamten Stillperiode.

Während dieser Zeit, so schrieb der Wissenschaftler, fand das Verhalten der Katzenmütter zunehmend sein Interesse, obwohl sie selbst nicht Gegenstand der Untersuchung waren. Diese Mütter, stellte er fest, unternahmen, was sie nur konnten, um, wie er sich ausdrückte, das Experiment zu «durchkreuzen». Sie bissen und setzten ihre Krallen ein. Sie versuchten angeblich, die Stromdrähte zu durchbeißen. Und natürlich wollten sie zu ihren Kleinen hinlaufen und sie schützen. Doch wenn dies nur dazu führte, daß die Kätzchen noch stärkeren Stromstößen ausgesetzt wurden, zogen die Mütter sich schließlich zurück und versuchten sogar, die Jungen von sich fernzuhalten, indem sie mit den Pfoten nach ihnen schlugen.

Sowohl diese wie auch die Studie des Naturhistorischen Museums hatte übrigens den Zweck, Aufschlüsse über die Ursachen der Jugendkriminalität zu liefern.

Von der Tierärztin, die ich für meinen Kater aussuchte, wußte ich, daß sie über derartige Quälereien genauso dachte wie ich. Sie hieß Susan Thompson und war ehemals an der Tiermedizinischen Fakultät die einzige Studentin in ihrem Jahrgang gewesen. Bevor sie ihre Privatpraxis eröffnete, hatte sie in einem Tierasyl gearbeitet, dessen Vorstand ich angehörte, und ich wußte, daß sie ihr Fach nicht nur sehr gut verstand, sondern auch über eine seltene Kombination von Festigkeit und Zartheit verfügte. Zugleich befähigte sie ihre rasche Hand, Dinge zu tun, die zwar für das Tier im Augenblick schmerzhaft, aber zumeist schon vorüber waren, ehe es begriff, was vor sich ging. Bei einer Katze ist das keine geringe Leistung.

Ich rief sie an und setzte sie von der hohen Ehre in Kenntnis, für die sie ausersehen worden war. Sie sagte, ich solle den Kater am folgenden Vormittag bringen, und hörte sich dann meine Diagnose wie auch meinen Lobgesang auf seine sämtlichen Tugenden mit höflichem, doch wie ich spürte, allmählich nachlassendem Interesse an, bis ich zum Punkt seiner «Behandlung» kam. «Wenn wir ihn kastrieren wollen», sagte sie, «muß ich ihn über Nacht hierbehalten, und geben Sie ihm bitte nach sechs Uhr heute abend nichts mehr zu fressen und zu trinken.»

Ich wußte, daß sie ihn über Nacht würde behalten müssen, aber das übrige war mir nicht klar gewesen. Es war schon schlimm genug, daß ich ihn zum erstenmal aus der Wohnung bringen mußte, aber daß ich ihn außerdem noch den ganzen Abend, die ganze Nacht hindurch auf Nulldiät, ohne Wasser, ohne Futter, würde setzen müssen – das erschien mir besonders hart.

Trotzdem, es mußte geschehen. Und so bemühte ich mich den ganzen Abend über, ihn, während er um Fressen bettelte, so gut es ging mit der Versicherung abzulenken, daß nicht ich, sondern jemand anders auf diese Idee gekommen sei. Ich versuchte sogar, ihn dazu zu bringen, ein Baseballspiel mit einem Tischtennisball zu Ende zu spielen, das wir uns ausgedacht hatten. Doch immer wieder gab er ein klagendes «Ajau» von sich, streckte eine Pfote aus, zog mich am Hosenbein und versuchte, mich in Richtung Küche zu dirigieren. Als ich mich weigerte, nahm er seine Zuflucht zum kläglichsten «Ajau», das ich je von ihm gehört hatte. Und als es Zeit zum Schlafengehen wurde, lehnte er es ab, aufs Bett zu springen.

Spät am Abend gab er dann schließlich auf, hopste aufs Bett und ließ sich nicht wie sonst neben meinem Hals, sondern weit unten bei meinen Füßen mit einem übertriebenen, entnervten Plumpser nieder. Um drei Uhr morgens weckte er mich wie üblich, aber als ich auch dann keine Anstalten machte, die Brekkies herauszurücken – obwohl er die Schachtel in Sichtweite hatte, ja sie mit den Augen fixierte –, war seine Leidensgrenze erreicht. Offensichtlich hatte ich den Verstand verloren, und so mußte er die Sache in die eigenen Pfoten nehmen. Mit einem einzigen Satz sprang er über mich hinweg auf das Tischchen neben dem Bett, warf mit einem Prankenhieb die Schachtel um; aber dann, als er gerade loslegen wollte, handelte ich. Ich drehte mich um, fuhr hoch und packte zu.

Er sah mich mit einem Blick an, der sagte: «Jetzt kenne ich den Feind. Du bist's!», aber ich ignorierte ihn. Statt dessen schob ich die Brekkies wieder in die Schachtel und verstaute sie in einer Schublade. Er wandte sich ab, sprang auf den Boden und verbrachte den Rest der Nacht dort.

Am nächsten Morgen löste ich das Problem des Arbeitsfrühstücks mit einem, wie ich behaupten darf, meisterlichen Schachzug. Ich beschloß nämlich, an diesem Morgen ebenfalls nicht zu frühstücken. Schließlich braucht niemand jeden Morgen ein Frühstück.

Statt dessen ging ich zum Einbauschrank in der Diele und holte den Katzenkoffer herunter, den Marian in ihrer gewohnten weisen Voraussicht heimlich in die Wohnung gebracht und außer Sichtweite, auf einem der oberen Regalfächer, verstaut hatte. Ich war überzeugt, daß mein Kater noch nie einen Katzenkoffer zu Gesicht bekommen hatte. Doch das nützte mir wenig, denn im Moment, wo ich ihn hervornahm, spürte er, daß sich etwas Hochverdächtiges anbahnte und daß es mit diesem blöden Ding – dem Koffer – zu tun hatte. Mir wurde augenblicklich klar, daß er keinesfalls gesonnen war, sich in dieses Gehäuse zu begeben, ja ihm auch nur in die Nähe zu kommen.

Während ich mir überlegte, was ich in dieser Situation anfangen sollte, fiel mir ein, daß ich irgendwo gelesen hatte, bevor man seine Katze in einen solchen Koffer zu verfrachten versuche, solle man erst dafür sorgen, daß sie damit richtig Bekanntschaft schließen könne. Sie solle die Möglichkeit bekommen, sich damit anzufreunden, sogar darin mit ein paar von ihren Spielsachen zu spielen. Und all dies solle man schon geraume Zeit tun, ehe man auch nur daran dächte, sie in dem Koffer irgendwohin zu befördern.

Doch das hatte ich natürlich versäumt, und jetzt war es zu spät. Ich erinnerte mich auch an das Erlebnis einer Bekannten von mir, Pia Lindstrom. Sie hatte damals zwei Katzen und erzählte mir von ihrem ersten Besuch beim Tierarzt, zu dem sie die eine Katze im Katzenkoffer verstaut und sich die andere unter einen Arm geklemmt habe. Die eine Katze, sagte sie, habe überhaupt nichts gegen den Koffer gehabt, wohl aber die andere. Sie habe sich nicht hineinlocken und auch nicht unter Anwendung von Gewalt hineinverfrachten lassen.

Als Pia Lindstrom beim Tierarzt eintraf, nahm dieser an, daß entweder die zwei Katzen nicht miteinander auskämen oder zwei Katzen nach Ms. Lindstroms Meinung für einen einzigen Koffer zuviel seien. «Geben Sie mir die hier», sagte er, «ich habe nebenan einen zweiten Koffer.» Ms. Lindstrom trat einen Schritt zurück. «Nein, nein», sagte sie, «machen Sie sich keine Umstände. Die geht auf gar keinen Fall hinein.» Der Tierarzt fragte, was sie damit meine. Ms. Lindstrom erklärte es ihm, aber er wollte ihr nicht glauben. «Unsinn», sagte er. Und damit packte er ihre Katze und ging in das andere Zimmer, um sie in den Koffer zu setzen.

Ms. Lindstrom sah die beiden verschwinden und hörte, wie sich die Tür schloß. Doch das war nicht das Letzte, was sie vernahm. Denn was als nächstes an ihre Ohren drang, berichtete sie mit der Sachlichkeit, die ihre Ausbildung als Fernsehsprecherin verlangte, sei einem Erdbeben gleichgekommen. Es habe sich angehört, als würden Stühle, vielleicht sogar Tische umgeworfen, und offenbar seien verschiedene Gegenstände auf dem Boden gelandet. Sie habe auch unverkennbar menschliche Flüche abwechselnd mit ebenso unverkennbarem Katzenjaulen vernommen. Und schließlich sei eine tiefe Stille eingekehrt.

Einen Augenblick später, so Pia Lindstroms Bericht weiter, erschien der Tierarzt mit dem Katzenkoffer in der Hand. Sein Arbeitskittel war zerfetzt, an den Armen hatte er Blut. Dann huschte die Katze wie ein Blitz an ihm vorbei und sprang Ms. Lindstrom auf den Schoß.

Der Tierarzt stellte den Koffer ab, allerdings in einem respektvollen Abstand von Ms. Lindstrom und ihrer Katze. «Ich habe nicht den Eindruck», sagte er, noch keuchend, «daß sie Katzenkoffer mag.» – «Nein», erwiderte Pia Lindstrom und bemühte sich, nicht gerade in diesem Augenblick ihrer Katze einen zärtlichen Klaps zu geben, «sie mag sie nicht.»

Nachdem mir diese Geschichte durch den Kopf gegangen

war, begann ich darüber nachzudenken, wie ich nun meinerseits meinen Kater am besten in den Koffer beförderte. Ich war selbstverständlich entschlossen, keine rohe Gewalt anzuwenden, und entschied mich schließlich, ein Spiel daraus zu machen. Als erstes stellte ich den Koffer vor ihn hin – so nahe, wie ich es wagte –, ließ mich auf Hände und Knie nieder, öffnete das Gehäuse und zeigte ihm, wie toll das Ding war, ja daß man von innen sogar hinausschauen konnte. Um das zu demonstrieren, steckte ich den Kopf hinein und blickte unter dem Plexiglasdeckel zu ihm hinaus. Doch er kam keinen einzigen Schritt näher.

Ich sah auf meine Uhr: Es blieb keine Zeit mehr. Mit einer raschen, von oben zupackenden Bewegung hob ich ihn auf und beförderte ihn in den Koffer, ehe er recht wußte, wie ihm geschah. Mit der anderen Hand schloß ich den Deckel und sperrte ihn ab.

Er schaute mich durch den Plexiglasdeckel mit einem Blick an, aus dem, so jammervoll er auch war, zumindest drei Fragen sprachen. Sei es denn nicht genug, daß ich ihn zu hintergehen versucht hatte? Mußte ich auch noch auf diese typisch menschliche Reaktion zurückgreifen, nackte Gewalt anzuwenden? Und hatte ich darüber hinaus nach diesem gräßlichen Verrat noch einen abscheulicheren Plan?

Ich lehnte es ab, irgendeine dieser Fragen zu beantworten. Statt dessen blickte ich tapfer zur Seite. Ich zog meinen Mantel an, nahm den Katzenkoffer zur Hand, schritt zur Tür, öffnete sie und marschierte zum Lift. Die ganze Zeit, während der Fahrt im Lift, dem Gang zur Garage, dem Verstauen des Koffers im Wagen, hatte ich ein schlechtes Gewissen; ich war sicher, daß er glaubte, nun gehe es mit ihm dorthin zurück, woher er gekommen war. Um ihn zu beruhigen, öffnete ich, als wir unterwegs waren, den Deckel des Koffers auf dem Sitz neben mir und legte beruhigend meine Hand auf meinen Kater. Er sollte zumindest erkennen, daß wir nicht dorthin zurückfuhren, wo er früher gewesen war. Zugleich aber hatte ich nicht das geringste Verlangen, ihn aus dem Koffer herauszulassen, denn ich hätte ihn sicher nie mehr hineinbekommen.

Zum Glück fand ich ganz in der Nähe von Dr. Thompsons Praxis einen, zumindest nach New Yorker Verhältnissen, guten Platz zum Parken. Oder anders gesagt: Ein Strafzettel war mir nicht absolut sicher.

Interessanterweise wird man zwar an einem bestimmten Tag, jedoch nicht zu einer festgesetzten Zeit in Dr. Thompsons Praxis bestellt. Wer zuerst kommt, wird als erster drangenommen, Notfälle natürlich ausgenommen. Noch interessanter ist, daß man in der Praxis nicht von einer Sprechstundenhilfe empfangen wird. Oder vielmehr doch, aber dabei handelt es sich nicht um einen Menschen, sondern um eine Katze.

Die Katze heißt Blacky. Dr. Thompson hatte sie von jemandem übernommen, dem es lästig geworden war, daß Blacky oft krank war, und der beschlossen hatte, das Tier, wie es euphemistisch heißt, «einschläfern» zu lassen. Dr. Thompson jedoch war dagegen gewesen und hatte sich mit Blackys Besitzer geeinigt, selbst die Katze zu behalten.

Blacky übernahm beinahe sofort das Vorzimmer, in dem sie seither waltet. Als ich eintrat, saß sie auf dem Schreibtisch. Ich ging sofort zu ihr hin und erklärte den Grund meines Kommens. Sie hörte mich aufmerksam an, und ich hätte schwören können, daß sie im Geist ihre Patientenliste durchging. Dann erhob sie sich und blickte gemessen zu meinem Kater hinunter, als ich den Katzenkoffer abstellte. Mein Kater guckte ebenso gemessen zurück.

Das war ein guter Anfang, und da es fast so aussah, als zeigte mir Blacky einen Stuhl, auf den ich mich setzen solle, ging ich dorthin und nahm Platz. In dem Kreis der Stühle befanden sich zwei Katzen, ein kleiner Hund und eine riesige dänische Dogge, alle zusammen mit ihren Besitzern. Blacky hatte mich auf einen Platz im Katzenbereich verwiesen, der am weitesten von der Dogge entfernt war, doch deren Besitzerin war leider an nichts so sehr interessiert wie an mir. Sie machte mir Komplimente zu meinen Tierschutz-Aktivitäten, doch je länger sie sich darin erging, desto weniger hielt sie ihren Hund im Zaum. Und da ich den Deckel des Koffers wieder geöffnet hatte, fand sich mein Kater plötzlich der Dogge Aug in Aug gegenüber. «Ajau!» zischte er im selben Augenblick, als ich eine Hand zwischen ihn und dieses Tier schob, für das er allenfalls eine Vorspeise abgeben würde. Zum Glück bekam die Frau in diesem Moment ihren Hund zu fassen, doch sie war von mir keineswegs mehr so angetan wie vorher. «Gerade Sie», sagte sie mißmutig und zog den Hund weg, «müßten doch wissen, daß dänische Doggen die sanftmütigsten von allen großen Hunden sind.»

Das wisse ich wohl, sagte ich, aber irgendwie hätte ich versäumt, meinen Kater darüber aufzuklären.

Als nächstes interessierte sich eine der Katzenbesitzerinnen für mich oder vielmehr für meinen Kater. «Wie heißen wir denn?» fragte sie und steckte einen Finger zu ihm hinein. Ich sagte ihr, er habe bisher noch keinen Namen – wegen Weihnachten mit dem ganzen Drum und Dran. Sie sah mich an, als entspräche ich nicht ganz ihrer Vorstellung von einem ordentlichen Katzenbesitzer. «O je», sagte sie.

Nach einer Ewigkeit, wie es mir vorkam – nachdem alle die vor mir Gekommenen abgefertigt worden waren –, wurde ich endlich aufgerufen. Wie auf ein Stichwort stand Blacky auf und begleitete uns, als ich meinen Kater zu Dr. Thompson hineintrug. Ich hatte der Tierärztin nicht geglaubt, als sie sagte, Blacky führe tatsächlich die neuen Patienten ins Sprechzimmer, nun aber sah ich es mit eigenen Augen. Und als ich meinen Kater aus dem Koffer holte und ihn auf den Untersuchungstisch setzte, bemerkte ich, daß Blacky auf einen Hocker gesprungen war und ihn ebenso aufmerksam betrachtete, wie dies Dr. Thompson tat.

«Oh, was für ein schönes Tier», sagte Dr. Thompson – was

sie sicher zu allen Besitzern sagte. Als sie mit den Fingern über sein Fell fuhr, bemerkte ich, daß er nicht zitterte.

Wieder sprudelte ich meine Diagnose hervor – das Maul, die Hüfte, seine Ohren. Dr. Thompson, die Diagnosen von Katzenbesitzern gewohnt ist, zeigte höfliches Interesse, ohne in ihrer Untersuchung innezuhalten. Einige Zeit sagte sie überhaupt nichts, aber dann servierte sie mir alles auf einmal. «Das Maul ist fast wieder in Ordnung», sagte sie, «und die Hüfte macht gute Fortschritte. Sie sollte allein ausheilen. Ich möchte ihm aber die Ohren ausputzen, allerdings kann das geschehen, wenn wir ihm die Spritzen geben und die andere Sache machen. Auch glaube ich, daß wir ein kleines Problem mit der Haut haben. Er zeigt ein paar allergische Reaktionen, aber die können wir uns ein anderes Mal vornehmen. So», sagte sie lächelnd, «ich werd ihn erst einmal in das andere Zimmer tun, bis ich mit meinen übrigen Patienten fertig bin.»

Ich war sofort voller Mißtrauen. Wohin sie ihn bringen wolle, fragte ich. Dr. Thompson zeigte es mir. «Hierher», sagte sie, als sie ihn aufhob und ich ihr ins Zimmer nebenan folgte. Dort stand eine Reihe von Käfigen. Sie öffnete einen und setzte meinen Kater hinein.

Ich hatte nicht mit Käfigen gerechnet und auch nicht damit, daß er ganz allein sein würde. Dr. Thompson erriet meine Gedanken. «Keine Sorge», sagte sie. «Blacky wird hiersein und ihm Gesellschaft leisten.»

Aber wie es mit Futter und Wasser stehe, wollte ich wissen. Ich sagte, daß der Kater seit dem Vortag nichts bekommen hatte, und fragte, wer um drei Uhr morgens hiersein und ihm seine Brekkies geben werde. Blacky wäre damit wohl überfordert. Ob nicht sie selbst dasein werde, wollte ich wissen.

Dr. Thompson lächelte wieder. «Nein», sagte sie, «aber er wird auch keine Brekkies wollen, weil er in tiefem Schlaf liegen wird.» Sie öffnete den Käfig noch einmal. «So, jetzt geben Sie ihm einen aufmunternden Klaps und sagen ihm, daß Sie ihn morgen früh abholen kommen – gleich als erstes.»

Ich tat wie geheißen und konnte nur hoffen, daß er mir glaubte. Doch bevor ich ging, gab ich auch Blacky einen liebevollen Klaps. Ich war so froh, daß er da war.

## 5  Seine Wurzeln

Dr. Thompson hatte mich angerufen und gesagt, daß mein Kater die Operation gut überstanden habe; trotzdem aber kam mir in dieser Nacht meine Wohnung wie der einsamste Ort auf der Welt vor. Es war kaum zu glauben, daß ein kleines Geschöpf, das ich noch ein paar Tage zuvor überhaupt nicht gekannt hatte, durch seine bloße Abwesenheit eine solche Leere entstehen lassen konnte. Aber es entsprach der Wahrheit.

Ich beschloß, diesen Abend dazu zu nutzen, alles über Katzen zu lesen, was in meiner Bibliothek stand. Ich begann mit berühmten Zitaten und stieß schon bald auf einen Ausspruch, der seither zu meinem Lieblingszitat geworden ist. Er stammt von keinem Geringeren als Leonardo da Vinci: er nannte die Katze «das Meisterstück» der Natur.

Es erschien mir eigentlich müßig weiterzusuchen. Dieses Wort des wohl größten Genies der Malerei, das jemals gelebt hat – und dessen Katzenzeichnungen unübertroffen bleiben –, sagt schon fast alles. Doch ich fand dann bald noch andere Aussprüche, die ich ebenfalls unter meine Lieblingszitate einreihte. Einer davon stammte von dem größten Humoristen Amerikas. «Wenn sich der Mensch», schrieb Mark Twain, «mit einer Katze kreuzen ließe, würde der Mensch gewinnen, die Katze aber verlieren.»

Der englische Humorist Jerome K. Jerome vertrat ungefähr die gleiche Auffassung wie Mark Twain, äußerte sich aber aus dem Blickwinkel des Tieres. «Eine Katze», schrieb er, «hat ihre eigene Meinung von den Menschen. Sie sagt zwar nicht viel, aber man merkt ihr doch so viel an, daß man nicht darauf versessen ist, das Ganze zu hören.»

Den denkwürdigsten Vergleich zwischen den beiden Urfeinden Hund und Katze zog meiner Meinung nach der englische Kunstkritiker Philip Gilbert Hamerton: «Wenn Tiere sprechen könnten, würde der Hund einen täppischen, ehrlichen, freimütigen Burschen abgeben, die Katze aber würde sich durch die seltene Gabe auszeichnen, nie ein Wort zuviel zu sagen.»

Der französische Philosoph Jules Lemaître nannte seine Katze das «sanftmütigste der skeptischen Wesen», während der vielzitierte Montaigne feststellte: «Wenn meine Katze und ich einander mit Possen unterhalten, zum Beispiel mit einem Hosenband spielen – wer kann sagen, daß ich ihr mehr Spaß bereite als sie mir?»

Eines der interessantesten Dinge, die ich an diesem Abend lernte, war, daß die beiden gängigsten Redensarten, die wir mit einer Katze verbinden – daß sie neun Leben hat und daß eine Katze dem König in die Augen schauen darf –, weit in die Geschichte zurückreichen. Das Sprichwort von den neun Leben wird zum Beispiel in Shakespeares «Romeo und Julia» verwendet.

Vor einem halben Jahrhundert schrieb ein Schotte, Sir J. Arthur Thompson, Professor für Naturgeschichte an der Universität Aberdeen, ein Buch mit dem Titel «Rätsel der Wissenschaft». Ein ganzes Kapitel widmete er den neun Leben der Katze. Sir Arthur vertrat die These, jedes dieser neun Leben stehe im Zusammenhang mit einer der Überlebensfähigkeiten der Katze. Das erste beispielsweise erkläre sich daraus, daß die Katze immer auf die Füße falle, und dies habe sich aus ihrer ererbten Fähigkeit zu klettern entwickelt. Das zweite Leben verdanke sie ihren Barthaaren, die wesentlich zu ihrer Fähigkeit beitrügen, im Dunkeln ihren Weg zu finden; ja derart wichtig seien sie für die Katze, daß sie sich zumindest zeitweilig nicht mehr zurechtfinden würde, wenn sie gestutzt würden.

Das dritte Leben der Katze, fuhr Sir Arthur fort, gehe auf ihren außergewöhnlich weitreichenden Geruchssinn zurück, das vierte auf das erstaunlich gut entwickelte Gehör. Trotz ihrer kleinen Ohren, stellte der Professor fest, hätten Katzen ihre Fähigkeit bewiesen, sich mindestens doppelt so schnell wie der beste Wachhund in die Richtung zu drehen, aus der ein Geräusch kommt.

Das fünfte Leben der Katze, konstatierte Sir Arthur, erkläre sich aus der verblüffenden Sehkraft; ihre Augen verfügten über die legendäre Eigenschaft, im Dunkeln sehen zu können, und seien in Relation zu ihrer Körpergröße die größten im Tierreich überhaupt. Das sechste Leben jedoch schrieb Sir Arthur nicht irgendeinem staunenswerten physischen Attribut, sondern dem Instinkt zu, der das Tier befähige, nach Hause zurückzufinden – oft über große Entfernungen. Dieser Instinkt war nach Auffassung des Professors offensichtlich von größter existentieller Bedeutung, als die Katze noch in der Wildnis lebte, sowohl für die Sicherheit des betreffenden Tieres selbst als auch für die des Nachwuchses.

Als Sir Arthur dann zum siebten Leben der Katze gelangt war, geriet er sichtlich in Not. Jedenfalls schrieb er das siebte Leben der Fähigkeit der Katze zu, die Haare ihres Fells – eine Katze hat im Vergleich zu ihrer Körpergröße mehr Haare als beispielsweise ein Gorilla – aufzustellen und so auf einen Feind größer und abschreckender zu wirken.

War Sir Arthur mit dem siebten Katzenleben schon in schwieriges Gelände geraten, so blieb ihm für das achte und das neunte Leben überhaupt nichts übrig. Obwohl er zu Beginn seiner Abhandlung erklärte, die Katze habe mehr als neun Leben, müssen wir uns schließlich mit ganzen sieben begnügen.

Die Redewendung «Eine Katze darf dem König in die Augen schauen» hat, wie ich feststellte, nie eine so erschöpfende Behandlung erfahren, wie sie den legendären neun Leben zuteil wurde, aber auch sie ist sehr alt und läßt sich auf ein uraltes Sprichwort zurückführen. Es liegt ihr aber ebenso eine historische Begebenheit zugrunde. Irgendwann im 15. Jahrhundert soll der Habsburger Maximilian, damals Römischer König und bald danach Kaiser des Heiligen Römischen Reiches, ein Gespräch mit einem Holzschneider namens Hieronymus Resch geführt haben, mit dem er befreundet war. Während dieser Unterhaltung bemerkte Maximilian, daß Reschs Katze, die auf einem Tisch ausgestreckt lag, ihn unverwandt anstarrte. Dieses nicht gerade weltbewegende Ereignis lieferte nicht nur den Wahrheitsbeweis für das Sprichwort, sondern verhieß anscheinend auch nicht gerade Erfreuliches für die Zukunft. Denn Maximilian I., der sich während seiner Regierungszeit häufig mit inneren Wirren, Intrigen und Kriegen herumschlagen mußte, erklärte wiederholt, die Katze habe ihn mit «tiefem Mißtrauen» angesehen – eine Bemerkung, die all jene, die einer Katze gehören, kaum überraschen wird.

Und viele Jahre später lieferte die Begegnung zwischen Katze und König den Stoff für eine der «Phantastischen Fabeln» von Ambrose Bierce:

Eine Katze sah den König an, wie es das Sprichwort erlaubt.
«Nun», sagte der Monarch, während er beobachtete, wie sie Seine Majestät in Augenschein nahm, «wie gefalle ich dir?»
«Ich könnte mir einen König vorstellen», sagte die Katze, «der mir besser gefiele.»
«Zum Beispiel?»
«Den Mäusekönig.»

Katzen haben im Lauf der Jahrhunderte, wie ich entdeckte, nicht nur Königen in die Augen geschaut, sondern sogar mit ihnen gelebt. Und wenn es auch unter Königen und Kaisern ebenso wie im gemeinen Volk offenbar allzeit Katzenfreunde wie Katzenfeinde gegeben hat, war zum Glück für die Katze das Verhältnis zwischen Freund und Feind immer sehr günstig. In den Vereinigten Staaten zum Beispiel waren zwar nur relativ wenige Präsidenten Katzenbesitzer, doch diejenigen, die Katzen hatten – allen voran Abraham Lincoln –, waren ihnen überaus zugetan. Als Lincoln im tiefsten Winter zu General Grants Hauptquartier reiste und dort drei halb erfrorene Kätzchen fand, adoptierte er sie auf der Stelle und nahm sie mit nach Washington.

In anderen Ländern, entnehme ich meiner Lektüre, waren Staatsoberhäupter sowohl im Lager der Katzenfreunde wie in dem der Katzenfeinde anzutreffen. Weder Wilhelm II. noch Hitler hatten etwas für Katzen übrig; Mussolini, Nikolaus II. und seltsamerweise Lenin hingegen waren ihnen überaus zugetan. Und weiter in der Vergangenheit: Sowohl Cäsar als auch Napoleon verabscheuten Katzen angeblich, Ludwig XIV. und Ludwig XV. aber liebten sie.

Heinrich II., Heinrich III. und Karl IX. von Frankreich andrerseits waren bedingungslose Katzenfeinde; Karl IX. soll mehrmals ohnmächtig geworden sein, wenn er einer Katze nur ansichtig wurde. Einer seiner Minister, Ronsard, ging sogar so weit, seinem Abscheu schriftliche Form zu geben. «Ich hasse ihre Augen», schrieb er, «ihre Stirn und ihren starren Blick.» Und Georges Louis Leclerc, Comte de Buffon, der berühmte französische Naturforscher, der in seiner «Histoire naturelle» als erster moderner Gelehrter ein vollständiges Bild der Natur wiederzugeben versuchte, tat die Katze mit wenigen verächtlichen Worten ab. «Die Katze», schrieb er, «ist ein treuloses Haustier, das wir nur notgedrungen halten, um es gegen einen anderen, noch lästigeren Feind einzusetzen, den wir sonst nicht verjagen könnten.»

Bei aller schroffen Ablehnung, die aus solchen Ansichten spricht, sind historische Katzenhasser doch eindeutig in der Minderheit. Päpste wie beispielsweise Gregor der Große, Gregor III., Leo XII. und Leo XIII., ganz zu schweigen von Pius VII. und Johannes Paul I., waren alle der Katze gewogen, und viele Anekdoten schildern ihre Zuneigung zu diesem Tier. Als Gregor der Große und Gregor III. all ihren weltlichen Besitztümern entsagten, weigerten sich beide, auf eines zu verzichten – ihre Katze. Und Leo III. freundete sich nicht nur mit einem im Vatikan geborenen Kätzchen an, sondern machte es sogar zu seinem Lebensgefährten. Einen großen Teil dieser Zeit verbrachte die Katze buchstäblich in die Falten der päpstlichen Gewänder gekuschelt.

In England geht es der Katze bei den Großen und Mächtigen seit jeher gut. Mag Napoleon die Katzen gehaßt haben, sein Bezwinger, der Herzog von Wellington, war ihnen höchst zugetan, und das gleiche traf auf Königin Victoria und Winston Churchill zu. Unter Victoria galt England als derartig katzenfreundlich, daß der italienische Botschafter, als er einmal gefragt wurde, was er gerne wäre, müßte er sein Leben noch einmal leben, prompt zur Antwort gab: «Eine Katze in London oder ein Kardinal in meiner Heimat.»

Tatsächlich waren drei der berühmtesten Kardinäle in der Geschichte auch drei der berühmtesten Katzenliebhaber. Kardinal Wolsey trug, wohin er auch ging, eine Katze auf den Armen; er hatte immer eine seiner Katzen bei sich, ob er nun allein speiste oder einem Staatsakt beiwohnte. Kardinal Newman, der Gegenwart näher, war beinahe ebenso in Katzen vernarrt, wenn er sich auch etwas mehr zurückhielt. Und was Kardinal Richelieu betraf, so war er zweifelsohne der größte Katzenfreund, den die Geschichte kennt. Schon als Kind war er ein Katzennarr gewesen, und als er de facto französisches Staatsoberhaupt wurde, machte er die Katze nicht nur zu einer Institution am Hof, sondern hielt sich auch zwei Diener, die nichts anderes zu tun hatten, als sich um die Schar seiner Katzen zu kümmern. Als seine letzte Stunde kam, versorgte der Kardinal in seinem Testament nicht weniger als vierzehn seiner Lieblinge.

In historischen Darstellungen lese ich immer wieder, daß die Katze im Vergleich zu anderen Tierarten erst sehr spät zum Haustier wurde. Und immer wieder finden sich Bemerkungen wie «Die Frühgeschichte der Katze verliert sich ...» und dann nicht, wie solche Sätze gewöhnlich enden, «im Altertum», sondern «im Nebel des Geheimnisvollen».

Ich fand das kaum überraschend. Man muß noch nicht lange ein «Katzen-Besessener» im wahrsten Sinne des Wortes sein, um zu wissen: Wenn es etwas gibt, das einer Katze über alles geht – außer vielleicht eine penible Ordnung in ein Chaos zu verwandeln –, dann ein Geheimnis. Und wenn sie, wie sie es oft tut, ein Geheimnis daraus machen kann, wo sie sich aufhält, während man verzweifelt nach ihr sucht, muß es ihren Vorfahren ein diebisches Vergnügen bereitet haben, aus ihrer Herkunft ein Geheimnis zu machen.

Jedenfalls, so entdeckte ich, trat die Katze erst spät auf. Der Hund, das Pferd und das Rentier, so belehrten mich die Autoritäten, waren schon seit Jahrtausenden, lange bevor überhaupt Spuren der Katze ausgemacht werden können, nicht nur zu Gefährten des Menschen, sondern auch zu seinen Dienern geworden.

Die Gelehrten bekennen ihr Unvermögen, dafür eine befriedigende Erklärung zu liefern. Doch wieder einmal sah selbst ich, obwohl erst seit relativ kurzer Zeit Eigentum einer Katze, ganz klar, daß die Antwort mit Händen zu greifen ist: «Diener» ist das Schlüsselwort, das alles verrät. Keiner aus der Gilde der «Katzen-Besessenen» würde auch nur einen Augenblick einen Gedanken an die Frage verschwenden, warum sich das Auftreten der Katze so lange verzögerte. Er würde sich nur fragen, warum sie, angesichts der Verhältnisse, überhaupt je auftrat.

Archäologen verweisen darauf, daß aus dem Paläolithikum, in Höhlen, in Wandzeichnungen, Basreliefs etc. Überreste und Darstellungen aller möglichen Tiere erhalten geblieben sind – von der Katze aber nicht einmal ein Zahn, kein Wirbelknochen, keinerlei Spur. Auch die Paläontologen sind bei ihrem Versuch, die Abstammung der Katze zu bestimmen, kaum weitergekommen. Jahrhundertelang waren sie der Überzeugung, sie müsse letztendlich von irgendeiner Wildkatze abstammen, konnten aber nie zweifelsfrei sagen, von welcher Art.

Wann und wo also erschien die Katze zum erstenmal auf der Bühne der Weltgeschichte? Der Zeitpunkt, so erfuhr ich, liegt nicht vor 3000 vor Christus – nicht gerade gestern für meine Vorstellung und vielleicht auch für die des Lesers, wohl aber gemessen am Zeitpunkt der Haustierwerdung einer Vielzahl anderer Tierarten. Der Ort war Nubien, und im benachbarten Ägypten, etwa 500 Jahre später, gegen 2500 vor Christus, errang die Katze dann zum erstenmal den Respekt, den sie verdiente. In Ägypten wurde sie anfänglich sonderbarerweise «Myeo» genannt, woraus die «Katzen-Besessenen» sicher schließen würden, daß sie sich selbst ihren Namen gegeben hatte. Ihr Aufstieg war kometenhaft; sie brachte es von der Jägerin – damals wie heute am unteren Ende der sozialen Skala – zur Hüterin des Tempels und schließlich gar zur Gottheit. Das war selbst nach Katzenmaßstäben imponierend.

Die Katzengöttin trug viele verschiedene Namen – Bast, Bastet, Ubastot, Bubastis und Pascht –, aber wie man sie auch nannte, es steht außer Frage, daß sie im altägyptischen Pantheon einen sehr hohen Platz einnahm. Sie war nicht nur Isis-Tochter, große und gute Freundin des Sonnengottes Ra, sondern darüber hinaus aus eigenem Recht Göttin der Sonne und des Mondes. Und wenn sie auch die Rolle als Sonnengottheit mit Ra teilen mußte, so war ihr Anteil doch sehr wichtig; allein schon deswegen, weil die alten Ägypter glaubten, wenn sie in die Augen einer Katze blickten, bedeute deren Glühen, daß sie das lebensspendende Licht der Sonne bargen, was wiederum hieß, daß die Sonne am nächsten Tag wiederkommen werde. Für die Ägypter, die keineswegs viel für die Finsternis übrig hatten, machte dies Bast dem Sonnengott Ra zumindest nahezu ebenbürtig.

Außer Göttin der Sonne und des Mondes war Bast auch die Göttin der Liebe. Zudem wachte sie in dieser Eigenschaft sowohl über Mutterschaft wie auch über Jungfräulichkeit. Und wenn dies, in jenen Zeiten vor der Pille, auch kein einfaches Geschäft gewesen sein kann, so wurde sie doch für ihre Mühen reichlich entlohnt. Sie hatte ihren eigenen Tempel, wo sie andere Katzen umgaben, die gleichfalls als heilig galten und von Priestern umsorgt wurden. Diese Priester wachten über die Katzen und bedienten sich ihrer außerdem zu Prognosen und Weissagungen, benutzten für ihre Prophezeiungen, wie ein Historiker formulierte, «das leiseste Schnurren, das schwächste Miauen, das behutsamste Sichstrecken oder die geringste Veränderung der Körperhaltung».

Alles in allem muß es eine der schönsten Pflichten gewesen sein, die sich ein Tierfreund nur wünschen kann, zugleich aber eine der schwierigsten – zumal die Priester ebenso für Staatsbeamte wie für jeden beliebigen Menschen, der des Weges kam, in die Zukunft sehen mußten. Man darf annehmen, daß diese Priester, so gut sie ihr Handwerk auch beherrscht haben mögen, zumindest hin und wieder blind drauflosraten mußten, nicht anders als wir es beispielsweise tun, wenn unsere Katze verschwindet und wir den Grund dafür einfach nicht wissen. Wir wissen beispielsweise nicht, ob es gleich an der Tür klingeln wird oder ob ein Gewitter im Anzug ist oder ob sie sich verzieht, weil wir uns etwas vorgenommen haben, das ihr nicht paßt, etwa wenn wir ihr eine Pille verabreichen oder ihr die Krallen stutzen wollen. Wenn wir uns auf solche Spekulationen stützen müssen, um das Verschwinden unserer Katze zu deuten, kann man sich vorstellen, wie die Sache für diese Priester ausgesehen haben muß. Und ihre Katzen verschwanden ja offenbar nie – sie veränderten nur gelegentlich ihre Stellung.

Der griechische Geschichtsschreiber Herodot berichtet uns, daß nicht nur in den verschiedenen Tempeln eine Statue der Katzengöttin gestanden, sondern daß auch praktisch jedes Heim in Ägypten eine Statuette von ihr beherbergt habe. «Die Göttin», schreibt ein anderer Historiker, «war ein rätselhaftes Geschöpf, dem jede Ägypterin gern ähnlich gewesen wäre – mit dem sonderbar unverwandten Blick, den schrägen Augen, der edlen Haltung und der animalischen Ausgelassenheit». – «Die Frauen», erzählt ein dritter, «pflegten ziemlich viel Mühe auf sich zu nehmen, um ihren Bewegungen katzenhafte Geschmeidigkeit zu verleihen ... nicht unähnlich dem Vamp unserer Tage. Und», fügt er hinzu, «selbst Kleopatra ergab sich dieser Modetorheit.» Und dies war wiederum nur darauf angelegt, Cäsar und Antonius zu bezirzen. Der Erfolg des Musicals «Cats» läßt darauf schließen, daß solche Reize auch heute noch ihre Wirkung haben.

Noch etwas anderes erfahren wir von Herodot: Wenn eine Katze an einem öffentlichen Ort starb, pflegten die Umstehenden auf die Knie zu sinken und zu beteuern, daß sie am Tod unschuldig seien. Ob dies nun ein Akt der Liebe oder der Vorsicht war, ist nicht klar – auf das Töten einer Katze stand die Todesstrafe. Katzen wurden wie Menschen einbalsamiert, mumifiziert und in Sarkophage gelegt.

Die im alten Ägypten gebräuchliche Ehrerbietung gegenüber der Katze nutzten die Feinde des Landes natürlich aus. Als beispielsweise 500 vor Christus der Perserkönig Kambyses die ägyptische Stadt Pelusium belagerte, wurden die ersten Angriffe durch den entschlossenen Widerstand der Ägypter zurückgeschlagen. Darauf änderte Kambyses die Taktik und befahl seinen Männern, das Umland von Pelusium acht Tage lang abzusuchen und jede Katze, die sie fanden, einzufangen, ohne ihr ein Leid anzutun. Beim nächsten Angriff ließ der König seine Männer gegen die ägyptischen Linien so vorrücken, daß jeder eine lebende Katze vor sich hielt. Ein einziger Blick genügte den Ägyptern. Damit den Katzen kein Leid geschehe, stellten die Verteidiger den Kampf ein und übergaben die Stadt.

Eine Katze, so fand ich heraus, war auch die Ursache, daß Ägypten schließlich von Rom unterworfen wurde. Als ein römischer Legionär aus Cäsars Heer eines dieser Tiere – allerdings versehentlich – tötete, stürzte sich eine Gruppe Ägypter auf ihn, schlug ihn tot und schleifte dann seine Leiche durch die Straßen. Cäsar selbst drohte den Ägyptern schwere Vergeltung für diese Tat an, doch die Warnung hatte nur zur Folge, daß die Situation noch weiter angeheizt wurde. Praktisch ganz Ägypten erhob sich gegen Rom, und dieser Widerstand dauerte mit Unterbrechungen bis nach dem Tod von Antonius und Kleopatra an, als Ägypten römische Provinz wurde.

Rom selbst war zur Katze ambivalent eingestellt. Einerseits wurde in den Ruinen von Pompeji bis heute kein einziger Katzenknochen gefunden, und die römische Oberschicht hielt zwar alle möglichen Haustiere, aber kaum, wenn überhaupt, Katzen.

Andererseits waren Katzen im Allerheiligsten des Herkulestempels und ebenso bei der Darbietung kultischer Tänze zu Ehren der Jagdgöttin Diana zugelassen. Die sogenannten Töchter Dianas waren als Katzen maskiert und kostümiert. Die Römer anerkannten durchaus die aristokratische Distanziertheit, Unabhängigkeit und Freiheitsliebe der Katze. Das Bild der Katze schmückte die Banner vieler Legionen, und in dem von Tiberius Gracchus der Freiheit geweihten Tempel wurde die römische Freiheitsgöttin, nicht unähnlich der amerikanischen Freiheitsstatue, mit einem Pokal in der einen und einem – wenn auch zerbrochenen – Zepter in der anderen Hand dargestellt. Zu Füßen der Göttin liegt, anders als bei der amerikanischen Statue, das sorgfältig und anmutig gemeißelte Abbild einer Katze.

Auch in anderen Ländern ist die Frühgeschichte der Katze mit Legenden verwoben, die die jeweilige Religion umgaben. In arabischen Ländern zum Beispiel erging es der Katze ungleich besser als den meisten anderen Tieren, dank einer Katze namens Muezza. Muezza war anscheinend Mohammeds Lieblingskatze, und eines Tages, als sie schlafend auf Mohammeds Ärmel lag und der Prophet zu einer Versammlung aufbrechen mußte, schnitt er seinen Ärmel ab, um Muezzas Schlaf nicht zu stören. Als Mohammed später zurückkam, dankte ihm Muezza mit einer Verbeugung, was ihm so ans Herz rührte, daß er ihr dreimal über den Rücken strich; dies verlieh der Legende zufolge der Katze nicht nur für alle Zeit die Fähigkeit, nach einem Sturz auf den Pfoten zu landen, sondern schenkte ihr auch drei mal drei, also neun, Leben.

In Indien hingegen standen sämtliche Tiere außer der Katze unter Buddhas Schutz. Der Legende nach hatte dies seinen Grund darin, daß alle Tiere an Buddhas Sterbebett befohlen wurden und alle diesem Ruf gehorchten, nur ein einziges Tier nicht – Buddhas eigene Katze.

Von dieser Geschichte sind zwei Versionen überliefert. Nach der einen hatte Buddhas Katze schlicht verschlafen und kam deswegen zu spät. Der anderen zufolge befand sich Buddhas Katze unter den Anwesenden; aber just in dem Augenblick, als Buddha ins Nirwana einging, lief eine Ratte über das Tempelgelände, und die von irdischeren Dingen abgelenkte Katze machte einen Satz und erbeutete die Ratte. Dies war natürlich ein Fauxpas höchsten Maßes. Trotzdem wurde der Katze schließlich vergeben, und im heutigen Indien verlangt die hinduistische Religion nicht nur von jedem Gläubigen, «zumindest eine Katze unter seinem Dach zu ernähren», sondern fordert auch, jeder, der eine Katze tötet, solle sich «in die Mitte eines Waldes zurückziehen und sich dort dem Leben der Tiere in seiner Umgebung weihen, bis er geläutert ist».

In Burma und Thailand – Länder, aus denen zwei unserer berühmtesten Katzenrassen stammen – gab es wie im alten Ägypten Katzen, die im Tempeldienst standen und, wichtiger, für die Seelenwanderung verantwortlich waren. Die Seele, so glaubte man, existiere für einige Zeit im Körper einer heiligen Katze weiter, ehe sie im nächsten Leben zur Vollkommenheit gelange. In Japan ging dieser Glaube noch weiter. Die Katze hatte sogar noch nach ihrem Tod religiöse Bedeutung, und die Geishas in Tokio pflegten Geld zu sammeln für eine Zeremonie zum Gedenken an die Seelen der Katzen, die getötet wurden, um Darmsaiten für die Samisen zu liefern, jene banjoartigen Instrumente, mit denen die Geishas ihre Kunden unterhielten. Interessanterweise wurden vor 1602 in Japan die Katzen an Leinen geführt. In diesem Jahr verfügte die Obrigkeit von Kyoto die Befreiung der Tiere, denn, so die Begründung, die städtischen Katzen brauchten ihre Freiheit, um sich die Ratten vorzunehmen, die die Seidenindustrie zugrunde zu richten drohten. Und die Tempelkatzen würden gebraucht, um Mäuse von den Papyrusrollen fernzuhalten. Vermutlich hatten sie, wie alle Katzen vor und nach ihnen, zwischen den Mäusemahlzeiten einen Heidenspaß mit diesen Rollen.

Im alten China wurde die Katze zwar nicht eigentlich verehrt, doch Katzen waren, als lebende Gehilfen des Herdgottes, dessen Darstellung sich in jedem Haushalt fand, Glücksbringer. Eine bestimmte Katze erhielt ein Halsband und wurde im Haus festgebunden, doch die Jungen und die anderen Katzen durften nach Belieben kommen und gehen. Selbst der Katze mit dem Halsband erging es gut, denn entsprechend der chinesischen Tradition gegenüber alten Menschen genoß auch die Katze um so größere Verehrung, je älter sie wurde. Wie die alten Ägypter glaubten auch die chinesischen Bauern, daß das Glühen in den Katzenaugen nachts böse Geister fernhielte, doch die Chinesen waren von den Katzenaugen noch mehr fasziniert als die Ägypter. Sie glaubten, daß diese den Gang der Zeit anzeigten: daß sich vom Tagesanbruch an die Pupille des Katzenauges allmählich zusammenziehe, bis sie um die Mittagsstunde zu einem senkrechten Haarstrich würde. Im Laufe des Nachmittags werde der Strich dann immer breiter, bis für die Menschen die Zeit des Schlafens und für die Katzen die Zeit des Wachens gekommen sei.

Im allgemeinen durchlebte die Katze die Geschichte des Altertums und sogar das Zeitalter nach dem Untergang Roms in Glanz und Herrlichkeit. Die finsteren Zeiten kamen für sie hingegen mit dem Mittelalter. Unversehens, so scheint es, wurde die religiöse Verehrung, mit der man sie im Orient bedachte, in Europa ins Gegenteil gekehrt. Sie wurde buchstäblich zu einem Geschöpf des Teufels. Die Bibel zum Beispiel, die fast jedes andere Tier erwähnt, enthält praktisch keinen Hinweis auf Katzen, weder im Alten noch im Neuen Testament. Zumindest bezüglich des Alten Testaments wird die Theorie vertreten, daß die Hebräer, nachdem sie von den Ägyptern so grausam verfolgt und versklavt worden waren, nicht einmal den Namen des Tieres erwähnen mochten, das ihren Peinigern so teuer und von diesen obendrein auch noch als heilig verehrt worden war.

Was das Neue Testament angeht, so ist seine Katzenphobie in den ärgsten Ungeist des mittelalterlichen Christentums eingegangen. Diese Art Christentum stieß die Katze nicht nur von ihrem angestammten Sockel, sondern verdammte sie als fleischgewordenen Gottseibeiuns, als den Urquell jeglicher Art von Zauberei und Hexenkunst, von schwarzer Magie und Vampirismus.

Selbst die Päpste beteiligten sich an der Verketzerung, und überall in der katholischen wie auch in weiten Bereichen der protestantischen Welt wurden Männer und Frauen gefoltert und sogar gehängt, wenn sie einer kranken oder verletzten Katze auch nur beigestanden oder ihr Unterschlupf gewährt hatten. Die verschiedenartigen Formen des abergläubischen Brauchtums mußten anscheinend grausam praktiziert werden, um Glauben zu finden. Nach einer dieser Wahnvorstellungen konnte nur das Eingraben einer lebenden Katze eine gute Ernte verbürgen; einer anderen zufolge vermochte das Einmauern einer Katze in ein neues Haus zu garantieren, daß seine Fundamente stabil blieben. Zudem beschränkte sich dieser Wahnsinn nicht auf Europa. In den amerikanischen Kolonien wurden nicht weniger als 2000 Anklagen wegen Hexerei, an der Katzen beteiligt gewesen sein sollten, vor Gerichten verhandelt.

Am schlimmsten erging es natürlich der schwarzen Katze. Als Personifizierung des Teufels mußte sie die Qualen der Verdammten erleiden. Eine unglaublich große Zahl schwarzer Katzen wurde auf verschiedene Weise massakriert; es kam sogar so weit, daß sie während der Meßfeier selbst umgebracht wurden. Ja der Feuertod von Katzen wurde zu einem so allgemein akzeptierten Ritus, daß er noch lange nach seinem Verschwinden von Jacques Bossuet, einem der berühmtesten Theologen des 17. Jahrhunderts, verteidigt wurde. Da die Folterung von Katzen ohnedies praktiziert worden wäre, so argumentierte Bossuet, sei es besser gewesen, daß sie während eines christlichen Rituals als bei einem heidnischen vollzogen wurde.

Fernand Méry, französischer Tierarzt und Katzenhistoriker, entdeckte in der Bretagne eine hübsche Legende um die schwarze Katze, die aus jenen Schreckenszeiten stammt und sich bis auf den heutigen Tag gehalten hat. Ihr zufolge hat jede schwarze Katze ein einziges schneeweißes Haar in ihrem Fell. Wenn man bei seiner Katze dieses Haar entdeckt und es herausziehen kann, ohne daß sie einen kratzt, gewinnt man einen unvergleichlichen Talisman, der einen, je nach Wahl, reich oder erfolgreich in der Liebe machen kann.

Anscheinend aber nicht beides zugleich. Dr. Méry schließt in seinem schönen Buch «Die Katze» diese Geschichte mit einem bewegenden Kommentar:

> Diese Legende gefällt mir besonders gut. Sie haben sich, setzt sie voraus, so sehr die Sympathie Ihrer Katze erworben, daß sie Ihnen erlaubt, ihr das ganze Fell nach diesem berühmten einen Haar zu durchsuchen. Das Glück, das dieses unvergleichlich weiße Haar schenken kann, ist symbolischer Natur. Es ist Anerkennung und Lohn für jeden, der fähig ist, soviel Verständnis und freundliche Gesinnung für ein Tier zu beweisen, das so lange verachtet und malträtiert worden ist.

Das schneeweiße Haar in der Legende von der schwarzen Katze veranlaßte mich, nach Geschichten über schneeweiße Katzen, so wie meine eigene, zu fahnden. Wie war sie, einst Gegenstand besonderer Verehrung, durch das finstere frühe Mittelalter gekommen? Ich nahm an, nicht gut, weil in diesen Zeiten des Grauens alle Katzen zu leiden hatten und sich mit der schneeweißen Katze, genauso wie mit der pechschwarzen, infolge ihres Andersseins gewiß lächerliche abergläubische Vorstellungen verbanden. Ich fand jedoch keine Hinweise dazu, und ohnedies war die weiße Katze nach dem Ende des Mittelalters schon bald wieder, wenn nicht eine Gottheit, so doch zumindest zur Zeit Ludwigs XV. ein Lieblingstier am Hof. Später hatte dann Königin Victoria ihre weiße Katze, und weiße Katzen hielten sich zur gleichen Zeit die Herrscher Chinas und Japans, wohin die mittelalterlich-christliche Grausamkeit Europas nicht gedrungen war.

Noch 1926, als in Thailand ein neuer König inthronisiert wurde – der Enkel des Königs aus dem Musical «Anna und der König von Siam» –, wurde im Krönungszug eine weiße

Katze mitgeführt. Die Seele des verstorbenen Monarchen, so glaubte man, hatte zumindest zeitweise in ihrem Körper Wohnung genommen.

Meine Lieblingsgeschichte über die weiße Katze verdanke ich wiederum Dr. Méry. Sie spielte während des Zweiten Weltkriegs in Burma, zu einer Zeit, als das Kriegsglück den Alliierten im allgemeinen und der britischen Armee im besonderen nicht hold war. Das Hauptproblem der Briten bestand darin, daß sie für den Bau der strategisch wichtigen Straßen unbedingt Arbeitskräfte brauchten, und sie waren bereit, den Burmesen hohe Löhne zu zahlen. Doch die Japaner mit ihrer überlegenen Kenntnis burmesischer Glaubensanschauungen konnten die Einheimischen davon überzeugen, daß die Briten am Ende doch als Verlierer dastehen würden. Und bis dahin, so betonten die Japaner, würden die ungeschliffenen Engländer alles, was den Burmesen heilig war, zum Gespött machen – insbesondere die weiße oder, wie die Burmesen sie nannten, «unbefleckte» Katze. Die Folge war, daß die Straßenbauarbeiter in Scharen davonzulaufen begannen:

> Dies ging so fort, bis ein britischer Oberst, der mit dem Volksglauben gut vertraut war, auf einen originellen Gedanken kam. Als erstes erging an alle Dienstgrade der Befehl, möglichst viele weiße Katzen einzufangen. Zugleich wurden auf sämtliche Armeefahrzeuge, Jeeps, Lastwagen, Panzer usw. mit Schablonen die Umrisse weißer Katzen gepinselt, als handle es sich dabei um das Emblem der britischen Armee. Das erwies sich als ein wahrer Glücksgriff. Rasch verbreitete sich das Gerücht, die Flugplätze der Engländer seien, weil Zufluchtsort der unbefleckten Katze, unangreifbar... Mehr war nicht notwendig. Die einheimische Bevölkerung ignorierte die japanische Propaganda und stellte sich voll und ganz hinter die Alliierten.

Am nächsten Vormittag war ich vor allen anderen Klienten in Dr. Thompsons Praxis. Blacky, stellte ich fest, war nicht «im Dienst».

Dr. Thompson nahm die Frage vorweg, die ich auf den Lippen hatte. «Nein, Blacky ist noch immer bei Ihrem Kater.»

Als wir durch den Korridor gingen, sagte sie: «Es geht ihm gut, aber Sie werden feststellen, daß er noch etwas unsicher auf den Beinen ist.»

Ich trat ein und ging sofort zu dem Käfig. Dr. Thompson hatte recht. Mein Kater war allerdings unsicher auf den Beinen – ja ich hätte ihn groggy genannt. Aber trotzdem erkannte er mich und rappelte sich hoch, als ich seinen Käfig öffnete. «Ajau, *ajau*», sagte er.

«Ajau, ajau, *ajau*», antwortete ich und drückte ihn an mich. «Wir gehn jetzt nach Hause.»

Auf dem Weg hinaus blieb ich stehen, entweder um mich bei Blacky zu bedanken und Dr. Thompson zu umarmen oder auch umgekehrt – in meiner Aufregung wußte ich es nicht. Ich wußte nur eines: daß ich meinen Kater wieder hatte.

## 6   Eine knifflige Frage

Ein paar Tage nach dem Besuch bei der Tierärztin kam es zur ersten echten Meinungsverschiedenheit zwischen meinem Kater und mir. Zumindest war es die erste seit unserem Remis in der Frage, ob er sich nicht hin und wieder bereit finden wolle zu kommen, wenn ich ihn riefe.

Der Zwist entzündete sich an etwas, das Leuten, die nicht Eigentum einer Katze sind, wohl als lächerlich erscheinen würde. Anders aber sieht es sicher jeder aus den Reihen der eingefleischten «Katzen-Besessenen» und übrigens auch jede erfahrene Katze.

Mit einem Wort, es ging darum, wie er gerufen werden sollte – ob er dann kommen würde oder nicht, war wieder eine andere Frage.

Ich wurde es allmählich herzlich leid, anderen Leuten von ihm zu erzählen, ohne ihn bei einem Namen nennen zu können. Ich hatte es satt, daß Leute ihn sahen und nach seinem Namen fragten und ich ihnen – wie jener Frau in Dr. Thompsons Wartezimmer – sagen mußte, wegen Weihnachten mit all dem Trubel sei ich einfach nicht dazu gekommen, ihn zu taufen. Und schließlich hatte ich selbst genug davon, daß ich ihn nicht richtig ansprechen konnte. Ich hatte mich mit dem blödsinnigen «du» beholfen – schon schlimm genug bei einem Menschen, dessen Namen man vergessen hat, noch schlimmer aber bei einem Tier und bei einer Katze völlig unmöglich.

Ich machte mir keine Illusionen, daß die Sache einfach sein würde, sondern im Gegenteil eine «knifflige Frage», wie T. S. Eliot feststellte, der ein ganzes Gedicht darüber verfaßt hat.

T. S. Eliot untertrieb die Schwierigkeiten noch, wie ich schon bald feststellen sollte. Ich erfuhr, daß es dagegen ein Kinderspiel ist, sich einen Namen für ein Baby, einen Hund, ein Buch, ein Schlachtschiff, ein Baseball-Team oder auch für einen König, einen Papst oder einen Hurrikan auszudenken.

Beginnen wir mit dem Kind. Bei einem Kind kann man – zugegeben – in einige kleinere Schwierigkeiten geraten. Vielleicht sind Sie sich mit Ihrem Partner oder Ihrer Partnerin nicht einig darüber, ob Sie Ihrem Sprößling einen in der Familie gebräuchlichen Namen geben oder ihn überhaupt nach einem Familienmitglied nennen sollen. Dabei kommt es natürlich darauf an, ob Ihnen der Betreffende sympathisch ist oder nicht, und vielleicht sind sogar so unwürdige Überlegungen wie die Spekulation auf ein mögliches Erbe im Spiel. Es kann auch geschehen, daß Ihnen irgendein Name zuerst gefällt, bei weiterem Nachdenken aber einfällt, irgendein Schulkamerad könnte so gefühllos sein, daraus einen höchst unerfreulichen Spitznamen für Ihr Kind zu basteln.

Doch dies sind, wie gesagt, Bagatellprobleme, und Sie können sich mit Ihrem Partner oder Ihrer Partnerin ja volle neun Monate lang darüber beratschlagen und schließlich eine Lösung finden. Und das Beste an alledem: Wenn Sie Ihre Wahl getroffen haben, besteht keinerlei Gefahr, daß das so benannte Kind quäkend protestiert – allenfalls erst dann, wenn es dafür längst zu spät ist.

Soviel zur Namengebung bei einem Kind.

Nehmen wir als nächstes den Hund. Schon der bloße Gedanke, die Schwierigkeiten der Namengebung bei einem Hund mit denen bei einer Katze zu vergleichen, ist eine Vergeudung meiner und auch Ihrer wertvollen Zeit. Ihr Hund wird jeden Namen akzeptieren. Außerdem wird er sich ihn beinahe sofort merken und, wenn Sie ihn das zweite- oder höchstens drittemal rufen, nicht nur kommen, sondern angerannt kommen. Vor allem aber wird Ihr Hund niemals auf irgendeine Art Kritik an Ihrer Wahl erkennen lassen. Sie als sein Herr oder seine Herrin haben Ihre Entscheidung getroffen, und er wird sich danach richten. Ihr Wille ist auch sein Wille, und damit hat sich's.

Einen Titel für ein Buch zu finden kann etwas heikler sein. Aber die Sache auf die gleiche Stufe zu stellen wie die Namengebung für eine Katze ... Nun, nehmen Sie mein Wort darauf, ich habe beides getan und kann Ihnen versichern, daß es nicht miteinander zu vergleichen ist. Vor vielen Jahren hatte ich das Glück, von Miss Bernice Baumgarten als meiner literarischen Agentin betreut zu werden, einer der angesehensten im Büchersektor. Eines Tages stellte ich ihr die Frage, wie wichtig sie bei einem Buch den Titel finde. Sie antwortete entschieden, der Titel sei praktisch ohne Bedeutung. Als nächstes fragte ich sie, was sie für einen guten Titel halte. «Bei einem guten Buch», antwortete sie ebenso bestimmt, «ist jeder Titel in Ordnung.» Danach beschloß ich, sie in dieser Sache nicht mehr zu behelligen.

Auch die anderen Beispiele, die ich angeführt habe, können es an Schwierigkeit mit der Namengebung für eine Katze nicht aufnehmen. Was etwa Könige und Päpste angeht, erhalten sie eigentlich gar keinen eigenen Namen, sondern werden in der Regel numeriert.

Einer Katze einen Namen zu geben ist hingegen, wie gesagt, ein ganz anderer Fall. Eine Katze, die ihren Namen nicht mag, bringt es angeblich fertig, ihr Leben lang niemals, auch nicht aus Gedankenlosigkeit, erkennen zu lassen, daß sie ihn schon einmal gehört hat. Und schon gar nicht ließe sie sich anmerken, daß er in irgendeiner Weise etwas mit ihr zu tun haben könnte.

Ziemlich zu Beginn meiner Namenssuche sagte mir eine

Bekannte, die zusammen mit ihrem Ehemann ein Dutzend oder noch mehr Katzen hielt, wenn alle ihre Katzen versammelt seien und sie oder ihr Mann eine von ihnen beim Namen rufe, drehten sich die anderen oft der betreffenden Katze zu und schauten sie an. Sie aber erwidere zwar gelegentlich den Blick der anderen Katzen, blicke aber sie und ihren Mann nie an und reagiere auch nicht. Das, so behauptete meine Bekannte, beweise eindeutig, daß Katzen nichts gegen die Namen anderer Katzen hätten und nur von ihrem eigenen nichts wissen wollten. Eine andere Bekannte von mir, übrigens die Lektorin dieses Buches, erinnert sich gut an zwei siamesische Katzen, die sie einmal hatte. Sie hätten ihre eigenen Namen nur insofern zur Kenntnis genommen, als sie äußerste Eifersucht an den Tag legten, wenn die jeweils andere nicht etwa gerufen, sondern schon wenn über sie auch nur gesprochen wurde.

Alle «Katzen-Besessenen» werden mir bestätigen, daß Katzen in vielen Dingen sehr eigen sind – beispielsweise darin, was ihre Nahrung, was bestimmte Leute, die sie entweder mögen oder ablehnen, Lärm oder das Wetter oder beinahe alles betrifft, was Ihnen oder, wichtiger, Ihrer Katze so einfällt. Doch all dies sind Eigenheiten, die sich über eine längere Zeitspanne entwickeln, was Ihnen zumindest die Möglichkeit gibt, sich dagegen zu wappnen. Die Pingeligkeit jedoch, die Ihre Katze in bezug auf ihren Namen erkennen läßt, beginnt mit dem allerersten Mal, da Sie so unbesonnen sind, ihn an ihr auszuprobieren.

Wie ich erfahren mußte, gibt es nur eine einzige wirklich zuverlässige Faustregel, was die Einstellung einer Katze zu dem für sie gewählten Namen betrifft. Und diese lautet: Einerlei, welche Haltung man bei ihr erwartet, die tatsächliche wird das genaue Gegenteil sein. Vor einigen Jahren holte Jane Volk, mit der ich befreundet bin, ausgerechnet in Palm Beach einen der rauflustigsten Kater, die ich je gesehen habe, von der Straße. Dieser Raufbold hatte nur noch ein Auge, anderthalb Ohren, die Hälfte seines Schwanzes und ein narbenbedecktes Gesicht. Ihre Freunde waren überzeugt, daß von allen Katzen, die Jane Volk besaß, für diese am schwersten ein Name zu finden wäre. Doch Mrs. Volk, elegant und von gelassener Selbstsicherheit, verpaßte ihm prompt den Namen «Mutters kostbarer Schatz». Der Kater lehnte den Namen nicht nur nicht ab, sondern fand sofort Gefallen daran. Ich war immer überzeugt, er wußte auch, daß der Name komisch war.

Vor einigen Jahren schrieb Eleonora Walker, die viele Katzen aufgepäppelt hat, ein ganzes Buch über das Thema und gab ihm den Titel «Katzennamen». In einem der Kapitel stellt Mrs. Walker die Frage: «Geben unsere Katzen uns Namen?» Sie bejaht die Frage und stellt dann fest, daß diese Namen vermutlich mit den betreffenden Menschen als Ernährer zusammenhängen. «Mein Ehemann», schreibt sie, «schwor Stein und Bein, daß Humphrey, Dolly und Bohnenblüte mich den ‹Großen Hamburger› nannten.»

In einem anderen Kapitel erzählt sie, sie habe eine Freundin, die «spirituell weiter fortgeschritten» sei, darum gebeten, sich eine «Meditationsmethode» auszudenken, die es erleichtern würde, «den Namen der Katze zutage zu fördern».

Die Freundin erfüllte getreulich die Bitte und schrieb:

Lege Dich zur Entspannung mit dem Rücken auf den Boden, wobei Du die Knie anziehst und die Füße fest auf den Boden stemmst. Atme ruhig und regelmäßig, konzentriere Dich auf das Ausatmen und versuche, den Kopf frei zu bekommen ... Wenn das Meditieren für Dich etwas Neues ist und Dir weiterhin Ablenkungen zu schaffen machen, sage mehrmals und stumm das folgende Mantra im Rhythmus Deiner Atemzüge auf:
*Ham/Sah.* Das *Ham* beim Ein- und das *Sah* beim Ausatmen.

Dies war anscheinend die Methode, mit der sich tibetanische Mystiker, die «die Eigenschaften einer bestimmten Gottheit zu erlangen wünschen», für die bevorstehende Aufgabe vorbereiteten oder, anders ausgedrückt, für den Versuch, «das Bild des Gottes in all seiner Komplexität in sich selbst zu reproduzieren». Und Mrs. Walker versichert uns aufmunternd: «Wenn Sie jemals eine tibetanische Gottheit gesehen haben, wird Ihnen klar sein, daß das keine geringe Leistung ist. Bei einer Katze ist es im Vergleich dazu ganz einfach.»

Ich war bereit, ihr aufs Wort zu glauben. Der zweite und letzte Schritt kam gleich im folgenden Abschnitt:

Meine Freundin empfiehlt, daß Sie Ihre Katze genau, aufmerksam und liebevoll ansehen, jedes kleine Barthaar, jede Wimper und die Details ihrer Zeichnung registrieren. Sobald Sie entspannt sind und sich den Kopf so weit wie möglich frei gemacht haben, schließen Sie die Augen und versuchen, sich Ihre Katze vollkommen detailgetreu vorzustellen. Über kurz oder lang wird sich Ihnen der Wesenskern der Persönlichkeit Ihrer Katze enthüllen, und aus den Tiefen Ihres Unterbewußtseins wird ein Name aufsteigen, der zu ihr paßt. Dieser Name wird der beste sein, den Sie überhaupt für Ihre Katze aussuchen können.

Mrs. Walkers Buch erschien einige Zeit, nachdem ich meinen Kater getauft hatte, weshalb ich es mir, leider oder vielleicht gottlob, nicht zunutze machen konnte. Und so entging mir auch ihre Liste mit Namensvorschlägen für eine weiße Katze. Diese waren in zwei Spalten angeordnet.

| | |
|---|---|
| Weißchen | Vanille |
| Schneechen | Weiße Wolke |
| Schneewittchen | Blanche |
| Schneeflocke | Bianca |
| Schneebällchen | Margerite |

Schneeglöckchen   Elfenbein
Eisblume          Béchamel
Schneemann        Schäumchen
Hermelin          Perle

Ich möchte niemandem zu nahe treten, der eine Katze mit einem dieser Namen besitzt, aber offen gesagt sah ich nicht die geringste Chance, daß mein Kater auch nur einen einzigen davon klaglos hingenommen hätte.

Was ich jedoch ernsthaft in Erwägung zog, war ein Name aus der Geschichte, in die ich mich eingelesen hatte. Ich sah keinen Grund, warum mein Kater nicht stolzer Träger des Namens einer seiner Altvorderen sein sollte.

Ich begann mit Bast. Dummerweise aber war Bast kein Gott, sondern eine Göttin. Ich wollte in der Frage der Namengebung nicht sexistisch sein, und Bast klang ja so, als könnte es ein männlicher Name sein, aber mir war doch etwas unwohl bei dem Gedanken, eine Göttin zu vermännlichen. Die Katze Leos XIII., in die Pontifikalgewänder gekuschelt, hatte es mir zunächst auch angetan. Der Papst hatte sie Micetto getauft, und dieser Name gefiel mir. Doch hier bremste mich die Aussicht, daß ich jedesmal, wenn mich jemand fragte, warum ich diesen Namen gewählt habe, weit ausholen müßte.

Der dritte Name, den ich in die engere Wahl zog, war Muezza, der Name von Mohammeds Katze. Doch auch in diesem Fall hätte ich immer wieder eine lange Geschichte erzählen müssen. Und mehr noch fiel ins Gewicht, daß ich zwar für den Propheten selbst viel übrig hatte, erheblich weniger aber für viele seiner heutigen Anhänger, die Mohammeds Mahnungen, Tiere mit Güte zu behandeln, oft völlig in den Wind schlagen.

Die Namen von zwei von Kardinal Richelieus Katzen klangen ebenfalls verführerisch: Perruque und Racan. Richelieu gab ihnen diese Namen, weil sie in einer Perücke geboren wurden, die Seine Eminenz zu diesem Anlaß vom Kopf des Marquis de Racan requiriert hatte. Doch wie ich erfuhr, war der Marquis, ein Freund des Kardinals, nicht nur Dichter, sondern obendrein auch noch ein schlechter. Sollte mein Kater nach einem Verseschmied benannt werden, so entschied ich, dann nur nach einem bedeutenden Dichter oder zumindest nach einem anständigen Kleinpoeten.

Zwei andere Katzen aus der Geschichte hatten viel für sich. Die eine hatte Shakespeares Gönner, dem Grafen von Southampton, gehört, den Elizabeth I. 1602 in den Tower werfen ließ. Dieser Kater, ein großes, schwarzweiß geflecktes Tier, das der ständige Begleiter des Grafen gewesen war, schaffte es irgendwie, sich in den Tower zu schleichen und dort durch einen Kamin in die Zelle seines Herrn zu kriechen. Er weigerte sich, den Grafen zu verlassen, und als dieser schließlich auf freien Fuß gesetzt wurde, gab er – eine seiner ersten Handlungen – ein neues Fenster für die Abtei von Welbeck in Auftrag. Das Fenster, das man noch heute sehen kann, zeigt den Grafen in seiner Zelle und neben ihm seinen getreuen Kater.

Die andere Katze war das vielleicht berühmteste Tier seiner Art in Italien und lebte in den späten achtziger und frühen neunziger Jahren des letzten Jahrhunderts in einem venezianischen Café vor der Kirche Santa Maria Gloriosa dei Frari. Diese Katze war nicht nur schneeweiß, sondern auch so bekannt, daß man in dem Café ein Buch mit den Unterschriften ihrer Freunde aufliegen hatte, in das sich so prominente Persönlichkeiten wie Papst Leo III., das italienische Königspaar, Fürst Metternich und Zar Alexander III. eintrugen. Außerdem wurde die Katze nach ihrem Tod mit einer Skulptur verewigt, die, wie das Fenster des Grafen von Southampton, noch heute existiert.

Nur zwei Haken hatte die Sache mit diesen beiden Katzen als möglichen Namensgebern für meinen Kater. Diese bestanden zum ersten darin, daß die Katze des Grafen von Southampton nicht namentlich bekannt war und, zum zweiten, daß der Name der Katze aus dem venezianischen Café zwar überliefert war, aber, wie sich herausstellte, Nini lautete. Und diesen Namen, das war mir klar, würde mein Kater rundweg zurückweisen.

Zwei englische Katzen aus jüngerer Vergangenheit schienen ebenfalls erwägenswert. Die eine war Königin Victorias bekannteste Katze, für die außerdem sprach, daß sie ein weißes Fell hatte. Die gute Königin hatte sogar einen Namen gefunden, der ihr selbst und anscheinend auch der Katze gefiel – White Heather (weißes Heidekraut). Doch für meinen Kater konnte ich ihn mir nicht vorstellen. Die andere Anregung lieferte Nelson, Winston Churchills bekannter Gefährte aus der Kriegszeit. Doch sehr zum Kummer seines Besitzers war Nelson während der Raketenangriffe auf London wenn überhaupt, dann im hintersten Winkel unter dem nächsten Bett zu finden. «Trotz meiner höchst ernsthaften und beredsamen Bitten», bemerkte der Premierminister, «mißlang es mir ganz und gar, meinen Freund von solch verzagtem Tun dadurch abzuhalten, daß ich ihn zu bewegen versuchte, er möge wenigstens kurz des Namens gedenken, den er trug.»

Es gab viele interessante Geschichten über die Katzen von großen Dichtern und Schriftstellern, doch leider hatten sich diese für meine Zwecke nicht genug Mühe gegeben, treffende Namen zu ersinnen. Samuel Johnson beispielsweise war einer seiner Katzen derart zugetan, daß er jeden Nachmittag das Haus verließ, um für sie Austern zu besorgen, statt einen seiner Diener damit zu beauftragen. Johnson war anscheinend überzeugt, die Diener würden es vielleicht die Katze entgelten lassen, daß sie einen so niedrigen Dienst verrichten mußten. Wie dem auch sei, die Katze hieß Hodge (Tölpel) – vielleicht ein schöner Name für einen englischen Butler, aber nicht, wie ich fand, für einen amerikanischen Kater.

Der Name des Katers von Alexandre Dumas kam meiner

Idealvorstellung schon näher. Dieser Kater, Mysouff geheißen, pflegte Monsieur Dumas jeden Tag die halbe Strecke von seinem Heim zu seinem Büro zu begleiten und dann nach Hause zurückzukehren. Und ebenso fand er sich später wieder an derselben Stelle ein, um seinen Herrn abzuholen und heimzugeleiten. Noch verblüffender war, daß Mysouff es irgendwie ahnte, wenn Dumas eine andere Verabredung hatte und nicht an dem Treffpunkt sein würde, denn dann, so berichtet Dumas selbst, verließ der Kater niemals das Haus.

Ich beschloß also, den Namen Mysouff an meinem Kater auszuprobieren. Eine weitere Möglichkeit bot eine von Charles Dickens' Katzen oder vielmehr eines seiner Kätzchen. Wenn Dickens noch spät in seinem Studierzimmer arbeitete, kletterte dieses Kätzchen an seinem Schreibtisch hoch und löschte mit einer Pfotenbewegung die Kerze. Zumeist zündete Dickens sie wieder an, worauf das Tier die Flamme sofort wieder löschte – und Dickens für diesen Abend zu arbeiten aufhörte, um sich dem Kätzchen zu widmen. Das dumme war nur, daß ich auch in diesem Fall den Namen nicht herausbekam. Zusammen mit zwei anderen Kätzchen war es in Dickens' Studierzimmer von einer Katze zur Welt gebracht worden, der Dickens den Namen William gegeben hatte, als er sie zum erstenmal sah und noch nicht wußte, daß sie ein Weibchen war. Als er erfuhr, daß das Tier Mutterfreuden entgegensah, taufte er es auf den Namen Wilhelmina um.

Ich mußte also auf Dickens, meinen Lieblingsautor, verzichten, fand jedoch eine andere Möglichkeit. Es handelte sich um einen Kater, der H. G. Wells gehört und Mr. Peter Wells geheißen hatte. Mr. Wells, der Autor, nicht der Kater, legte Wert darauf, daß man das Tier mit seinem vollen Namen, einschließlich des «Mr.», anredete. Mr. Peter Wells war ohne Zweifel eine erstaunliche Katze. Wenn ein Gast entweder zu laut oder zu lange sprach, sprang der Kater von seinem Lieblingsstuhl herab, bemühte sich, möglichst viel Lärm zu veranstalten, um möglichst viel Aufmerksamkeit auf sich zu ziehen, und stolzierte dann aus dem Zimmer. Dies hat der Atmosphäre sicher eine Dramatik verliehen, die wohl in keinem Salon von damals anzutreffen war, und ich beschloß, an meinem Kater den Namen Mr. Peter Amory zu testen.

Von allen Autoren und Katzenfreunden, so stellte ich fest, zeichnet sich Mark Twain dadurch aus, daß er seinen Katzen die eigenartigsten Namen gab. Darunter waren Apollinaris, Zoroaster und Blatherskite. Damit, behauptete Mark Twain, sei nicht die Absicht verbunden, die Katzen herabzusetzen, sondern ihnen, da sie in bezug auf ihre Namen ohnedies so heikel seien, Benennungen zu geben, an denen seine Kinder die Aussprache langer und schwieriger Wörter üben könnten. Eines der Jungen von Mark Twains Katze Tammany hatte die Angewohnheit, sich in ein Eckloch des Billardtisches zu kuscheln und es so zu blockieren. Hin und wieder, wenn es ihm einfiel, gab es mit einem Pfotenhieb der Kugel, die auf ein bestimmtes Eckloch zurollte, eine neue Richtung. In diesen Fällen, erzählte Twain, verlangten die Regeln des Hauses keinerlei Verweis für das Kätzchen, sondern die Kugel mußte möglichst nahe an die ursprüngliche Stelle gelegt und der Stoß wiederholt werden.

Schließlich förderte ich die verblüffende Tatsache zutage, daß ausgerechnet Colette, unter den Schriftstellern und Schriftstellerinnen an Katzenliebe gewiß nicht zu übertreffen, beim Ausdenken eines Namens für ihre eigene Katze so kläglich versagte, daß sie sie schließlich einfach «La chatte» nannte, das französische Wort für «Katze». Colette gestand zwar freimütig ein, daß sie bei dem Versuch gescheitert sei, irgendeinen anderen Namen zu finden, der La chatte zufriedenstellte, war aber mit der Wahl, die ihre Katze am Ende traf, selbst überaus einverstanden.

Colettes Name für ihre Katze warf Licht auf einen anderen Aspekt. Das englische Wort *cat* steht den entsprechenden Bezeichnungen in anderen Sprachen vielleicht näher als irgendein anderes Hauptwort: *chat* im Französischen, *Katze* im Deutschen, *ga'ta* im Neugriechischen, *cattus* im Lateinischen, *gato* im Spanischen und Portugiesischen, *gatto* im Italienischen, *kat* im Holländischen und Dänischen, *kot* im Polnischen, *kut* im Ägyptischen, *kat* in manchen Gegenden Afrikas, *katsi* in anderen und *kott* im Russischen. Und in Sprachen, in denen keine solche Ähnlichkeit besteht, ist die Bezeichnung von Geräuschen abgeleitet, die die Katze macht, wie *mao* oder *mio* im Chinesischen, *neko* im Japanischen und – vielleicht am einfachsten von allen – *puss* im Indonesischen.

Das alles bot immerhin die Möglichkeit, für meinen Kater einen Namen aus einer anderen Sprache zu entlehnen, und nach einigem Überlegen setzte ich sowohl Vorsitzenden Mio wie König Kut auf meine Liste. Auch nahm ich mir noch einmal das Kapitel Katze in der Literatur vor. Unter den nicht erfundenen Katzen waren Poes Caterina, Thoreaus Min, Hemingways Puss und D. H. Lawrences Puss Puss, sowie aus der Belletristik Sakis sprechender Tobermory, Don Marquis streunende Katze Mehitabel, Gallicos wiederauferstandene Göttin Thomasina und H. Allen Smiths Rhubarb, die Katze, die ein Baseball-Team erbte. Doch leider entsprach keine von ihnen meinen Vorstellungen.

Gebührende Beachtung schenkte ich auch den Namen der großen Katzen aus der Geschichte der Cartoons – unter ihnen Felix, Tom und Garfield. War Garfield mein Lieblingsname, so interessierte mich am meisten die Geschichte von Felix, gezeichnet von Pat Sullivan, einem australischen Cartoonisten, der 1914 in die Vereinigten Staaten gekommen war. Der Name Felix, der aus dem Lateinischen stammt und «der Glückliche» bedeutet, wurde bewußt gewählt, um sadistischen Phantasien, deren Opfer Katzen oft sind, entgegenzuwirken. Außerdem hatte sich Sullivan, wie er zugab, in nicht geringem Maß von Charlie Chaplins Humor und komischen Bewegungen anregen lassen. Felix wurde derart berühmt, daß Walt Disney, der seinen Mickey zuerst ebenfalls als Katze gedacht hatte, schon bald beschloß, ihn zu einer Maus zu machen, um nicht gegen Felix konkurrieren zu müssen.

Leider war Felix schwarz. Doch im Verlauf meiner Suche entdeckte ich eine wirklich ungewöhnliche weiße Katze, die auch noch einen ebenso ungewöhnlichen Namen hatte. Es war ein Kater, und er hieß Don Pierrot de Navarre. Sein Besitzer, der französische Dichter und Kunstkritiker Théophile Gautier, schrieb sehr anrührend über dieses Tier, das unstreitig einen der obersten Plätze unter den Katzen aus der Literaturgeschichte verdient:

> Er schien sich, wenn er an seinem gewohnten Platz vor dem Kaminfeuer saß, immer für die Unterhaltung zu interessieren. Hin und wieder, wenn er vom einen Gesprächspartner zum andern schaute, gab er ein schwaches, protestierendes Miau von sich, als wollte er eine Meinungsäußerung tadeln, die er sich nicht zu eigen machen konnte. Er liebte Bücher, und jedesmal, wenn er eines auf dem Tisch aufgeschlagen fand, setzte er sich daneben, blickte aufmerksam auf die bedruckte Seite, schlug ein paar Blätter um und schlief schließlich ein, als hätte er wahrhaftig versucht, einen modernen Roman zu lesen. Sobald er sah, daß ich mich zum Schreiben niedersetzte, sprang er auf meinen Schreibtisch und beobachtete die krakeligen, phantastischen Gebilde, die meine Feder übers Papier verstreute, wobei er jedesmal, wenn ich eine neue Zeile begann, den Kopf wendete. Zuweilen ließ er es sich einfallen, an meiner Arbeit teilzunehmen, und dann tastete er nach meiner Feder, zweifellos mit der Absicht, ein, zwei Seiten zu schreiben ...

Das war nun eine Katze, mit der ich mich wirklich identifizieren konnte – und hoffentlich auch mein Kater. Zumindest erwartete ich, er werde schon aus Höflichkeit mir gegenüber dem Namen Don Pierrot de Navarre die Beachtung schenken, die dieser in so reichem Maße verdiente.

Der Kater lag auf meinem Schoß, den Kopf auf meinen Knien, und schlief fest. Doch da es allmählich spät wurde und ich nicht absehen konnte, wie lange unsere Konferenz über seinen Namen dauern würde, beschloß ich, ihn zu wecken und die Sache in Angriff zu nehmen.

Sanft drehte ich ihn um, so daß ich sein Gesicht vor mir hatte. Ich gab ihm ein paar Augenblicke Zeit, klaren Kopf zu bekommen, und begann dann langsam, aber in festem Ton unser Gespräch.

Alle Haustiere und mit Menschen lebenden Tiere, legte ich zunächst dar, hätten einen Namen. Selbst die in menschlicher Gesellschaft lebenden Vögel trügen Namen, fuhr ich fort. Ich wollte möglichst rasch seine Aufmerksamkeit fesseln, und an Ornithologie zeigt er großes Interesse.

Genauso, sprach ich weiter, hätten auch Menschen Namen. Ich zum Beispiel, sagte ich, hörte auf den Namen Cleveland.

Er betrachtete mich mit einem langen Blick, der mir zunächst voller Besorgnis schien, in dem aber auch, wie mir rasch klar wurde, eine Mahnung lag. Daraus sprach deutlich seine Meinung, ich solle, und zwar möglichst rasch, einen Spezialisten aufsuchen.

Ich ignorierte den Blick. Statt dessen sagte ich zu ihm ebenso entschieden, wie ich begonnen hatte, wenn er die ganze Sache aufgeschlossen betrachtete, würde er sich in der Gesellschaft von Menschen und auch von Tieren wohler fühlen, sobald er einen Namen hätte.

Selbst nichtdomestizierte Tiere, erläuterte ich, die nur in der Nähe von Menschen lebten, wie Tiere in Zoos, hätten Namen. Sehr große Tiere, wie Elefanten und Löwen, Tiger und Leoparden, ja sämtliche Großkatzen trügen Namen. Und genauso, sagte ich, sei es auch bei – nun ja, bei kleineren Katzen.

Ich legte eine bedeutungsvolle Pause ein und setzte dann meine Ansprache fort. Alle mit Menschen zusammenlebenden Katzen, gab ich ihm zu bedenken, hätten Namen. Nicht nur ein paar, nicht nur die meisten, sondern ausnahmslos alle Katzen. Ja, so schloß ich unverzagt, wenn er mir eine einzige Katze nennen könnte, die jemals irgendwo mit irgendeinem Menschen zusammengelebt hatte, ohne einen Namen zu haben, wäre ich bereit, ihm keinen zu verpassen. Ich wolle ihm sogar genügend Zeit geben, sich durch den Kopf gehen zu lassen, ob ihm eine solche Katze bekannt sei.

Das tat ich dann auch. Ich spielte mit völlig offenen Karten. Doch als er mir – wie vorherzusehen war – kein einziges Beispiel bieten konnte, fuhr ich in meinem Vortrag fort. In den meisten Fällen, sagte ich zu ihm, wählten die Leute einfach einen Namen und die Katze habe dabei nicht das geringste Mitspracherecht. Ich sagte ihm, daß ich nicht zu diesen Leuten gehörte und so etwas auf keinen Fall tun würde; ich hätte viel zu viel Respekt vor ihm. Statt dessen wolle ich ihm erst dann einen Namen geben, wenn ich einen gefunden hätte, der mir – und hier korrigierte ich mich noch im letzten Augenblick –, der *ihm* und mir, der uns beiden gefiele.

Sein Schwanz begann auf mein Knie zu klopfen: Ich solle doch zum entscheidenden Punkt kommen. Der entscheidende Punkt, sagte ich, sei der, daß ich ihm in dieser Sache ein faires Mitspracherecht einräumen wolle. Anders ausgedrückt, ich würde verschiedene Namen an ihm ausprobieren und seine Reaktion darauf abwarten. Wenn er bereit sei, mitzumachen, würden wir zusammen eine Entscheidung treffen. Wenn nicht, wäre das sein Pech. In diesem bedauerlichen Fall müßte ich einfach den Namen wählen, der ihm am wenigsten zu mißfallen schien.

Und damit setzte ich ihn auf den Boden. «So», sagte ich zu ihm, «ich werde mich jetzt von dir abwenden und ein paar Schritte weggehen. Und wenn ich mich umdrehe, möchte ich deine Reaktion sehen.»

Und so geschah es. «Komm, Don Pierrot de Navarre», sagte ich. «Hierher, Don Pierrot de Navarre.» Dann drehte ich mich um, neugierig auf seine Reaktion.

Ich wollte meinen Augen nicht trauen. Wenn eine Katze fähig ist, jemanden mit Blicken zu durchbohren, dann sah er mich mit Dolchblicken an, wie noch keiner seiner Artgenossen jemanden angeblickt hatte. Ich hatte keine Idee, was los war. Don Pierrot de Navarre war doch ein schöner Name, würdevoll und imposant, der Dignität einer Katze durchaus gemäß, beinahe königlich ... Und dann wurde mir alles klar. Es hatte natürlich nichts mit Don Pierrot de Navarre zu tun, sondern seinen Grund darin, daß ich, in meinem Eifer, ihm den Namen schmackhaft zu machen, das verbotene Wort «hierher» gebraucht hatte. Ich war tatsächlich geradewegs in das Minenfeld hineinmarschiert.

Ich bat demütig um Entschuldigung und sagte dann, ich verstünde ja durchaus, daß es für ihn unmöglich wäre, die Vorzüge irgendeines Namens auch nur zu erwägen, dem ein so kränkendes Wort wie «hierher» vorausgegangen war. Aber ob er ihn sich nicht doch noch einmal anhören wolle. Selbstverständlich ohne dieses Wort.

Er erklärte sich dazu bereit. Diesmal sagte ich nur, so überzeugend, wie ich es vermochte: «Don Pierrot de Navarre.» Und dann ein zweites Mal.

Nun war sein Blick von ausdrucksloser Leere. Und ein leerer Blick bei einer weißen Katze, kann ich Ihnen versichern, ist wirklich ein ganz leerer Blick.

Ich beschloß, für den Augenblick Don Pierrot fallenzulassen und ging zu den Werken von Alexandre Dumas über. Wieder drehte ich mich von meinem Kater weg. «Mysouff», sagte ich, «Mysouff.» Ich mochte das Doppel-f und war überzeugt, es werde auch ihm gefallen. «Mysouff», verkündete ich zum drittenmal und betonte dabei das «f».

Ich bekam eine Reaktion, allerdings nicht die erhoffte. Denn er machte sich stracks in die Küche davon. Offensichtlich glaubte er, daß von seinem Abendbrot die Rede sei. Als ich ihn endlich bewogen hatte zurückzukommen, wagte ich einen neuen Versuch. «Mr. Peter Amory», verkündete ich wie ein Butler, der einen Gast meldet. «Mr. Peter Amory.»

Diesmal war die Reaktion ein ganz langsames, sehr ausgiebiges und, wie ich fand, durchaus absichtsvolles Gähnen. Entmutigt fing ich noch einmal von vorne an. Vielleicht, so ging es mir durch den Kopf, waren meine Ideen zu ausgefallen, vielleicht sollte ich den ganzen Prozeß vereinfachen. Wie wär's, dachte ich, mit dem Namen Christmas? Schließlich hatte ich ihn ja am Weihnachtsabend gefunden.

Ich versuchte es wie immer zweimal. «Christmas. Christmas.» Wieder nichts. Ich hatte das ungute Gefühl, daß er nun sogar zum Gähnen zu gelangweilt war. Was um alles in der Welt konnte er denn gegen den Namen Christmas haben? Christmas klang wirklich famos, mit diesen vielen, leicht verständlichen Konsonanten, vor allem den beiden «s» – die jede Katze, die ihren Namen verdiente, doch zumindest an dem zischenden Geräusch erkennen würde.

«Christmas», zischte ich. «Christmas.»

Er verstand sehr wohl. Seine Ohren legten sich an, und er zischte zurück. Ich beschloß, mich geschlagen zu geben. Mit einer gewissen Bedachtsamkeit erhob er sich, streckte eine Pfote nach der andern von sich und marschierte dann gemessen aus dem Zimmer, mit einem Blick, der klarer als Worte sagte, er habe von dem Unsinn so viel über sich ergehen lassen, wie man ihm billigerweise zumuten könne.

Ich blieb, wo ich war, und versank in tiefe Nachdenklichkeit. Die Geschichte hatte nichts gebracht, der Humor nichts und ebensowenig Weihnachten. Was blieb da noch? Aus irgendeinem Grund begann ich mir durch den Kopf gehen zu lassen, welche Tiere zu meinen ganz besonderen Lieblingen gehörten – vielleicht brachte mich eines von ihnen auf einen Namen.

Ich ließ die Katze weg, schloß aber den Hund ein, das Pferd, den Esel, den Tiger, den Delphin, den Otter, den Biber und den Bären. Es gab noch viele andere, aber plötzlich, beim Bären, hielt ich inne. Bär, dachte ich, wäre ein guter Name für ihn – er sieht ja aus wie ein kleiner Bär. Und da er ein weißes Fell hat, wie wär's mit Eisbär?

Ich stöberte ihn im Schlafzimmer auf, wo er sich auf der Steppdecke gemütlich eingerollt hatte. Ich rückte nicht sofort mit dem Namen heraus. Aus meinen vorausgegangenen Versuchen hatte ich eine Menge gelernt.

«Ach, Eisbär, da bist du ja», sagte ich so beiläufig, daß er daraus unmöglich entnehmen konnte, was ich im Schilde führte. Ich setzte mich aufs Bett und begann ihn zu kraulen. «Nun», sagte ich im gleichen beiläufigen Ton, «wie geht's dir denn, Eisbär?» Vom Kraulen ging ich zu anderen Liebkosungen über.

Natürlich schuf ich mit dem, was ich da tat, ein *fait accompli*, und obwohl ich dem Leser gern erzählen würde, mein Kater habe mir in die Augen gesehen und mir feierlich zugenickt, tat er natürlich in Wahrheit nichts dergleichen.

Schön wäre es auch, könnte ich dem Leser berichten, daß mein Kater von da an seinen Namen gekannt habe und wenn auch nicht immer, so doch manchmal komme, wenn er ihn hört. Wie gesagt, schön wäre es, doch die Wahrheit ist es nicht.

Schließlich würde ich auch noch gern sagen, daß sich Eisbär – ob mein Kater den Namen nun kennt oder nicht – als eine perfekte Wahl für ihn erwiesen habe. Doch auch das wäre nicht die Wahrheit. Es gibt für eine Katze nur einen einzigen perfekten Namen, und den werden wir, wie T. S. Eliot uns gelehrt hat, niemals erfahren.

*Wie heißen Katzen?*

Wie heißen die Katzen? gehört zu den kniffligsten Fragen
   Und nicht in die Rätselecke für jumperstrickende Damen.
Ich darf Ihnen, ganz im Vertrauen, sagen:
   Eine jede Katze hat *drei verschiedene Namen.*
Zunächst den Namen für Hausgebrauch und Familie,
   Wie Paul oder Moritz (in ungefähr diesem Rahmen),
Oder Max oder Peter oder auch Petersilie –
   Kurz, lauter vernünft'ge, alltägliche Namen.
   Oder, hübscher noch, Murr oder Fangemaus
   Oder auch, nach den Mustern aus klassischen Dramen:
Iphigenie, Orest oder Menelaus –
   Also immer noch ziemlich vernünft'ge, alltägliche
   Namen.
Doch nun zu dem nächsten Namen, dem zweiten:
   Den muß man besonders und anders entwickeln.
Sonst könnten die Katzen nicht königlich schreiten,
   Noch gar mit erhobenem Schwanz perpendikeln.
Zu solchen Namen zählt beispielsweise
   Schnurroaster, Tatzitus, Katzastrophal,
Kralline, Nick Kater und Kratzeleise –
   Und jeden der Namen gibt's nur einmal.
Doch schließlich hat jede noch einen dritten!
   *Ihn kennt nur die Katze* und gibt ihn nicht preis.
Da nützt kein Scharfsinn, da hilft kein Bitten.
   Sie bleibt die einzige, die ihn weiß.
So oft sie versunken, versonnen und
   Verträumt vor sich hin starrt, ihr Herren und Damen,
Hat's immer und immer den gleichen Grund:
   Dann denkt sie und denkt sie an diesen Namen –
   Den unaussprechlichen, unausgesprochenen,
   Den ausgesprochenen unaussprechlichen,
Geheimnisvoll dritten Namen.

                                               T. S. Eliot

## 7  *In Hollywood*

Noch heute ist mir nicht ganz klar, warum ich beschloß, Eisbär auf diese Reise nach Hollywood mitzunehmen. Aber es waren wohl zwei Gründe. Zunächst einmal würde ich wenigstens einige Wochen abwesend sein, länger als ich Eisbär überhaupt schon hatte. Ich wußte zwar, daß Marian vorbeischauen und ihn nicht nur füttern, sondern auch mit ihm spielen würde, trotzdem aber wäre er viel allein – und dies gerade zu der Zeit, da sich bei ihm das Gefühl der Geborgenheit festigen und er sich nicht verlassen fühlen sollte.

Der zweite und wichtigere Grund, ihn mitzunehmen, war einer, den ich nicht eingestehen wollte, nicht einmal mir selbst. Es war schlicht und einfach so, daß ich es nicht ertragen konnte, so lange von ihm getrennt zu sein, so sehr hatte ich ihn ins Herz geschlossen.

Ich war mir der Schwierigkeiten, die mein Entschluß mit sich brachte, durchaus bewußt – dafür hatten schon sämtliche meiner Bekannten gesorgt, die Katzenfreunde waren. Ausnahmslos hatten sie mir so düstere Prophezeiungen gemacht, daß ich die Überzeugung gewann, eine Katze, wenn nicht ganz jung dazu abgerichtet, sei als Reisebegleiter über weite Distanzen zwar immer noch besser als Alligatoren und Orang-Utans, aber viel schlimmer als quengelige Kinder, kranke Goldfische und Kleinwagen.

Dafür, erfuhr ich von meinen Freunden, gebe es viele Gründe. Zum ersten, so erklärten sie, hätten Katzen ein ausgeprägtes Territorialverhalten; ihr Heim sei ihre Burg, ihr Herd, ihre Heimat. Zum zweiten, betonten diese Freunde, seien Katzen konservative, traditionsverhaftete Geschöpfe. Meine Freunde gingen zwar nicht so weit zu behaupten, alle Katzen seien Anhänger der Republikanischen Partei, doch ich selbst hatte bereits seit einiger Zeit bei Eisbär diesen Verdacht. Schon deswegen, weil er es nicht gern hatte, wenn etwas passierte, das nicht schon früher passiert war. Und wenn diese Voreingenommenheit auch mit einer politischen Parteibindung nichts zu tun hatte, so stand sie doch Reisen entgegen – zumal Flügen und zu einem Ziel, wo er noch nie gewesen war.

Ich hörte geduldig zu, während meine Freunde mich aufklärten, daß, zum dritten, jede Katze einen ihr unbekannten Ort, und sei es nur ein relativ einfaches Hotelzimmer, als eine unerforschte Wildnis betrachte, in der auf Schritt und Tritt Gefahren lauerten. Keineswegs zufrieden damit, jeden Winkel abzusuchen, jede Ritze abzuschnüffeln, werde meine Katze, so wurde mir versichert, vor Schrecken in einen Zustand der Erstarrung verfallen, bis sie jedes einzelne Geräusch innerhalb des Raums und von draußen, bei Tag wie bei Nacht, sorgfältig analysiert hatte. Und als kleine Draufgabe merkten sie noch an, während dieser Periode werde meine Katze natürlich jegliche Nahrung verweigern, so lange, bis ich überzeugt sei, daß sie nie mehr fressen werde. Dies als gerechte Strafe für die Bedrängnis, in die ich sie gebracht hatte, indem ich sie überhaupt an einen solchen Ort mitgenommen hatte.

Und als wäre all dies noch nicht genug, schenkte man mir Ratgeber für Reisen mit Katzen, die mit wahren Litaneien an Mißgeschicken unterwegs vollgestopft waren. In einem stand zu lesen, wenn man eine Katze auf eine lange Reise mitnehmen wolle, wäre es das Verkehrteste, versuchsweise erst eine kurze mit ihr zu unternehmen. «Dies», so las ich, «würde Ihnen nur noch mehr Anlaß zu Sorge geben.» Einem anderen Ratgeber war zu entnehmen, mit einer Katze solle man nie verreisen, ohne Wasser, ein «Töpfchen», Katzenstreu, Desinfektionsmittel, eine Kleiderbürste und einen Vorrat an feuchten Erfrischungstüchern einzupacken. Letztgenannte, teilte dieses Opus mit, seien «für Sie, nicht für die Katze» bestimmt.

Der ärgste Mißgriff, so las ich, bestünde darin, auch nur den Gedanken zu erwägen, seine Katze in das Haus eines Freundes oder in ein Hotelzimmer mitzunehmen. Verwirrt fragte ich mich, was für andere Möglichkeiten dann wohl blieben. Das Haus eines Freundes, zumal wenn er für Katzen generell nichts übrig, geschweige denn Verständnis für eine Katze auf Reisen habe, könnte sich als ein wahrer Alptraum erweisen. Und was Hotels betreffe, so las ich, lasse sich in ihnen buchstäblich kein einziges Zimmer gegen ein Entwischen der Katze sichern; früher oder später werde ein Zimmermädchen oder ein Page oder ein Zimmerkellner oder ein Handwerker die Tür öffnen, und Ihre Katze werde hinausflitzen, um dem neuen Feind zu entkommen und zugleich nach Ihnen zu suchen. Und während sie nach Ihnen suchte, wären Ihre Chancen, die Katze, die ja überall sein konnte, ausfindig zu machen, praktisch gleich Null.

Für alle diese Vernunftreden und Ratschläge blieb ich stocktaub. Papperlapapp, dachte ich, Eisbär ist anders. Einem meiner Bekannten, der sich aufs bedenklichste über die Fährnisse des Reisens mit einer Katze äußerte, stellte ich die Frage, ob es ihm denn nicht bekannt sei, daß einmal ein Kätzchen das Matterhorn bestiegen hatte. Ein Kätzchen, wiederholte ich. Er sah mich an, als wäre ich nicht richtig im Kopf, was mich aber nicht davon abhielt, ihm die Geschichte zu erzählen.

Sie hatte sich vor einigen Jahren zugetragen. Matt, wie der neue Name des Katers seither lautet, war damals ein zehn Monate altes Kätzchen, das die Nacht, bevor sein Besitzer das Matterhorn bestieg, mit diesem in einem Hotel am Fuß des

Berges verbrachte. Am nächsten Morgen verließ Matts Besitzer vor Tagesanbruch, bepackt mit seiner Bergsteigerausrüstung, das Hotelzimmer. Matt blieb zurück und sollte auf die Rückkehr seines Herrn warten. Dieser und seine Gruppe, begleitet von Bergführern und beladen mit Seilen, Pickeln, Proviant, Wasser und Verbandskasten, arbeiteten sich mühsam den langen Anstieg zum Gipfel hinauf. Schließlich erreichten sie ihn, und während sie sich im Glanz ihrer Leistung sonnten und einander zu ihrer Ausdauer und Kühnheit beglückwünschten, wurden sie plötzlich von einem lauten, klagenden Miauen unterbrochen. Hinter ihnen war bis auf 4477 Meter Höhe, zum Teil über schroff abfallende Steilwände, aber natürlich ohne Ausrüstung, Proviant und Wasser Matt heraufgekraxelt – und, wie sie alsbald feststellten, zwar sehr hungrig und durstig, aber keineswegs erledigt.

Wieder einen anderen Skeptiker machte ich auf einige weitere ungewöhnliche Marschleistungen aufmerksam, die Katzen zustande gebracht hatten. Die bekannteste Geschichte war vielleicht die der «unglaublichen Reise», die Sheila Burnford in ihrem großartigen Buch gleichen Titels beschrieben hat. Die Autorin schildert nicht nur in bewegender Weise, wie zwei große Hunde – ein junger Labrador und eine tapfere, alte englische Bulldogge – fast 500 Kilometer durch die kanadische Wildnis zurücklegten, sondern erzählt auch die Geschichte von Tao, der siamesischen Katze, die mehrmals allen dreien, auch den beiden Hunden, das Leben rettete. Einmal rettete sie sie sogar vor einer riesigen, wütenden Bärenmutter, deren Junges sie aufgescheucht hatten.

Und zuletzt klärte ich meine Freunde über den meines Wissens bis heute nicht übertroffenen Rekord für einen Marsch auf, den jemals ein von seinem Herrn verlassenes Tier unternommen hat. Er wurde von einer Katze aufgestellt, die einem New Yorker Tierarzt gehörte. Der Mann lebte mit einer Freundin zusammen, und als er seinen Wohnsitz nach Kalifornien verlegen mußte, ließ er die Katze zurück, weil er fand, für das Tier wäre es besser, wenn es bei seiner Freundin in der altgewohnten Umgebung bliebe. Die Katze war nur ein einziges Mal in dem neuen Haus in Kalifornien gewesen, doch fünf Monate später hörte der Tierarzt – wie die Bergsteiger auf dem Matterhorn – ein vertrautes Miauen. Er öffnete die Tür, und obwohl seine Katze nun wirklich erledigt war, trat sie würdevoll ins Haus, schritt auf den Fauteuil zu, den sie aus dem früheren Zuhause kannte, kletterte hinauf, legte sich auf das Kissen und schlief alsbald ein.

Wenn also, sagte ich zu meinen Freunden, eine Katze als Junges das Matterhorn besteigen konnte, eine andere zwei Hunden half, durch die kanadische Wildnis sicher ans Ziel zu gelangen, und eine dritte es ganz allein fertigbrachte, die 4800 Kilometer von New York nach Kalifornien zu laufen, dann könnte ich doch wohl Eisbär auf diesen kleinen, läppischen Ausflug nach Hollywood mitnehmen.

Wenn ich heute daran zurückdenke, würde ich gern sagen können, wie recht ich gehabt und wie schief all die Leute gelegen hätten, die mich gewarnt hatten. Leider kam natürlich alles ganz anders.

An sich nahm die Reise einen guten Anfang – obwohl ich einmal offen aussprechen möchte, daß ich diese lächerlichen Vorschriften der Fluggesellschaften, die nur ein einziges Tier in der ersten und ebenfalls ein einziges in der Touristenklassen zulassen, nie verstanden habe. Hat man Angst, die Tiere könnten bellen oder miauen oder einander anfallen, oder Leute könnten über sie stolpern oder was sonst? Die Tiere befinden sich schließlich in Käfigen, und vorausgesetzt, sie sind mindestens durch einen Sitz getrennt, wäre es wohl kaum eine große Beeinträchtigung des Luftreiseverkehrs, wenn man wenigstens ein paar mehr pro Flug zuließe – zumindest weniger lästig, als wenn der Fluggast auf dem Sitz davor einem die Lehne auf den Schoß drückt oder wenn es für drei Sitze nebeneinander nur vier Armstützen gibt.

Aber wie dem auch sei, ich hatte keine andere Wahl, als die Vorschriften zu befolgen, und so hatte ich folgsam und zeitig für mich selbst wie für Eisbär gebucht. Ich hatte auch einen vorschriftsmäßigen Katzenkoffer, der, wenn auch mit knapper Not, unter den Sitz paßte. Und die Stewardeß hätte nicht netter sein können. Vor dem Start erlaubte sie mir, den Koffer zu öffnen, streichelte Eisbär ein bißchen und erging sich in Aaahs und Ooohs über seine Schönheit. Sie versprach auch, daß ich den Koffer wieder öffnen dürfe, sobald wir in der Luft seien.

Eisbär jedoch ließ die Nettigkeiten der jungen Dame nicht nur unerwidert, sondern drehte sich absichtlich weg. Es führt meistens zu nichts, wenn man auf Reisen seine Katze mit einem fremden Menschen bekannt macht, denn die meisten Katzen haben bis dahin bereits alle Leute kennengelernt, auf deren Bekanntschaft sie Wert legen. Mithin ist der Katzenfreund gut beraten, wenn er unterwegs ein kleines Arsenal von Entschuldigungen bereithält, in dem alles, von kleinen Not- bis zu faustdicken Zwecklügen, vorrätig ist.

Ich benützte eine aus der letzteren Kategorie und erzählte der Stewardeß, Eisbär sei sonst die Liebenswürdigkeit in Person, aber nachdem er das Beruhigungsmittel bekommen habe und so – sie verstehe sicher. Sie verstand natürlich nichts, und Eisbär hatte überhaupt nichts bekommen, aber ich hatte wenigstens meinen guten Willen gezeigt.

In einer Hinsicht hatte ich Glück: Ich hatte mir den Fensterplatz gesichert, und auf dem mittleren Platz saß niemand. Den Sitz am Gang nahm ein korpulenter Mann ein, der die Begegnung zwischen Eisbär und der Stewardeß mit Interesse beobachtet hatte. «Er hat's nicht sehr mit Reisen, nicht?» bemerkte er. Wieder schwindelte ich. Eisbär sei großartig auf Kurzstreckenflügen, auf langen aber – und anscheinend, erläuterte ich, habe er den Verdacht, es würde ein Langstreckenflug werden – werde ihm leicht übel. Ich war mir ziemlich sicher, daß diese Mitteilung das Interesse des Mannes stark dämpfen werde, wenn ich später den Katzenkoffer herausholen und auf den mittleren Sitz zwischen uns stellen durfte. So war es denn auch.

Während wir die Startbahn entlangrasten, gab Eisbär einen ununterbrochenen Strom jammernder «Ajaus» von sich – die den Lärm der Triebwerke deutlich übertönten. Ich steckte einen Finger durch eines der Luftlöcher in dem Kofferdeckel, um ihn zu beruhigen, zweifle aber, ob es viel bewirkt hat. Für ihn wurden in Flugzeugen zu viele Leute auf zu engem Raum untergebracht, und in dem Bereich, wo er sich selbst befand, gab es viel zu viele Füße, ohnehin jene menschlichen Körperteile, für die er am wenigsten übrig hatte. Es war gräßlich laut, eng, unbequem und nach seiner Meinung gefährlich.

Als ich schließlich seinen Koffer auf dem Sitz neben mir stehen hatte, öffnete ich den Deckel ein wenig und legte eine Hand auf ihn. Doch ich wirkte sicher nicht sehr überzeugend. Als ehemaliger Pilot weiß ich, daß, abgesehen von einem Zusammenstoß mit einer anderen Maschine in der Luft, der Start der gefährlichste Teil am Fliegen ist.

Ich versuchte Eisbär für die Wolken draußen vor dem Fenster zu interessieren, aber er fand sie gar nicht sehenswürdig. Als uns zu essen serviert wurde, hoffte ich, dies würde ihn vielleicht etwas von seiner derzeitigen düsteren Sicht der Welt im allgemeinen und meiner Person im besonderen ablenken, aber obwohl ihm die Stewardeß ein eigenes Schüsselchen brachte, schaute er nicht einmal näher hin. Bordverpflegung war für ihn Bordverpflegung, und ihr Erscheinen unterstrich nur noch die Tatsache, daß der Hungerstreik, vor dem ich gewarnt worden war, nun wirklich begonnen hatte. Ich hätte eine Dose von seinem eigenen Katzenfutter mitnehmen sollen, um ihn damit zu ködern, und tatsächlich hatte ich auch mehrere Dosen davon eingepackt. Aber wo waren sie? Zusammen mit einer Auswahl seiner Spielsachen befanden sie sich natürlich in meinem Koffer – im Gepäckraum im Bauch der Maschine. Ich denke aber auch an alles!

Das schlimmste war, daß er nicht nur eindeutig in einen Hunger-, sondern auch noch in einen Schlafstreik getreten war. Und wenn eine Katze das tut, kann man sich darauf verlassen, daß das nichts Gutes verheißt. Dieser Flug dauerte fünf Stunden, und es kam mir vor, als wären es nicht Stunden, sondern Tage.

Endlich aber waren wir am Ziel, und am Flugplatz holte mich Paula Deats ab, Drehbuchautorin und ehemalige Koordinatorin des Tierschutz-Fonds. Paula ist eine eingefleischte Katzennärrin und machte einen großen Wirbel um Eisbär. Er hingegen fühlte sich zwar besser als während des Fluges – *danach* war schließlich alles eine Verbesserung –, verhielt sich aber reserviert. Paula war die erste junge Kalifornierin, der er begegnete, und wie so oft in Kalifornien war alles, so schien er zu denken, ein bißchen zuviel auf einmal und zu unvermittelt. Wieder war eine Entschuldigung fällig. «Er hat nicht viel geschlafen», erklärte ich ihr. «Und die Zeitverschiebung macht ihm ein bißchen zu schaffen.»

Paula hatte es fertiggebracht, ihren Wagen in der Nähe zu parken, an sich schon ein Kunststück am Flughafen von Los Angeles, und so waren wir bald unterwegs, allerdings in einem Auto, das – aus Höflichkeit schwieg ich darüber – leicht in den betagten Checker gepaßt hätte, den ich in New York fahre. Ich habe es immer erstaunlich gefunden, daß junge Kalifornierinnen, denen anscheinend so viel an ihrem «Freiraum» liegt, gar nicht darauf achten, wenn es um ihren fahrbaren Untersatz geht. Trotzdem öffnete ich, so beengt es auch war, den Katzenkoffer und ließ Eisbär heraus, machte aber keinen Versuch, ihn auf den Schoß zu nehmen und ihm die Sehenswürdigkeiten von Los Angeles zu zeigen. Das wollte ich erst dann tun, wenn wir auf den Sunset Drive abgebogen waren und die Schrecknisse der Autobahn hinter uns gelassen hatten.

«Wann fliegen Sie zurück?» erkundigte sich Paula. «Ach», antwortete ich, «in ein paar Monaten.» Das war seit langem zwischen uns so eingespielt. Ich hatte schon Jahre vorher die Erfahrung gemacht, daß einen nirgendwo sonst als in Kalifornien die Leute sofort nach der Ankunft fragen, wann man wieder abzureisen plane. Jungen Kalifornierinnen ist es geradezu zur zweiten Natur geworden. Man hat ihnen schließlich schon mit der Muttermilch eingeflößt, wenn sie diese Frage nicht beizeiten, ehe überhaupt Pläne gemacht werden, in die Unterhaltung einflechten, könnte ein der lokalen Sitten unkundiger Ortsfremder tatsächlich in die Versuchung geraten, über eines ihrer geheiligten Wochenenden zu bleiben – und sie damit beim Meditieren oder bei ihrem heißen Bad, beim Golf, Windsurfen oder beim Drachenfliegen zu stören.

Währenddessen war Eisbär damit beschäftigt, im Auto herumzutanzen oder sich tot zu stellen. Doch da man von Paula wußte, daß sie, wie die meisten aktiven Tierfreunde, schon die denkbar ungebärdigsten Tiere beherbergt hatte, beschloß ich, keinen weiteren Entlastungs-, sondern statt dessen einen Annäherungsversuch zu machen. Ich erzählte ihr, daß ein Schriftstellerkollege, Richard Smith, vor kurzem einen Artikel über den Unterschied zwischen Ostküsten- und Westküstenkatzen geschrieben habe und daß nach seiner Meinung die Ostküstenkatzen nicht soviel Wert auf ihr Äußeres legten wie solche von der Westküste und es lieber hätten, wenn sie ihrer Intelligenz wegen geschätzt würden.

Paula biß nicht an. Ich war jedoch noch nicht am Ende. Zwar, fuhr ich fort, habe Smith auch festgestellt, eine erfüllte, liebevolle Beziehung sei für Katzen an der Westküste manchmal wichtiger als ein Partner mit einem tollen Körper, aber es lasse sich nicht bestreiten, daß die Ostküstenkatzen ausnahmslos Partner bevorzugten, die Persönlichkeit besäßen und mit denen sie ihre Interessen teilen könnten.

Noch immer biß Paula nicht an. Ich versuchte, zärtlich ihre freie Hand zu nehmen, aber sie ballte sie zur Faust. Um es zu wiederholen – Kalifornierinnen sind sehr eigenartige Mädchen.

Eisbär seinerseits auf dieser Fahrt mit irgend etwas zu ködern, war auch keine leichte Sache. Als wir in den Sunset Drive abgebogen waren, blieb mir schließlich nichts anderes übrig, als ihn hochzuheben, sein Hinterteil auf meinem Schoß zu plazieren und seine Pfoten an das hochgekurbelte Fenster zu legen. «Schau, Eisbär», forderte ich ihn auf hinauszublicken, «Kalifornien! Beverly Hills! Filmstars!»

Das war für ihn ein weiterer Beweis dafür, daß ich übergeschnappt war. Jedenfalls bekam er keinen einzigen Filmstar zu sehen, dagegen aber viele Leute, die Straßenkarten mit Wegangaben zu den Häusern von Leinwandgrößen verkauften, hin und wieder auch einen wohlgepflegten Einheimischen, der einem wohlgepflegten ausländischen Auto entstieg oder darin Platz nahm. Er sah auch etliche Jogger und Läufer und vermerkte mit Interesse, daß es in Beverly Hills durchaus in Ordnung ist, wenn man rennt oder joggt, daß man aber festgenommen werden kann, wenn man einen gemütlichen Spaziergang macht.

Was mich von jeher für das Hotel Beverly Hills eingenommen hatte, waren weniger die berühmten Eskapaden der High-Society von Hollywood in diesem Hotel als vielmehr ein praktischer Aspekt: Das Hotel war schon seit den Tagen seiner Eröffnung für seine Gastfreundlichkeit gegenüber Tieren bekannt. Vielfach waren die Tiere, die es beherbergte, beinahe ebenso berühmt wie deren menschliche Besitzer. Meines Wissens hält Elizabeth Taylor den Rekord als derjenige Gast, der im Laufe der Jahre die meisten Tiere mitgebracht hat – wie auch die meisten Ehemänner –, doch Robert de Niro brachte die meisten Tiere zu einem einzigen Besuch mit. Als er zu den Dreharbeiten für «The Last Tycoon» eintraf, hatte er nicht weniger als sieben Katzen dabei.

In jenen Tagen hatten Tiere ihre eigene Anmeldekarte an der Rezeption und erhielten den gleichen Service wie menschliche Gäste. Nur ein einziges Mal kam der Service ins

Stocken, als ein Zimmermädchen sich weigerte, das Badezimmer des vierzehnjährigen Sohns eines türkischen Würdenträgers zu reinigen. In der Wanne saß ihrer Aussage zufolge ein Bärenjunges, nicht nur größer als sie selbst, sondern überhaupt nicht richtig angemeldet.

Inzwischen hat sich, im Gefolge eines Besitzerwechsels, die Haltung der Hoteldirektion gegenüber Tieren verändert. Und das betrifft nicht nur junge Bären, sondern auch Hunde und Katzen. Sie werden nicht mehr eingelassen, geschweige denn freundlich aufgenommen. Ich habe das nie verstanden, ja ich verstehe überhaupt nicht, warum irgendein Hotel seinen Gästen das Recht verweigert, ihre Lieblinge mitzubringen. Wenn beispielsweise jemand einen Hund hat, der nachts bellt oder Leute in den Aufzügen bedroht, ist es sicherlich gerechtfertigt, daß er ersucht wird, das Hotel zu verlassen. Bringt man jedoch einen gut erzogenen Hund mit, sollte er willkommen sein – vielleicht mit einem Preisaufschlag und der schriftlich erklärten Bereitschaft, daß man für Schäden, die das Tier anrichten könnte, bezahlen werde. Und ebenso sollte jemand, dessen Katze die Möbel zerkratzt, beim Verlassen des Hotels für den Schaden aufkommen. Wenn man aber ein Tier hat, das nichts anstellt, sollte es aufgenommen werden. Alle ersten Häuser in Europa akzeptieren zu diesen Bedingungen ganz selbstverständlich Tiere. In den Vereinigten Staaten hingegen sind Hotels, abgesehen von ein paar rühmlichen Ausnahmen, gegenüber tierischen Gästen leider eher negativ eingestellt. Man kann nur hoffen, daß sich diese Haltung im Lauf der Zeit wieder ändert.

Zum Glück traf ich mit Eisbär noch in der tierfreundlichen Ära im Hotel Beverly Hills ein. Ich war gerade damit beschäftigt, ihn in den Katzenkoffer zu bugsieren, als der Portier die Wagentür öffnete. «Guten Tag, Mr. Amory», sagte er. «Was haben Sie uns denn diesmal mitgebracht?» Er spähte in den Koffer. «Ach», sagte er, «nur eine Katze.» Ich verzieh ihm.

Als ich das vorige Mal in das Hotel gekommen war, hatte ich einen Geparden dabei, der dem Schauspieler und Autor Gardner MacKay gehörte. Als ein zudringlicher Fotograf von hinten eine Blitzlichtaufnahme von ihm machte, wirbelte der Gepard so blitzschnell herum, daß ich schon dachte, er habe mir den Arm gebrochen, obwohl mich nur das äußerste Ende seines Schwanzes erwischt hatte.

Im Hotelzimmer überprüfte ich zuerst alle Fliegengitter, öffnete dann die Fenster und ließ Eisbär aus seinem Koffer heraus. Ich hätte zumindest erwartet, daß er mit einem «Endlich-sind-wir-da!» durchs Zimmer tanzen werde, erlebte aber statt dessen, was mir meine Freunde prophezeit hatten: abgrundtiefen Argwohn. Seine ersten Bewegungen erinnerten an die einer Eule: eine Drehung des Kopfes erst zu dem dunklen Einbauschrank hin und dann ein Blick unter das Bett. Vergebens erklärte ich ihm, daß hier in diesem Raum unmöglich Feinde lauern könnten – sie könnten sich die Zimmerpreise nicht leisten. Doch er hatte mittlerweile alles Vertrauen in mein Urteilsvermögen wie auch in meine Glaubwürdigkeit verloren.

Eine Zeitlang tat er gar nichts. Und als ich das nach einer, wie ich fand, angemessenen Geduldsfrist nicht länger aushalten konnte, beugte ich mich zu ihm hinunter, hob ihn auf, trug ihn zum Fensterbrett und setzte ihn darauf ab. Dann drehte ich ihm den Kopf zur Scheibe, zu der üppigen kalifornischen Vegetation draußen, den adretten, rosafarben getünchten Bungalows auf der anderen Straßenseite, den faszinierenden Rasensprengern und dem interessanten Tennismatch, das auf dem Tennisplatz unten stattfand. Doch abgesehen von einem kurzen Naserümpfen – woraus ich entnahm, er geruhe immerhin festzustellen, daß es in Kalifornien anders roch –, ließ er sich nicht einmal dazu bewegen, hinauszuschauen. Und kaum hatte ich ihn losgelassen, sprang er mit einem Satz vom Fensterbrett hinunter. Dann begann er, langsam und mißtrauisch, das Revier zu inspizieren. Was für Gefühle er hegte, verriet nicht nur der Schwanz – der nicht aufgerichtet oder einigermaßen waagrecht war, sondern im Gegenteil beinahe über den Boden schleifte –, sondern alles an ihm, denn er betrieb die Rekognoszierung geradezu kriechend.

Ich tat so, als zankte ich ihn aus. Es gebe absolut keinen Grund, herumzukrabbeln wie ein verletzter Käfer, erklärte ich ihm. Natürlich ignorierte er mich. Doch als er schließlich die Überzeugung gewonnen hatte, daß sich im Zimmer selbst keine Feinde befanden, tat er als nächstes genau das, was meine Freunde vorausgesagt hatten. Er erstarrte – natürlich um sämtliche Geräusche, die draußen im Gang laut wurden, zu identifizieren, und von diesen gab es leider eine ganze Menge. Von Zeit zu Zeit, wenn sich draußen etwas regte – beispielsweise ein Staubsauger –, drehte er sich um und schaute mich an. Wollte ich denn untätig sitzen bleiben und nichts dagegen unternehmen? War ich ein Verbündeter oder ein Abtrünniger oder gar ein heimlicher Agent der Feinde?

Um ihn abzulenken, packte ich sein Futter aus, richtete ihm eine Portion her und stellte sie zusammen mit einem Schüsselchen Wasser auf den Boden. Als ich das getan hatte, schaute er wieder nur, erst auf sein Fressen, dann auf das Wasser, und zuletzt sah er mich an. Offensichtlich hatte er nicht die geringste Absicht, irgend etwas zu sich zu nehmen. Soll das, fragte ich mich verdrossen, eine Fortsetzung des Hungerstreiks sein, vor dem man mich gewarnt und den er im Flugzeug begonnen hatte? Ich weigerte mich zu glauben, daß er imstande sein könnte, mir so etwas anzutun. Das hinderte mich jedoch nicht, zu einem Mittel zu greifen, das ich eigentlich zutiefst verabscheue. Ich trug ihn zu dem Napf und flößte ihm unter Zwang etwas Wasser ein. Aus seinem Blick sprach klar, was er empfand. So, sagte er, hast du jetzt vor, mich zu ertränken? Ich antwortete ihm, daß ich keine solchen Absichten hätte; er könne sich so lange weigern zu fressen, wie er wolle, aber vorm Trinken könne er sich nicht drücken, und damit sei der Fall erledigt. Selbst Gandhi, hielt ich ihm vor, habe während seiner Hungerstreiks Flüssiges zu sich genommen. Und damit deutete ich auf das Wasser und gab ihm zu verstehen, sollte er davon nicht trinken, wäre ich imstande, ihm noch einen Schluck hineinzuzwingen.

Erstaunlicherweise trank er, allerdings nur ganz, ganz wenig. Während ich diesen kleinen Sieg genoß, überlegte ich, daß ich selbst ein Schlückchen vertragen könnte. Und so trug ich kurzerhand sein Fressen und das Wasser ins Badezimmer, bastelte ein provisorisches Katzenklo, hob den Kater auf und trug ihn hinein. Ich war schon am Gehen, als er mir noch einen seiner Blicke zuwarf.

Dieser hatte es wirklich in sich. Es war ein Blick, wie ihn ein Boß einem Arbeiter zuwirft, der um halb fünf Uhr Feierabend machen will. Es war ein Blick, in dem die Frage stand, ob ich jetzt allen Ernstes vorhätte, ihn ins Gefängnis zu sperren, ihn an einem Ort einzubuchten, von dem aus er nicht einmal die Tür im Auge behalten könne? Ich müsse wohl das letzte bißchen Verstand verloren haben, das mir noch geblieben sei.

Ich weigerte mich, darauf einzugehen. Sein Standpunkt, sagte ich zu ihm, sei nicht diskussionswürdig. Ich erklärte ihm auch, hier, wohin ich ihn gebracht hatte, handle es sich ja kaum um ein Gefängnis. Schließlich habe der Raum ein Fenster, das offenstehe und durch das er trotz des Fliegengitters alles sehen könne, was draußen vor sich ging. Wieder blickte er mich an und dann auf den Boden. Wo er sich denn hinlegen solle, fragte der Blick. Doch wohl nicht auf den bloßen, kalten Boden, oder? Ich beschloß, in diesem nebensächlichen Punkt nachzugeben, und holte die Badematte. «Hier drauf», sagte ich und schloß die Tür.

«Ajau», sagte er und sprach es so durchdringend, daß es sicher noch auf dem Tennisplatz unten zu hören war. Aber ich ließ mich nicht beirren und nahm vom Schreibtisch ein Blatt

Papier. Ich wollte den in allen Büchern über Katzen auf Reisen stehenden Ratschlag befolgen, doppelt auf Nummer Sicher zu gehen: sowohl außen an die Zimmertür das Schild «Bitte nicht stören!» zu hängen und an die Badezimmertür ein zweites, vielleicht noch abschreckenderes. «DIESE TÜR BITTE KEINESFALLS ÖFFNEN», schrieb ich, «GEFÄHRLICHES TIER DAHINTER!»

Wenn ich von Eisbärs Reaktion auf das ganze Unternehmen absehe, hätte meine Reise nicht erfolgreicher ausfallen können. Sie diente zwei Zwecken, und beide waren mit einer der großen Kampagnen des Tierschutz-Fonds verbunden: dem Kampf gegen das Abschlachten von Robbenbabys. Diese Tragödie spielte sich alljährlich im März auf dem Treibeis vor den kanadischen Magdalene-Inseln im St.-Lorenz-Golf und entlang der Küste Neufundlands ab. Ich war schon oft auf den Eisfeldern gewesen und hatte mit eigenen Augen gesehen, wie die Tiere mit Keulen erschlagen wurden. Das geschah nur wenige Tage nach der Geburt der schneeweißen Robbenbabys direkt neben ihren Müttern, die in der natürlichen Umgebung der Robben, dem Wasser, ernstzunehmenden Widerstand geleistet hätten. Doch auf festem Boden, wo sie bleiben mußten, bis die Jungen alt genug waren, um schwimmen zu können, waren sie hilflos und konnten sie nicht verteidigen.

Es hatte sich gezeigt, daß wir in diesem Kampf nicht nur in Kanada nicht vorankamen, sondern daß wir sogar Terrain verloren, weil die Kanadier den Konflikt in die Vereinigten Staaten trugen. Die gleichen Beamten, die uns entweder überhaupt vom Eis fernhielten oder uns festnahmen, wenn wir trotzdem dorthin vordrangen, überzogen nun die USA mit einer Blitzkampagne, zu der auch Auftritte im Rundfunk und Fernsehen sowie Begegnungen mit den Redaktionsstäben einflußreicher Zeitungen gehörten. Unausgesetzt wiederholten diese kanadischen Emissäre die gleiche Behauptung: daß die armen Bewohner Neufundlands und der Magdalene-Inseln völlig auf die Einnahmen angewiesen seien, die sie aus dem Verkauf von Robbenfellen erzielten, und was das Töten der Babys mit Keulen betreffe, sei dies nicht nur nicht grausam, sondern um vieles humaner als das Töten der Tiere in amerikanischen Schlachthäusern. Die von diesen Emissären ignorierten Fakten sahen natürlich ganz anders aus. Die armen Bewohner Neufundlands und der Magdalene-Inseln bekamen im Vergleich zu den Profiten, die ausländische Robbenfelljäger und -händler einstrichen, nicht mehr als einen Hungerlohn. Und was den Vergleich mit amerikanischen Schlachthäusern angeht, übersah man geflissentlich, daß gemäß den gesetzlichen Vorschriften keine Keulen oder Beile, sondern Bolzenschußapparate verwendet werden, mit denen die Tiere vor ihrem Tod bewußtlos gemacht werden. Trotzdem ging die Hetzkampagne weiter und nahm an Umfang und Intensität so weit zu, daß sich Brian Peckford, damals kanadischer Minister für Fischfang und später Premierminister von Neufundland, in einer in den USA landesweit ausgestrahlten Sendung zu der Behauptung verstieg, das Töten von Robben mittels Keulenhieben sei für die Kanadier etwas ganz Ähnliches wie für die Menschen in Florida und Kalifornien das Orangenpflücken.

Eines stand fest: Im Januar dieses Jahres hatten wir in diesem Krieg dringend einen Sieg nötig. Bis dahin war unsere stärkste Waffe der Film gewesen, mit dem wir dann schließlich auch den Konflikt für uns entschieden. Einer der wichtigsten Erfolge für den Tierschutz-Fonds bestand darin, daß es uns gelungen war, einige erschütternde Aufnahmen von den Robbenschlächtereien ins Fernsehen zu lancieren.

Allerdings hatte uns auch das Glück zur Seite gestanden. Die Aufnahmen waren nämlich derart brutal, daß wir sie damals, sosehr wir uns auch bemühten, nicht einmal bei einem großen lokalen, geschweige denn bei einem nationalen TV-Sender anbrachten. Schließlich jedoch konnte ich eine alte vormittägliche Interviewsendung der ABC für uns gewinnen – vor allem deswegen, weil die Sendung ohnedies bald auslaufen sollte und entweder keiner der Bosse es der Mühe wert fand, den Film auf die Publikumswirkung hin zu prüfen, oder weil man sich, war dies doch geschehen, nicht darum scherte. So wurde er ausgestrahlt und erregte ein derartiges Aufsehen, daß er – abermals vor allem eine Glücksfügung – von der ABC an jenem Abend in eine Nachrichtensendung übernommen und also noch einmal gesendet wurde.

Dieser Film hatte eine außergewöhnliche Wirkung auf Millionen amerikanischer Fernsehzuschauer. Die Schauspielerin Mary Tyler Moore, eine der ersten prominenten Persönlichkeiten, die uns unterstützten, erzählte mir, sie erinnere sich genau an die Umstände, als sie die Aufnahmen sah. «Wir waren in unserem Haus am Strand», sagte sie. «Ich stand draußen vor der Küchentür und hielt einen Topf Suppe in den Händen. Ich neige ja nicht gerade zu Gefühlsausbrüchen», fuhr sie fort, «aber ich war derart entsetzt und empört, daß ich den Topf Suppe einfach gegen die Mauer schleuderte. Dann rief ich unsere Lokalstation an und fragte die Leute, wie ich mit Ihnen Verbindung aufnehmen könnte.»

Mary Tyler Moore war nicht die einzige Berühmtheit, die so starken Anteil nahm. Eine andere war die inzwischen verstorbene Fürstin Grace von Monaco, die bald darauf internationale Vorsitzende des amerikanischen Tierschutz-Fonds wurde. «Für mich», sagte sie einmal zu mir, «ist der Gedanke unerträglich, daß in der freien Natur lebende Tiere umgebracht werden, um Modebedürfnisse zu befriedigen.» Der Kampf gegen das Erschlagen der Robbenbabys wurde nicht nur ihr, sondern der ganzen fürstlichen Familie zum Anliegen. Die jungen Prinzessinnen Stephanie und Caroline gingen sogar auf die Straßen von Monaco, um bei Passanten Protestunterschriften gegen das Gemetzel zu sammeln.

Von allen Persönlichkeiten, die uns ihre Unterstützung liehen, war und ist Doris Day in vieler Hinsicht die wichtigste. Als erste amerikanische Vorsitzende des Tierschutz-Fonds traf sie sich mit mir öfter in einem Bioladen in Beverly Hills zu einem «Gesundheitsfrühstück», wie sie es nannte. Doris kam nach ihrer gewohnten morgendlichen Runde, bei der sie nach herrenlosen Tieren Ausschau hielt, mit dem Fahrrad an, und ich erinnere mich, daß ich sie einmal bei einem solchen Frühstück fragte, ob sie glaube, daß man Tierliebe erben könne. «Ich weiß, daß es bei mir so war», antwortete sie. «Bei der ersten Rettung eines Tieres, die ich erlebt habe, war meine Mutter dabei. Wir lebten damals in Cincinnati», fuhr sie fort, «und ich war noch sehr klein. Die Leute nebenan hatten in ihrem Garten einen großen jungen Hund, den ich sehr liebte. Dann fuhren sie einmal übers Wochenende weg und überließen ihn sich selbst. Bei sehr kaltem Wetter ohne Fressen und ohne Wasser. Ich habe es nie vergessen und nie mehr ein Wort mit ihnen gesprochen. Der Hund winselte und winselte, und in der zweiten Nacht nahmen wir ihn zu uns ins Haus. Am anderen Morgen dann, bevor die Leute zurückkamen, brachten wir ihn zu meinem Onkel und sagten zu den Nachbarn nie ein Wort darüber. Sie dachten, er sei ausgebrochen und fortgelaufen oder vielleicht gestohlen worden. Und», schloß sie mit Genugtuung, «er hatte bei meinem Onkel das schönste Leben, dieser Hund. Das schönste Leben.»

Doris' größte Liebe galt damals und gilt noch heute herrenlosen und ausgesetzten Hunden und Katzen, aber sie hat sich auch zusammen mit anderen Persönlichkeiten für den berühmt gewordenen Fernsehspot «Echte Menschen tragen unechte Pelze» zur Verfügung gestellt.

Wir hatten also eine ansehnliche Gruppe von Prominenten zusammengebracht, die sich gegen das Abschlachten der Robbenbabys aussprachen, wie Henry Fonda, Cary Grant, Katharine Hepburn, James und Gloria Stewart, Jack Lemmon und andere.

Viele dieser Stars erschienen zu der Pressekonferenz, die

der Hauptanlaß war, warum ich mich im Beverly Hills einquartiert hatte. Außerdem überließen uns jene, die auch Bilder malten – es waren ungewöhnlich viele –, eines oder mehrere ihrer Werke zum Verkauf, so daß wir damit unsere Kampagne finanzieren konnten. Henry Fonda beispielsweise brachte mir eines seiner Bilder in einen Mantel gewickelt. «Hier verkauft es sich nicht», sagte er zu mir. «Hier wissen die Leute, daß ich nicht besonders viel kann. Außerhalb von Hollywood werden Sie mehr dafür bekommen.»

Henry Fonda war viel zu bescheiden. Er verstand es, mit dem Pinsel umzugehen, und wir verkauften später sein Bild zu einem hohen Preis. Was Katharine Hepburn betraf, so schenkte sie uns nicht nur ein Bild zum Verkaufen, sondern erlaubte uns auch, Drucke davon herstellen zu lassen. Das Bild, so erzählte sie mir, stamme aus «einer sehr glücklichen Zeit», als sie und Spencer Tracy in den Pausen zwischen den Dreharbeiten gemeinsam zu malen pflegten.

Während der Pressekonferenzen und bei Unterhaltungen mit unseren prominenten Freunden dachte ich oft an Eisbär. Im Obergeschoß des Hotels allein im Badezimmer eingeschlossen, hatte er natürlich an dem, was sich abspielte, keinen Anteil. Doch mit zwei der Prominenten freundete er sich an. Der eine war ein besonders engagierter Tierschützer namens Paul Watson.

Paul und ich hatten schon seit einiger Zeit darüber korrespondiert, was zu unternehmen sei, um den Kanadiern klarzumachen, daß es uns mit der Kampagne gegen das Robbentöten noch immer ernst war. Wir hatten uns, kurz gesagt, dafür entschieden, die Robben mit Farbe zu besprühen, mit einer roten, organischen Farbe, die für sie unschädlich war, aber ihr Fell für die Pelzherstellung unbrauchbar machen würde.

Wir trafen uns, um festzulegen, wie dies am besten auszuführen wäre. Als Paul erschien, schloß Eisbär ihn sofort ins Herz – vielleicht weil Paul etwas von einem gutmütigen Bären an sich hat. Und während er dasaß und den zu seinen Füßen liegenden Kater streichelte, erzählte er mir seine Lebensgeschichte in Kurzfassung. Er stammte aus Kanada und trat schon als Achtjähriger einem Tierschutzverein für Kinder bei. Er war nämlich in einer Gegend aufgewachsen, wo manche Kinder gewohnheitsmäßig auf Vögel schossen, Hunden und Katzen Blechdosen an die Schwänze banden und Frösche auf die Straße setzten, weil sie sehen wollten, wie viele von Autos überfahren werden würden. Zuerst hatte Paul mit Worten dagegen protestiert, doch wenn das nichts nützte, sich auch mit den Quälgeistern gerauft. Er war oft verprügelt worden, hatte aber nie den Mut verloren und sein Engagement für Tiere auch als Erwachsener nicht aufgegeben.

Gleich zu Beginn unseres Gesprächs stellten wir übereinstimmend fest, daß die Möglichkeiten, unser Ziel zu erreichen, sehr begrenzt waren, weil die für den Fischfang zuständige kanadische und sogar die Königlich-Kanadische Berittene Polizei den Robbenjägern sowohl aus der Luft wie auf dem Wasser umfangreichen Schutz gewährten.

Eine Möglichkeit war, mittels Fallschirmen in das Gebiet zu gelangen. Wir waren uns jedoch einig, daß dies ein ungemein schwieriges und gefahrvolles Unterfangen wäre. Paul verwies darauf, daß alle «Sprüher» eine Fallschirmspringer-Ausbildung erhalten und daß sie nachts abgesetzt werden müßten, und das bedeutete, nicht mit Hubschraubern, sondern mit einem Starrflügelflugzeug. Er meinte, dies ließe sich machen, wenn man die modernsten «weichen» Fallschirme verwendete, die präzise gesteuert werden und sogar in der Luft schweben konnten. Zugleich aber machte er klar, daß wir mit der Möglichkeit rechnen müßten, daß einige unserer «Sprüher» nicht auf dem Eis, sondern im eisigen Wasser landen würden und in diesem Fall nur eine minimale Überlebenschance hätten. Schließlich stellte ich meinerseits fest, daß ich, selbst wenn wir ein Team per Fallschirm hinschaffen könnten, keine Möglichkeit sähe, die Leute wieder herauszubringen. Das Eis war zu zerklüftet und zu uneben, und weil es sich zu rasch veränderte, ließe sich kein Treffpunkt vereinbaren. Außerdem waren die Robben über ein zu großes Gebiet verstreut.

Schließlich gaben wir die Idee auf, die Seehunde durch Fallschirmspringer besprühen zu lassen, und gingen zu unserer zweiten Option über. Diese bestand in dem Versuch, die Robben von einem Flugzeug aus mit Farbe zu besprühen, durch eine in geringer Höhe und langsam fliegende Maschine, wie sie in der Landwirtschaft zur Schädlingsbekämpfung eingesetzt wird. Ich berichtete Paul, daß wir einen Piloten aufgetrieben hatten, der der Ansicht war, er könnte von Maine aus bei Nacht in das Zielgebiet eindringen und die Sache erledigen. Wir hatten ihn sogar ein paar Übungsflüge über Schafherden außerhalb von Denver machen lassen. Aber, sagte ich zu Paul, auch hier gebe es Probleme. Das Überfliegen der kanadischen Grenze bei Nacht ohne eingereichten Flugplan würde den Piloten, falls er entdeckt würde, bestenfalls seine Lizenz kosten, und schlimmstenfalls könnte er sogar abgeschossen werden. Anhand der Übungsflüge, berichtete ich Paul auch, hätten wir festgestellt, daß sowohl eine genaue Dosierung als auch die Zielsteuerung des Färbemittels praktisch unmöglich seien. Wir hatten zwar kein einziges Schaf verletzt, aber es bestand durchaus die Möglichkeit, daß wir in Anbetracht der nachts über den Eisfeldern herrschenden Winde und Witterungsbedingungen einige Robben blenden könnten. Und selbst wenn es nicht dazu käme, würden die Behörden hinterher mit Sicherheit das Gegenteil behaupten.

Angesichts all dessen wurde auch die Idee verworfen, ein Flugzeug einzusetzen. Damit blieb uns nur noch eine letzte Option: per Schiff in das Gebiet zu gelangen. Hier bestand das Hauptproblem darin, daß dieses Schiff imstand sein müßte, sich einen Weg durch das Eis zu bahnen. Die Schiffe der Robbenfänger ließen sich die Zufahrt von gewaltigen

Eisbrechern der kanadischen Küstenwache buchstäblich durchs Eis fräsen, wir aber müßten es selbst schaffen. Ich wußte, daß der Kaufpreis eines Eisbrechers unsere Mittel bei weitem übersteigen würde, und fragte Paul, ob es möglich wäre, einen zu chartern. Er schüttelte den Kopf, doch ich ließ mich nicht entmutigen. Ich sagte zu ihm, ich könne einfach nicht glauben, daß wir nicht irgendwie, irgendwo irgendein Schiff auftreiben und uns damit den Weg zu den Robben bahnen könnten. Ich wolle mir nicht anmaßen, ihm als ehemaligem Seemann zu erzählen, wie dieses Schiff beschaffen sein solle, würde aber gerne von ihm hören, ob sich meine Idee wenigstens ausführen ließe.

Er bejahte das, und zum erstenmal sah ich Licht am Ende unseres Tunnels. Auch Paul geriet nun in Fahrt. Er sagte, seiner Meinung nach würde es schon genügen, ein normales Schiff zu kaufen und daraus einen Eisbrecher zu machen. Wie das, wollte ich wissen. «Indem wir», antwortete er, «den Bug mit Beton und einer Menge großer Gesteinsbrocken vollstopfen.»

Ich mag Leute mit Ideen. Welche Art Schiff ihm vorschwebe, wollte ich wissen. Paul schlug einen englischen Trawler vor. Der britischen Fischereiflotte stehe das Wasser bis zum Hals, so daß wir vermutlich relativ billig zu einem Trawler kommen könnten.

Ich beugte mich vor, um Eisbär ein bißchen zu kraulen. Mit wieviel Geld man rechnen müsse, fragte ich nervös. Jetzt kraulte Paul seinerseits den Kater. «Vielleicht hunderttausend Dollar», meinte er. «Vielleicht zweihunderttausend Dollar.»

Das Wirtschaften war, wie ich bald feststellen sollte, nicht Pauls Stärke, und ein sparsames Wirtschaften schon gar nicht. Der Tierschutz-Fonds hatte damals weniger als die Hälfte dieser Summe in der Kasse. Ich mußte also viel Geld auftreiben, und zwar rasch und ohne – wegen der notwendigen Geheimhaltung – den Spendern sagen zu können, wofür wir ihr Geld verwenden würden.

Das war keine erfreuliche Aussicht. Trotzdem, der Erfolg unserer Pressekonferenz hatte mich optimistisch gestimmt. Nach kurzem Überlegen bat ich Paul, nach England zu fliegen und uns möglichst rasch ein Schiff zu beschaffen. Dann, als wir uns an der Tür die Hand gaben, fügte ich noch hinzu; ich fände es schön, wenn wir das Schiff nach Eisbär benennen würden.

Paul machte ein betrübtes Gesicht. Ich fragte ihn, ob ihm der Name nicht gefalle. Er schüttelte den Kopf. «Nun, was dann?» Paul scharrte mit den Füßen. «Ich habe bereits einen Namen ausgedacht», antwortete er. «Ich wollte es *Sea Shepherd* taufen.»

Ich mußte einräumen, daß dieser Name besser war. Ich schaute zu Eisbär hin. «Aber bringen Sie doch Ihren Kater mit», sagte Paul. «Jedes Schiff braucht eine Schiffskatze – als Glücksbringer, Sie verstehen.»

Ich sagte, daß ich mit Eisbär darüber sprechen werde, aber er solle sich nicht darauf verlassen. Wie er ja sehen könne, halte er nicht sehr viel von Reisen. Wenn ihm schon Hollywood und das Hotel Beverly Hills nicht sehr zusagten, könne man schwerlich erwarten, daß ihn die Aussicht begeistern werde, durch das kanadische Eis zu rumpeln – auf einem Schiff, das dafür nicht gebaut war, und bei einer Temperatur von minus zwanzig Grad.

Während unseres Aufenthalts im Hotel Beverly Hills lernte Eisbär schließlich doch noch einen Filmstar kennen, und bei diesem handelte es sich, meinem Kater nur zu angemessen, um einen der größten überhaupt.

Ich kannte Cary Grant schon seit einigen Jahren und begegnete ihm hin und wieder, wenn ich nach Kalifornien kam. Diesmal hatte ich ihn eingeladen, in der Polo Lounge des Hotels mit mir ein Glas zu trinken. Ich hatte angenommen, dieser Raum habe im Laufe der Jahre schon so viele Stars erlebt, daß er gewissermaßen ein sicheres Versteck war, in dem man nicht mit Autogrammjägern oder ähnlichen Behelligungen zu rechnen habe. Doch ich hatte nicht mit Cary Grants wirklich unglaublicher Ausstrahlung gerechnet. Kaum hatten wir Platz genommen, erhoben sich mindestens drei Leute, die an unseren Tisch kamen und gaffend dastanden.

Cary gab nie Autogramme, doch wenn er entsprechende Bitten ablehnte, tat er dies mit so exquisitem Charme, daß ich oft dachte, der müsse selbst auf Bewunderer, die wußten, daß sie kein Autogramm bekommen würden, anziehend wirken. Jedenfalls war es bei dieser Gelegenheit so, und wie gewohnt zeigte sich Cary der Herausforderung gewachsen. Als eine Frau hervorsprudelte: «Meine Freunde werden niemals glauben, daß ich Ihnen begegnet bin, wenn Sie nicht –», unterbrach Cary sie mit einem erstaunten: «Wollen Sie damit sagen, daß Sie solche Freunde haben?» Einem Mann, der begann: «Meine Frau bringt mich um, wenn –», begegnete Cary mit mahnendem Tadel. «Aber, aber», sagte er lächelnd, «das ist wirklich nicht die richtige Beziehung für Sie – viel zu gefährlich.»

Selbst als sich der Andrang der Autogrammjäger gelegt hatte, waren wir noch nicht in Sicherheit. Plötzlich erschien eine Frau mit einem Glas in der Hand. Als sie an mir vorbeiging, sagte sie: «Ich möchte mich nur auf seinen Schoß setzen.» Ich war zwar überzeugt, daß Cary selbst für diesen Wunsch eine charmante Abfuhr parat hatte, doch irgend etwas an dieser Frau irritierte mich derart, daß ich aufstand, sie am Arm packte und aufzuhalten versuchte. Darauf erhob sich plötzlich der Mann, der mit ihr am selben Tisch gesessen hatte. Er war schon leicht angetrunken und brüllte: «Nehmen Sie Ihre Hände von meiner Frau!» Ich schlug Cary vor, unsere Unterhaltung auf mein Zimmer zu verlegen. Und so kam es, daß Eisbär mit seinem ersten Filmstar Bekanntschaft schloß.

Auf dem Weg nach oben sagte Cary, er selbst sei von jeher ein Hundeliebhaber gewesen und finde Leute, die an Katzen hingen, offen gestanden etwas «bekloppt». Doch nachdem wir ins Zimmer getreten waren, Cary sich auf einen Stuhl gesetzt hatte und ich zur Badezimmertür gegangen war, um Eisbär seine bedingungslose Freilassung zu gewähren, geschah etwas Erstaunliches. Der Kater marschierte schnurstracks auf Cary zu und sprang ihm mit einem Satz auf den Schoß.

Cary stellte mir ein paar Fragen, die Katzen betrafen. Zum einen wollte er wissen, ob es zutreffe, daß im allgemeinen Frauen Katzen gern haben und Männer Hunde lieber mögen. Ich antwortete, das sei die weitverbreitete Theorie, aber einige Hinweise sprächen dafür, daß sich das möglicherweise ändern werde. Dann fragte er mich, ob, wieder allgemein gesprochen, männliche Katzen gutartiger seien als weibliche. Ich sagte, meiner Meinung nach treffe auch das zu, doch es sei wohl besser, wenn wir es für uns behielten. «Wenn man es genau betrachtet», sagte Cary grinsend, «ist es bei den Menschen eigentlich genauso, nicht?»

In seinen letzten Jahren hielt Cary sich dann doch noch Katzen, und wenn man dies im allgemeinen auch darauf zurückführte, daß seine Frau Barbara eine Katzenfreundin war, bin ich doch der Ansicht, daß Eisbär sich mindestens zum Teil darum verdient machte.

## 8  Sein Fitneßprogramm

Von Anfang an verhielten Eisbär und ich uns vollkommen unterschiedlich, sobald wir erkrankten. Wenn ich krank bin, möchte ich Zuwendung. Ich will sie sofort bekommen und rund um die Uhr. Außerdem möchte ich, daß alle Leute in Hörweite meines Klagens und Stöhnens – wovon mir eine breite Skala zur Verfügung steht – wissen, daß ich mich nicht nur an der Schwelle des Todes befinde, sondern auch daß das jeweilige Leiden, das ich zu haben glaube, seit Anbeginn der Zeiten weder Mann, Frau, Kind noch Tier derart heimgesucht hat wie jetzt mich.

Habe ich zum Beispiel eine leichte Erkältung und hat sie sich verschlimmert, möchte ich, daß man sich in respektvollem Schweigen um mein Krankenlager versammelt. Die Schwerhörigen sollen besonders nahe herantreten, und von den Gedächtnisschwachen erwarte ich, daß sie Schreibblock und Bleistift mitbringen – natürlich damit sie meine letzten Worte, so, wie ich sie gesprochen habe, heiser und mit großer Mühe, aufzeichnen und der Nachwelt überliefern können. Ganz ähnlich stelle ich mir im Geist meine Lieben vor, wie sie sich nach meinem seligen Hinscheiden versammeln, um meine letztwilligen Verfügungen zu vernehmen.

Wenn sich hingegen meine Erkältung etwas bessert und eine reelle Chance besteht, daß ich – einzig dank meinem Heroismus in schwerer Zeit – schließlich doch genese, dann möchte ich ebenfalls, daß sie sich in der beschriebenen Weise versammeln und mir sagen, wie großartig ich alles durchgestanden hätte und wie untröstlich sie bei dem Gedanken gewesen seien, daß sie mich beinahe verloren hätten. Dann ermahne ich sie, daß sie sich, um jedem Rückfall vorzubeugen, ständig, vierundzwanzig Stunden am Tag, abrufbereit zu halten hätten. Sie sollten sich als Ordonnanzen begreifen, allzeit sprungbereit, herbeizuschaffen, was ich am dringendsten brauche – sei es etwas Eß- oder Trinkbares, seien es Bücher oder Zeitschriften, ein Schachpartner oder ein Schachcomputer wie natürlich auch, und dies ganz besonders, Eisbär.

Wird hingegen Eisbär krank, ist er unübersehbar das genaue Gegenteil von mir. Er will keine Aufmerksamkeit auf sein Leiden ziehen – ja er will überhaupt keine Zuwendung, nicht einmal von mir, punktum. Er will allein sein, und zwar ganz allein. Verglichen mit Eisbär im Krankenstand war Greta Garbo die Geselligkeit in Person.

Es erübrigt sich zu sagen, daß ich von Anfang an diese Haltung bei ihm nicht ertragen konnte. Daß er allein bleiben wollte, beschwor vor meinem geistigen Auge alle möglichen Schilderungen von Elefantenfriedhöfen und von Tieren herauf, die sich zurückzogen, um in Einsamkeit zu sterben. Ich wurde in seinem Fall derart hypochondrisch, daß ich jedesmal, was er auch haben mochte, felsenfest überzeugt war, es würde zweifellos mit seinem Tod enden, falls ich nicht etwas dagegen unternähme, und zwar unverzüglich.

Gar nicht selten bedeutete ein solches Handeln meinerseits – entweder nach einem Besuch oder einem Anruf beim Tierarzt – für ihn seinerseits eine Pille. Das war keine willkommene Nachricht. Ja sie war so unwillkommen, daß ich den Absatz über seine Haltung gegenüber Zuwendung eigentlich abändern sollte. Der Leser möge freundlicherweise diesen Abschnitt dahin gehend korrigieren, daß Zuwendung das Vorletzte war, was Eisbär im Krankheitsfall wünschte. Das Letzte war eine Pille.

Ich erinnere mich noch gut an das allererste Mal, als ich

Eisbär eine Pille verabreichte. Es war Ende Februar, einige Zeit nach meiner Rückkehr aus Kalifornien. Entsprechend meiner Gewohnheit in solchen Dingen hatte ich, ehe ich mich auf ein solches Unternehmen einließ, den Entschluß gefaßt, Autoritäten auf diesem Gebiet zu Rate zu ziehen. Zu meiner Überraschung entdeckte ich, daß es viele Artikel über dieses Thema im allgemeinen oder im besonderen gab. Ihre große Zahl, sagte ich mir allerdings, ist kein gutes Omen. Trotzdem machte ich mich über sie her.

Am besten gefiel mir ein von Susan Easterly verfaßter Artikel mit dem Titel «Wie man seiner Katze eine Pille gibt». Er gefiel mir deswegen so sehr, weil Susan Easterly sich anscheinend an diejenigen unter uns wandte, die, wie sie sich ausdrückte, eine Katze vom «unabhängigen Typus» hatten – eine Katze, die «nicht dazu neigt, zu tun, was Sie gerne von ihr hätten». Das, so dachte ich, trifft auf Eisbär zweifellos zu.

«Als erstes», schrieb Susan Easterly, «nehmen Sie sich vor, Ihrer Katze nicht mit Gefühlen abgrundtiefer Angst gegenüberzutreten. Denken Sie positiv, und halten Sie die Pille bereit.»

Das waren kämpferische Worte, und meine Gedanken schweiften zurück zu meinem Bostoner Vorfahren Oberst William Prescott und der Schlacht am Bunker Hill. Wenn ich mir etwas nicht anmerken lassen würde, dann Angst, geschweige denn «abgrundtiefe» Angst. Eisbär würde, so nahm ich mir vor, so schwierig das bevorstehende Unternehmen auch sein mochte, keine Sekunde lang meine Glieder schlottern sehen. Was das positive Denken anging, so waren bei jenem ersten Mal, als ich Eisbär zu Leibe rückte, meine Gedanken so positiv, daß ich in dem Augenblick einen Mut in mir spürte, als wäre ich imstande, einem Leoparden eine Pille zu verpassen. Und die Pille, obwohl in meiner linken Hand gut versteckt und vom Ringfinger festgehalten, so daß er die übrigen Finger normal ausgestreckt sah, war genau dort, wo ich sie haben wollte.

Das dumme war nur, daß die Dinge, die Eisbär durch den Kopf gingen, anscheinend alles andere als positiv waren. Er schien, während ich ihm auf den Pelz rückte, bereits zu wissen, daß ich nicht nur etwas im Schilde führte, sondern auch daß er von diesem Etwas partout nichts wissen wollte. Und noch mehr: Irgendwie wußte er von der Pille. Während er ebenso negativ zurückwich, wie ich mich positiv auf ihn zubewegte, waren seine Augen unverkennbar und wie gebannt auf das gerichtet, was ich vermeintlich so geschickt versteckt hatte.

In diesem kritischen Augenblick kam ich zu der Erkenntnis, den Vormarsch erst einmal einzustellen, sei entschieden der bessere Teil der Tapferkeit. Ich befand es für besser, das bereits eroberte Gelände zu sichern und mich einzugraben. Ich nahm mir wieder Susan Easterlys Artikel vor, da ich überzeugt war, daß sie für eine solche Pattsituation sicher einen guten Ratschlag habe. Und ich täuschte mich nicht. Leider aber erinnerte ihre Empfehlung nur allzusehr an die Ratschläge, die ich aus einer anderen Quelle empfangen hatte und die, wie sich alle Leser mit gutem Gedächtnis erinnern werden, das Baden meiner Katze betrafen.

«Hüllen Sie Ihre Katze in ein großes Handtuch», schrieb Susan Easterly, «wobei Sie nur den Kopf frei lassen. Das verhindert, daß Sie Blut verlieren, wenn Ihre Katze um sich schlägt.» Ich war durchaus bereit, ein leidliches Quantum Blut zu opfern, aber keineswegs versessen darauf, Eisbär in ein Handtuch zu wickeln. Und ebensowenig war er es, wie ich bald feststellte, nachdem ich ihn in die Enge getrieben hatte. Trotzdem, ich hatte mir geschworen, Susan Easterlys Ratschläge buchstabengetreu zu befolgen, und schickte mich nun an, dies zu tun.

«Setzen Sie die Katze auf Ihren Schoß», fuhr sie in ihrer Anleitung fort, «und halten Sie sie in der Armbeuge fest gegen sich. Auf diese Weise haben Sie beide Hände frei.»

Da die eine Hand durch dieses Manöver und die andere

durch die Pille gehemmt war, konnte von Freisein kaum die Rede sein, aber ich tat, was ich konnte. Und ich bin überzeugt, daß Susan Easterlys Methode bei ihrer eigenen Katze Wunderdinge vollbrachte, obwohl sich mir der Verdacht aufdrängte, ihre Katze müsse sehr klein, sehr alt und sehr krank oder vielleicht gar nicht mehr am Leben gewesen sein, als Ms. Easterly dieses Manöver ausführte. Oder vielleicht hatte sie einen schwarzen Gürtel als Karatekämpferin errungen. Bei Eisbär funktionierten ihre Empfehlungen jedenfalls nicht. Er schoß aus dem Handtuch wie ein Pfeil aus einem Blasrohr.

Ich bin jedoch kein Mensch, der leicht die Flinte ins Korn wirft. Ich fing Eisbär wieder ein, und diesmal klemmte ich ihn nicht sanft unter den Arm, sondern hielt ihn fest wie in einem Schraubstock, so daß er eines seiner bösartigsten «Ajaus» von sich gab, die ich je vernommen hatte. Ich tat natürlich so, als hätte ich nichts gehört, und las erst einmal weiter, indem ich mit meiner halb freien Pillenhand den Artikel vor mich hin hielt.

«Legen Sie die Hand auf das Gesicht der Katze», fuhr Susan Easterly unbeirrt fort und schien nun eine dritte Hand ins Spiel zu bringen. «Drücken Sie leicht mit Daumen oder Zeigefinger gegen die Mundwinkel der Katze, worauf sich das Maul öffnen wird.»

Wiederum folgte ich Ms. Easterlys Weisungen, so gut ich es vermochte. Ihrem Vorschlag folgend, drückte ich zunächst leicht, dann etwas stärker und schließlich so stark, daß ein Krokodil den Rachen aufgerissen hätte.

Leider aber ging das Maul nicht auf. Es öffnete sich nicht einmal einen winzigen Spalt. Zögernd beschloß ich, Ms. Easterlys Instruktionen abzuändern. Mit dem Zeigefinger, den ich wie eine Schusterahle benutzte, bohrte ich mich in Eisbärs Maul, bis ich ihn ganz drinnen hatte – wie das Gebiß eines Zaums im Maul eines Pferdes. Und natürlich tat mein Kater genau das, was auch ein Pferd tun würde: Er biß auf das Gebiß.

«Nur zu», sagte ich zu ihm, «beiß die Hand, die dich füttert, die Hand, die all dies ja nur zu deinem eigenen Besten tut.» Bei dieser humorigen Bemerkung begann er buchstäblich zu würgen, aber ich hörte nicht auf. Und als es ihn das nächstemal würgte, nutzte ich die Gelegenheit, um die Pille in seinen Rachen zu praktizieren.

«Drücken Sie ihr sofort das Maul zu», hieß es in meinen Instruktionen, «streicheln Sie ihren Hals, und der natürliche Schluckreflex wird jeden Zweifel ausschließen, daß die Pille verschluckt wurde. Wenn Sie es richtig und rasch machen, wird Ihre Katze nicht einmal bemerken, daß sie sich eine Pille einverleibt hat.»

Mein Streicheln war perfekt. Und dann, als ich mir gerade gratulierte, traf mich etwas direkt zwischen den Augen. Nun ja, nicht genau zwischen den Augen, aber doch an der Nase, und von dort fiel es auf den Boden.

Es war natürlich die Pille. Es mag ja sein, daß manche Katzen, wie Susan Easterly es ausdrückte, «nicht einmal bemerken, daß sie sich eine Pille einverleibt» haben, doch Eisbär gehörte nicht zu dieser Sorte. Er war nämlich, nachdem er seinen Volltreffer erzielt hatte, wieder aus der Handtuchhülle auf den Boden gesprungen und lag still da, seine eingebildeten Wunden leckend. Von Zeit zu Zeit jedoch richtete er ein nun ungemein argwöhnisches Auge auf mich, aus dem klar und deutlich eine einzige Frage sprach: «Wirst du so dumm sein, noch einmal in den Ring zu steigen, oder nicht?» Ich erwiderte starr seinen Blick. Wußte er denn nicht, aus welchem Holz ich geschnitzt war? War sein Gedächtnis so schwach, daß er nichts von meinen sagenhaften früheren Triumphen über seine Verbohrtheit behalten hatte?

Ich holte tief Luft und stand auf. Mit praktisch einem einzigen gekonnten Zugriff packte ich ihn wieder, wickelte ihn in das Handtuch, stemmte ihm das Maul auf und ließ die Pille hineinfallen. Und nachdem ich ihn erst höflich ersucht hatte, den Mund zuzumachen, und die Kiefer schließlich eigenhändig zudrückte, streichelte ich ihn so lange am Hals, bis ich überzeugt war, nun sei es ausgeschlossen, daß er die Pille nicht verschluckt hatte. Um jedoch jeden Zweifel auszuräumen, machte ich ihm das Maul wieder auf, diesmal, wie ich erfreut feststellte, gegen erstaunlich wenig Widerstand, und spähte hinein. Keine Spur von der Pille zu sehen.

Ich beobachtete ihn, wie er sich mit geknicktem Stolz entfernte. Aber ich zeigte Haltung im Sieg, ging zu ihm hin, ließ mich auf die Knie nieder und kraulte ihm Ohren und Bauch. «Siehst du, Eisbär», sagte ich zu ihm, «es war doch gar nicht so schlimm, oder?» Ich sagte auch, daß er von der Pille unmöglich etwas geschmeckt haben könne. Und es müsse ihm doch klar sein, daß er sich nicht zum Richter aufwerfen und selbst entscheiden könne, was für ihn am besten sei. Das könnten nur ich und die Tierärztin.

Zeigte ich Haltung im Sieg, so war Eisbär, wie ich erfreut feststellte, ein Verlierer mit Anstand. Ich war noch mit diesem Gedanken beschäftigt, als ich aus dem Augenwinkel ein verräterisches weißes Etwas auf dem Läufer hinter ihm sah. Nein, dachte ich, das kann nicht sein! Aber natürlich war es so. Es war die Pille.

Einen langen Augenblick schwieg ich. Ich blickte nur auf die Pille und dann langsam zu ihm zurück. Schließlich schaute er ebenfalls auf die Pille und danach, ebenso langsam, mich an. Es gab keinen Zweifel – er lächelte.

Ich erhob mich unter Aufbietung der kärglichen Reste an Würde, die mir geblieben waren. Na schön, dachte ich, wenn er einen Krieg bis aufs Messer will, soll er ihn bekommen. Aber, warnte ich ihn – und darauf könne er Gift nehmen –, der nächste Angriff werde dann kommen, wenn er am wenigsten darauf gefaßt sei. Ich würde den richtigen Augenblick abwarten, und dann gäbe es kein Halten mehr.

Genauso ging ich vor. Ich wartete sogar recht lange ab, weil ich zu dem Schluß gekommen war, ein nächtlicher Ausfall, im Schutz der Dunkelheit, würde mir die beste Chance bieten. Und in der folgenden Nacht, nachdem er aufs Bett gesprungen und fest eingeschlafen war, schlug ich zu. Mit einer einzigen, aber unglaublich raschen Bewegung setzte ich mich im Bett auf, packte ihn und stieß ihm die Pille ins Maul. Es war nicht nett, aber im Krieg geht es ja nie nett zu.

In dieser Nacht also schluckte er tatsächlich eine Pille. Aber es wäre eine gelinde Untertreibung zu behaupten, daß er wütend geworden sei. Wenn eine Katze fuchsteufelswild werden kann, dann war er es jetzt. Er betrachtete meine Tat offenbar als den heimtückischsten Verrat, seit Brutus den Dolch gegen Cäsar zückte. Und dieser feige Mord war immerhin am hellichten Tag verübt worden. Ich aber hatte ihm dies in tiefer Nacht angetan.

Trotzdem, so schwer sein Grimm auch zu ertragen war, seit jenem Tag oder vielmehr seit jener Nacht verabreiche ich ihm bei Bedarf auf diese Weise, mit kleinen Variationen – etwa wenn er tagsüber schläft –, seine Pillen. Schlafende Hunde, so heißt es, soll man nicht wecken. Aber wo steht so etwas über schlafende Katzen geschrieben?

Gleich nach unserer Pillenkrise reiste ich nach Kanada zu unserer Robben-Sprühaktion. Wir hatten uns in England den wackeren Trawler *Sea Shepherd* beschafft, und ich sollte in Boston zu den anderen stoßen.

Paul hatte keine Schiffskatze an Bord – er hatte diesen Posten für Eisbär freigehalten –, aber obwohl ich meinen Kater nicht mitnahm, dachte ich während dieser langen und außerordentlich schwierigen Fahrt oft an ihn. Tag um Tag und Nacht um Nacht schob sich das Schiff durch das Eis voran, stoppte, ließ die Maschinen im Rückwärtsgang laufen, fuhr vierzig Meter zurück und nahm einen neuen Anlauf, wobei es manchmal auf das Eis auffuhr und dann knirschend ins freie Wasser zurückrutschte.

Den Tiefpunkt brachte die fünfte Nacht – die Nacht nach dem Beginn der Robbenjagd –, als ein schwerer Sturm aufzog und uns das Eis ringsum einschloß. Ich hatte mich in den

Kleidern hingelegt und mußte eingedöst sein. Plötzlich spürte ich, wie mich jemand am Mantel zog. Es war Tony, unser Zweiter Offizier, ein Mann, der sich erst zwei Tage vor unserem Auslaufen aus dem Bostoner Hafen der Besatzung angeschlossen hatte. «Der Nebel hat sich gelichtet», sagte er, «und das Schiff ist wieder frei. Ich glaube, wir können es schaffen.»

Ich ging mit ihm auf die Brücke und blickte mich um. Der Sturm hatte sich gelegt, der Nebel war verschwunden und das Wasser vor uns sogar eisfrei. Es grenzte an ein Wunder. Während wir mit Volldampf loslegten, fiel mir wieder Eisbär ein. Er hatte dem Fonds wirklich Glück gebracht.

Kurz nach Mitternacht hörten wir zum erstenmal das Bellen der Robben. Dann sahen wir plötzlich eine. Dann eine zweite, und noch eine und schließlich buchstäblich Hunderte. Auf der einen Seite waren sie alle erschlagen und gehäutet worden. Doch denen auf der anderen Seite war noch nichts geschehen. Voraus konnte man deutlich die Positionslichter der Robbenfängerschiffe sehen, doch die Mannschaften und die Männer, die die Robben töteten, lagen anscheinend alle in tiefem Schlaf.

Sie sollten ein böses Erwachen erleben. Als erstes stoppte Tony die Maschinen der *Sea Shepherd* genau eine halbe Seemeile von den Robben entfernt. Er wollte nicht riskieren, daß das Schiff beschlagnahmt wurde, und nach dem sogenannten Robbenschutzgesetz Kanadas durfte sich nichts, weder Schiff noch Mensch, sofern nicht am Robbentöten beteiligt, dem Robbenjagdgebiet auf weniger als eine halbe Seemeile nähern.

Dessenungeachtet kletterten unsere tapferen, geschulten und handverlesenen Männer, die aufs Eis gehen sollten, mit ihren Farbkanistern von Bord. Der kanadische Fischfangminister hatte dem Parlament versichert, die *Sea Shepherd* werde keinesfalls den Seehunden so nahe kommen, daß die Besatzung einen zu sehen bekam, geschweige denn mit Farbe besprühen konnte. Doch bis zum nächsten Morgen besprühten wir, buchstäblich unter der Nase der Robbenschlächter, mehr als tausend Tiere.

Wenn ich heute daran zurückdenke, sehe ich klar, daß unsere Aktion nur eine Schlacht in dem langen Krieg war – doch wir hatten einen Sieg errungen, und er kam zu einer Zeit, da ein Sieg für uns sehr wichtig war. Die entscheidende Schlacht sollte erst vier Jahre später geschlagen werden; sie war das Ergebnis einer glänzenden Strategie, die Brian Davies vom «International Fund for Animal Welfare» entworfen und angewendet hatte. Davies war es, der mich überzeugte, wenn man der kommerziellen Robbenjagd Einhalt gebieten wolle, müsse man Kanada – ohnehin ein hoffnungsloser Fall – vergessen und sich statt dessen auf die Abnehmer der Pelze, die Länder der Europäischen Gemeinschaft, konzentrieren und sie dazu bringen, die Einfuhr der Häute von Robbenbabys nach Westeuropa zu verbieten.

Doch Kanada gab nicht auf und begann vier Jahre später wieder mit dem kommerziellen Robbenschlachten, allerdings diesmal auf eine Quote von siebenundfünfzigtausend und auf sechs bis sieben Wochen alte Seehunde beschränkt. Die Robbenhändler hatten inzwischen offenbar einen neuen Abnehmer für ihre blutbefleckten Felle gefunden: Japan. Irgendwie paßte es zusammen: Kanada und Japan als Bundesgenossen, die Robbenschlächter und die Delphinkiller.

Als ich endlich nach Hause zurückkam, fand ich Eisbär, um den sich Marian gekümmert hatte, gesund und wohlgenährt vor – ja allzu wohlgenährt. Es ließ sich nicht bestreiten, daß er zunahm, und das auch noch viel zu rasch.

Es ist eine irrige Behauptung, sterilisierte Katzen wie Hunde nähmen unweigerlich und beinahe sofort zu. In Wirklichkeit legen Katzen wie Hunde meist nur aus einem einzigen Grund Gewicht zu: Sie fressen zuviel.

Andererseits ist es zutreffend, daß ehemals streunende

Tiere sich häufig überfressen. Es kann ja kaum anders sein, denn nachdem sie Perioden intensiven Hungerns durchgemacht haben, neigen sie begreiflicherweise dazu, jede Mahlzeit als ihre möglicherweise letzte zu betrachten. Eisbär gehörte zweifellos zu dieser Kategorie. Jede Mahlzeit, einerlei, wie umfangreich sie war, mußte auf der Stelle verschlungen werden.

Und als wäre dies noch nicht genug, entwickelte er, kaum daß ich ihn von der Straße geholt hatte, eine überaus listige Technik, Leute dazu zu bringen, daß sie seine geleerte Schüssel wieder auffüllten. Nachdem ich ihm beispielsweise sein Frühstück vorgesetzt hatte und zum Arbeiten fortgegangen war, pflegte er zu warten, bis Rosa, meine Haushälterin, erschien. Dann – nicht jedesmal, dazu war er zu gerieben, aber doch meistens – lockte er Rosa zu seiner inzwischen gründlich geleerten Schüssel, schaute zu ihr hinauf und gab das kläglichste aus seinem reichen Repertoire kläglicher «Ajaus» von sich. Darauf blickte Rosa ihn und seine leere Schüssel an und säuselte tröstend auf spanisch: «*Pobre gatocito, el señor no te dió desayuno?*» Worauf Eisbär sicher erwiderte: «*No, él no me lo dió.*» Wenn es ums Fressen ging, das war mir klar, würde er sich von solchen Bagatellen wie Sprachbarrieren nicht behindern lassen. Jedenfalls, Rosa tröstete ihn: «*Pobre Oso Polar, yo te lo voy a dar!*» und füllte prompt seinen Napf bis zum Rand. Und so stürzte sich Eisbär, nachdem er eine knappe Stunde vorher seine erste Mahlzeit vertilgt hatte, eifrig auf die zweite.

Spätnachmittags kam dann Marian, und auch sie wurde von einem mitleiderregenden Katzenwesen begrüßt, das neben einer leeren Schüssel hockte. «Hat Rosa dir denn nichts zu fressen gegeben?» – «Nein, kein Fitzelchen», log Eisbär dreist, und alsbald nahm er sich die dritte Mahlzeit vor.

Wenn dann schließlich ich nach Hause kam – eine viel härtere Nuß, wie er genau wußte –, zog er sämtliche Register. Nun versuchte er es nicht mehr mit einem demonstrativen

Kauern neben dem leeren Napf oder dem kläglichen «Ajau». Statt dessen wurde mir eine Show im ausgewachsenen Broadway-Stil vorgeführt – eine Darbietung, die damit begann, daß er sich vor der Küche herumtrieb (ohne hineinzuspazieren, was zu auffällig gewesen wäre) und dabei unausgesetzt «Ajaus» von der leisen, herzerweichenden Sorte von sich gab, wie Paul Gallico sie in «Miau sagt mehr als tausend Worte» unsterblich gemacht hat. Wenn er damit nicht ans Ziel kam, folgte, was ich nur als wahrhaft tragisches Grand-Opéra-Geheul bezeichnen kann – aus voller Kehle herausgestoßen, wobei er den Kopf nach hinten warf, die Brust blähte und in bester Opernsängertradition seine Stimme auf den allerletzten Sitz in der allerletzten Reihe des fünften Ranges schickte.

Führte selbst das nicht zum Ziel, hatte er noch eine letzte Karte, die er ausspielen konnte. Dabei handelte es sich um eine Reihe stummer, doch klar erkennbarer Mitteilungen anklagenden Charakters. Ein Beispiel dafür war sein Allzweck-Vorwurf: «Wenn es dir egal ist, dann ist's mir auch egal»; ein anderer war raffinierter: «Wenn deine Phantasie so beschränkt ist, daß du dir nicht einmal vorstellen kannst, wie das für mich war, die ganze Zeit hungern zu müssen...» Man täusche sich nicht, dieser Nummer war ungeheuer schwer zu widerstehen, und da ich – was er, glaube ich, genau wußte – nicht sicher sagen konnte, ob Rosa und Marian ihm etwas zu fressen gegeben hatten, gab ich seinen Manipulationen nur allzuoft nach. Und das war dann die vierte Mahlzeit. Schließlich kam noch sein nächtlicher Imbiß, den ich bereits erwähnt habe und der zur fünften Mahlzeit wurde.

Ich sah ihn mir an und entschied, daß es mit alledem ein Ende haben müsse, und zwar augenblicklich. An einem denkwürdigen Samstagmorgen nahm ich die Sache in Angriff. Als erstes trug ich ihn zum Fenster und hielt ihn hoch, damit er hinunterschauen konnte auf die vielen Menschen im Central Park, von denen eine ansehnliche Schar entweder mit Laufen, Joggen, Schnellgehen oder einfachem Spazierengehen beschäftigt war. Ich fragte ihn, ob er wisse, was die Leute dort unten taten. Offensichtlich wußte er es nicht, denn wie mir die Richtung seines Kopfes sagte, interessierten sie ihn überhaupt nicht. Statt dessen war sein Blick starr auf Tauben gerichtet, wie es gewöhnlich der Fall ist, wenn er am Fenster sitzt.

Das ärgerte mich. Ich sagte zu ihm, es sei mir durchaus klar, daß er sich für Ornithologie interessiere, ja ein geradezu fanatischer Vogelbeobachter sei. Aber könne er nicht wenigstens einmal seine Aufmerksamkeit von den Vögeln abwenden und auf die Menschen richten? Schließlich mußte ich ihm buchstäblich den Kopf in die Richtung drehen. Was diese Leute dort unten täten, fragte ich ihn wieder. Ob er glaube, sie beschäftigten sich nur zum Vergnügen mit Rennen, Joggen, Schnell- oder Spazierengehen. Natürlich nicht, gab ich mir selbst die Antwort. Sie täten es, weil sie in Form bleiben wollten.

Warum wohl, fuhr ich fort, nähmen es die Leute heutzutage so genau mit den Kalorien? Warum gebe es so viele alkoholfreie Getränke? So viele Süßstoffe? Die ganze Welt, sagte ich streng zu ihm, befinde sich auf einem Fitneß-Trip. Auch Tiere seien davon erfaßt worden. Und zwar nicht nur die Tauben, Katzen ebenfalls.

Außerdem, predigte ich weiter, gehe es bei alledem nicht nur darum, für das andere Geschlecht attraktiver zu werden – angesichts seiner kürzlichen Operation faßte ich mich in diesem Punkt kurz –, sondern dahinter stehe auch etwas viel Wichtigeres, nämlich das Verlangen, gesünder zu leben, leistungsfähiger zu werden und ein längeres, erfüllteres und glücklicheres Leben zu leben. Selbst wenn er sonst nichts verstehe, erklärte ich mit erhobener Stimme, möge er sich doch bitte eines vor Augen halten: daß schlank in und fett out sei. Damit drehte ich ihm den Kopf wieder zu mir her und schleuderte ihm die Frage ins Gesicht: «Möchtest du die letzte fette Katze auf der Welt sein oder nicht?»

Er gab keine Antwort, und ich beschloß, deren Verweigerung als ein Zeichen dafür zu nehmen, daß er nicht die letzte fette Katze auf der Welt sein wolle. Na schön, schloß ich in möglichst munterem Ton, zu diesem Ziel führe nur ein einziger Weg: Er müsse eine Diät beginnen. Und damit in seinem Kopf auch nicht der Schatten eines Zweifels bleibe, wiederholte ich das Wort. «Diät», sagte ich, «Diät.»

Ich war mir natürlich von Anfang an im klaren darüber, daß er von dieser Idee nicht viel halten werde. Doch mein Entschluß stand fest. Es kam nicht mehr in Frage, daß er bei Rosa und Marian Extramahlzeiten schnorrte. Auch würde seine Schüssel nicht mehr randvoll gefüllt werden; kleinere Portionen würde es geben und in längeren Abständen. Ich dachte mir auch zwei, wie ich fand, ausgezeichnete Argumente aus, um jeglichen Einwand, den er erheben mochte, zu überwinden. Zum einen gab ich ihm zu bedenken, daß es keinen Anlaß gebe, sich zu schämen. Menschen wie Katzen neigten beim Älter- beziehungsweise Reiferwerden dazu, ein paar Pfunde zuzulegen. Zum andern gestand ich ihm, ich hätte selbst schon hin und wieder den Gedanken erwogen, eine Diät zu beginnen.

Der Anlaß dafür, sagte ich, habe sich nur ein paar Monate vor seiner Ankunft ergeben, als ich ein Herrenbekleidungsgeschäft in New York aufsuchte, in dem ich mir, wenn mir danach zumute war oder vielmehr wenn Marian mich dazu bewog, manchmal einen neuen Anzug kaufte. Das Geschäft hieß «Imperial Wear» und warb damit, daß es Artikel für die «Kräftigen und Großgewachsenen» führe. Doch eines Tages hatte ich dort ein unerfreuliches Erlebnis. Als ich das Geschäft betrat, war mein gewohnter Verkäufer zufällig gerade anderweitig beschäftigt, und ich mußte mit einem blutigen Anfänger vorliebnehmen. Er führte mich törichterweise in eine Abteilung mit Anzuggrößen unter der unübersehbaren Bezeichnung «stattlich».

Ich war natürlich wütend. Ich habe für das Wort «stattlich»

nichts übrig, eines jener ganz wenigen altmodischen Wörter, die ich nicht mag, und ließ das Bürschchen über meine Meinung nicht im unklaren. Darauf versicherte er mir eilends, das Wort bezeichne nur den Schnitt der Anzüge und «stattlich» sei tatsächlich für schlankere Männer gedacht als die Anzüge aus einer anderen Abteilung, die ohne Umschweife mit «beleibt» bezeichnet war.

Ich erzählte Eisbär, das habe mich zwar sehr erleichtert, trotzdem aber sei ich, offen gesagt, nur mit knapper Not davongekommen. Ich hätte damals noch keine Schlankheitskur begonnen, würde es aber nun mit ihm zusammen tun. Ja, sagte ich, in einem gewissen Sinn würden wir zusammen eine Diät beginnen. Ich würde den ganzen schwierigen Teil übernehmen – die Recherchen, das Kalorienzählen und alle diese Dinge –, und er wirklich nur den kleineren Beitrag leisten müssen, nämlich nur den Verzicht auf Nahrungsaufnahme.

Ich dachte, daß wir an diesem Samstag zu einer gewissen Verständigung in dieser Angelegenheit gelangt seien. Ich verkleinerte sofort seine Portionen und forderte Rosa auf, nicht mehr schwach zu werden, wenn er sie an der Nase herumführte, widrigenfalls sie ihm nie mehr, auch nicht in meiner Anwesenheit, zu fressen geben dürfe. Bei Marian stieß ich auf größere Schwierigkeiten. Marian fällt es ohnehin schwer, Befehle entgegenzunehmen, und sie gab Eisbär trotz meiner Vorhaltungen immer wieder «ein bisselchen mehr», wie sie es nannte. In meiner Verzweiflung erklärte ich ihr, wenn sie damit nicht aufhöre, würde ich, wenn ich das nächstemal in ihrer Wohnung wäre, etwas tun, das sie nie tut – nämlich ihrer Katze die Krallen schneiden. Das hatte die gewünschte Wirkung.

Doch kleinere Portionen für Eisbär hin oder her, schon bald zeigte sich, daß wir den Diätkrieg nicht nur nicht gewannen, sondern daß wir ihn verloren. Eisbär nahm weiter munter zu. Ich mußte drastischere Maßnahmen ergreifen.

So beschloß ich, ihn auf Spezialkost zu setzen. Hier begann der Kampf bereits mit der allerersten Dose. Ihr Aussehen mißfiel Eisbär schon in dem Augenblick, als er mich sie öffnen sah. Die Hersteller trugen daran keine Schuld. Eisbär mag, wie erwähnt, an sich schon neue Dinge nicht, und wenn ihm eine Veränderung besonders zuwider ist, dann bei seiner Kost.

Mit Bedacht hatte ich beschlossen, das neue Futter an einem Wochenende an ihm auszuprobieren, weil ich dann die gesamte Zeit zu Hause sein konnte. Ich war sehr froh über die Entscheidung, als ich an diesem Samstag die erste damit gefüllte Schüssel auf den Boden stellte und sah, daß er nicht bereit war, sie anzurühren, obwohl er, wie ich wußte, Hunger hatte. Na schön, dachte ich, wenn du stur bleiben willst, kann ich auch stur bleiben, und nahm den Napf prompt wieder weg. Aber ich erzählte ihm, als kleiner Junge hätte ich immer meinen Teller leer essen müssen, sonst wäre mir das Nichtgegessene zu Beginn der nächsten Mahlzeit wieder vorgesetzt worden, und zwar kalt, und wenn ich es nicht als erstes gegessen hätte, hätte ich sonst nichts bekommen. Viele Jungen in Boston, schloß ich, seien so aufgezogen worden, und es habe ihnen nur gutgetan.

Samstag mittag setzte ich ihm wieder die gleiche Kost vor. Wiederum – nichts. Und wieder nahm ich den Napf weg. Und abermals wartete ich. Diesmal wartete ich den ganzen Nachmittag. Sein jaulendes Klagen überhörte ich.

Als ich zur Abendessenszeit die Prozedur zum drittenmal wiederholte und er mir wiederum die kalte Schulter zeigte, nahm ich den Napf nicht sofort wieder weg, sondern steckte in meiner Verzweiflung vor seinen Augen einen Finger in sein Fressen, leckte ihn ab und strahlte Eisbär an. «Mmmmm», sagte ich, «köstlich!» Er beobachtete mich aufmerksam, aber mit dem Gesichtsausdruck eines mittelalterlichen Machthabers beim Beobachten seines Vorkosters, dem er mit Grund mißtraute und der nun einen Bissen von der Mahlzeit zu sich nahm, die er vorsätzlich vergiftet hatte.

Ich ignorierte den Blick und ließ mich nicht erweichen. Selbst zu seinem nächtlichen Imbiß brachte ich ihm die Diätkost und beschied ihm: entweder das oder nichts. Wieder nichts. Und die ganze Nacht hindurch mußte ich dann ein wahres Trommelfeuer von «Ajaus» über mich ergehen lassen. Als es mir schließlich gelungen war, trotzdem einzuschlafen, ging er prompt dazu über, auf dem Bett umherzuspazieren, bis er mich wieder wach bekommen hatte.

Am nächsten Morgen dann, nachdem er vierundzwanzig Stunden hintereinander ohne Nahrung verbracht hatte und auch jetzt noch das kleinste Häppchen ablehnte, war ich eingestandenermaßen besorgt. Aber ich wußte, daß ich nur zwei Möglichkeiten hatte – entweder tapfer den Kurs zu halten oder feige seinem Erpressungsmanöver nachzugeben. Ich wurde nicht wankend und marschierte kühn zum Kühlschrank. Doch als ich diesmal das gleiche Schüsselchen herausnahm und noch bevor ich auch nur die Chance hatte, es vor ihn hinzustellen, gab er ein wirklich Mark und Bein durchdringendes «Ajau» von sich. Und hier möchte ich gleich etwas klarstellen, was unseren Krieg betraf – nämlich daß ich nicht kapitulierte und er nicht gewann. Die Sache spielte sich so ab, daß ich, als er dieses «Ajau» ausstieß, zufällig den Inhalt des Napfes musterte und mir überlegte, er könnte ja verdorben oder sonst etwas sein und Eisbär tatsächlich krank machen, wenn ich ihn zwang, dieses Zeug zu fressen. Dies und dies ganz allein veranlaßte mich, ihm kein Diätfutter mehr vorzusetzen und zu seiner normalen Kost zurückzukehren. Doch zu behaupten, er habe die Oberhand behalten, wird von den Fakten einfach nicht gestützt. Und natürlich muß man berücksichtigen, daß ich derjenige war, der die Entscheidung traf, nicht Eisbär.

Wie immer bei mir, hatte diese Entscheidung einen guten Grund, und dieser war in meiner Erkenntnis zu suchen, daß, wenn man die Sache umfassend betrachtet, in einem Fitneßprogramm die Diät eigentlich nur einen Teil bildet. Ebensowichtig ist körperliche Betätigung. Eine Diät ohne körperliches Training ist nur eine halbe Diät. Ich selbst schränke mich nicht nur hin und wieder bei den Nachspeisen ein, sondern hole jedes Wochenende, wenn das Wetter es zuläßt, mein Fahrrad heraus und unternehme eine tüchtige, anstrengende Radtour. Es nimmt beinahe zehn Minuten in Anspruch, die Schachtische in der Mitte des Central Park zu erreichen, und nachdem ich dort ein paar Stunden verbracht habe, radle ich in forschem Tempo nach Hause zurück. Ich erwarte mir von diesem Programm nichts Unsinniges, etwa daß ich mit seiner Hilfe wieder in meine alte Armeeuniform steigen könnte – ehrlich gesagt, ein lächerlicher Ehrgeiz –, aber doch, daß es mich körperlich wie psychisch topfit hält.

Eisbär hingegen lag, wie ich klar sah, einfach zu viel seiner Zeit untätig herum. Und da er offensichtlich selbst nichts daran ändern wollte, war es ebenso offensichtlich meine Aufgabe, die Initiative zu ergreifen. Er hatte für Schach nicht viel übrig, und so ersann ich für ihn eine Vielzahl anderer Spiele. Ich holte im Wohnzimmer zuerst alle seine Bälle und anderen Spielsachen heraus, die rollen konnten, und verlockte ihn peu à peu dazu, sie zwar nicht zu apportieren, ihnen aber immerhin nachzujagen. Dann, wenn wir vor dem Zubettgehen im Schlafzimmer waren, steckte ich ihn unter eine Decke oder ein Laken und stupste ihn mit einem Finger, erst langsam und dann immer schneller. Am liebsten begann ich hinter ihm, wo er es nicht sehen konnte, und landete mitten in seiner Magengrube, worauf er dann mit allen vier Pfoten zurückschlug und obendrein nach dem lästigen Finger schnappte. Beim nächstenmal, so unsere stillschweigende Vereinbarung, war er als Angreifer an der Reihe, und dann kam er unter der Decke oder dem Laken mit einem wilden Blick in den Augen und Mordlust im Herzen hervor. Ich parierte seinen Angriff, und diesmal gingen wir wirklich auf die Matte und vollführten einen Ringkampf – vor dem sich die gestellten Kämpfe, die man im Fernsehen zu sehen bekommt, verstecken durften. Selbst wenn ich ihn schließlich zu Boden gezwungen hatte, gab er nicht auf. Statt dessen tat er so, als kapitulierte er, in der Hoffnung, ich würde eine Sekunde lang meinen Griff lockern. Sobald das geschah, brach wieder die Hölle los. Wenn seine Vorderpfoten oder vielmehr -krallen es allein nicht schafften, setzte er seine Reserven ein. Das waren natürlich die Krallen an den Hinterfüßen. Und diese als rotierende Sicheln und die Hinterbeine als Sturmböcke waren äußerst erfolgreich.

Wenn dann schließlich einer von uns aufgab – in der Regel war das ich – und alle Schultersiege und Punkte vermerkt worden waren, sprang er auf und unternahm eine Siegesrunde durch die ganze Wohnung. Alles in allem gab es für ihn ein leidlich gutes Training ab, das, was seine Fitneß betraf, zumindest erfolgreicher war als sämtliche Diätexperimente. Und für mich war es keineswegs mit einem harmlosen Spaziergang zu vergleichen, wie das Blut an meinen Fingern deutlich bezeugte. Eines Abends, als ich ihn bei seiner Siegesrunde beobachtete, wurde mir klar, was er brauchte: einen Spaziergang, einen Spaziergang im Park.

Mit körperlichen Übungen in der Wohnung, so nützlich sie auch waren, war es einfach nicht getan. Alle Bostoner, die diesen Namen verdienen, haben immer sehr viel Wert auf den guten, altmodischen Spaziergang gelegt, und ich war da keine Ausnahme. Zugegeben, Katzen sind keine Hunde, aber ich fand, es sei ein Unsinn zu behaupten, daß man eine Katze nicht spazierenführen könne. Man konnte jedes Tier spazierenführen, sofern der Wille vorhanden war und die Disziplin und wenn man diese seltene Kombination von Bescheidwissen und Beharrlichkeit besaß, die meine Beziehung zu Eisbär immer geprägt hat.

Ich recherchierte mit der üblichen Sorgfalt und setzte alsbald die Operation «Katzenpromenade» ganz oben auf meine Dringlichkeitsliste. Als erstes besorgte ich ein Geschirr, und nachdem ich es mit viel Mühe für Eisbär angepaßt und ihn darin verstaut hatte – beides nicht so einfach, wie es sich anhört –, versuchte ich die ganze Sache spielerisch aufzuziehen. Damit wollte ich ihn dazu bringen, daß er zumindest so tat, als hätte er sich damit abgefunden, in einem Geschirr zu stecken.

Endlich war ich für eine häusliche Vorübung bereit. Ich stand mit der Leine da, die ich sehr locker hielt, und wartete geduldig auf seine Entscheidung, wohin er gehen wolle. Leider aber hatte er überhaupt keine Pläne. Er hockte nur da und sah mich an, während sich sein Schwanz verdächtig hin und her bewegte. Aus dem Blick sprach unverkennbar: «Jetzt soll ich also in einer Zwangsjacke leben?» Ich sagte zu ihm, diese Frage verdiene keine ernste Antwort; wie immer mache er aus einer Mücke einen Elefanten. Er könne nach Herzenslust umherlaufen. Damit gab ich der Leine noch mehr Spiel, in der Hoffnung, er werde mir wenigstens den Gefallen tun, ein paar Schritte zu machen. Aber diese Absicht hatte er mitnichten. Schließlich machte ich selbst eine schwache Andeutung, als wollte ich mich in seine Lieblingsrichtung bewegen, und fragte ihn zugleich leise, ob er vielleicht in die Küche möchte.

Kaum war das Wort «Küche» gesprochen, machte er einen Satz, war drinnen und stieß bettelnde «Ajaus» aus – ohne mich, ohne Leine und ohne Geschirr. Irgendwie hatte er sowohl die Vorder- als auch die Hinterbeine zugleich hochgezogen und war durch-, darüber- oder daruntergesprungen.

Nun blieb nichts übrig, als ihm einen Imbiß zu geben, was aber schwerlich der Zweck des ganzen Programms war. Und dann hieß es für mich wie für das Geschirr: Alles noch einmal von vorne.

Schließlich hatte ich das Geschirr so zurechtgeflickt, daß selbst Houdini sich nicht daraus hätte befreien können. Aber wieder stand ich da, und er regte sich nicht vom Fleck. Während unserer ganzen häuslichen Vorübung rührte er sich überhaupt nur zweimal, einmal, als das Telefon klingelte – er möchte immer, daß das Klingeln möglichst rasch aufhört –, und dann, als es an der Tür läutete und ein Schachpartner erschien. Ich beschloß, unser Training zunächst einmal zu vertagen.

Nachdem mein Schachpartner gegangen war, sagte ich mir, daß weiteres häusliches Üben vielleicht nur Zeitverschwendung wäre, daß es wirklich keinen vernünftigen Grund für ihn gab, in der Wohnung umherzuspazieren. Es war an der Zeit, ins Freie zu gehen.

Ich hob Eisbär auf und trug ihn zum Lift. Eine Frau fuhr gerade nach unten, und als ich ihn absetzte, zeigte sie sich sehr interessiert. «Oh», sagte sie. «Sie führen Ihre Katze spazieren. Ich wußte gar nicht, daß das bei Katzen geht. Wie haben Sie sie denn dazu gebracht?»

Übung, sagte ich, und zähe Ausdauer – einfach sei es nicht gewesen. Als wir dann im Erdgeschoß ankamen, freute ich mich schon auf eine eindrucksvolle Promenade durchs Vestibül. Prompt sträubte sich Eisbär, aus dem Lift zu treten. Und während wir die Sache diskutierten, fuhr der Lift natürlich wieder nach oben. Es ging ganz hinauf bis zur Penthouse-Etage, wo mein Freund, der Rockmusiker, einstieg. «Sieh mal an», sagte er. «Eine Katze wird spazierengeführt. Ich wußte gar nicht, daß man das kann.» Ich sagte zu ihm, es sei eigentlich gar nichts dabei, sobald man den Dreh raus habe. Doch als wir diesmal im Erdgeschoß ankamen, hob ich Eisbär nicht nur auf, sondern trug ihn durchs Vestibül, über die Straße und ein gutes Stück weit in den Central Park hinein. Dann, nach einer letzten genauen Überprüfung seines Geschirrs, setzte ich ihn behutsam auf die Erde.

Ich muß sagen, er zeigte an allem großes Interesse, besonders, in dieser Reihenfolge, an den Vögeln, den Hunden und den Eichkätzchen. Und obwohl ich den entschiedenen Eindruck hatte, daß er letztere als eine sehr eigenartige Sorte kletternder Mäuse betrachtete, hatten wir doch, fand ich, wenigstens einen Anfang gemacht. Doch so neugierig Eisbär auch umherschaute, von der Stelle rührte er sich nicht. Ich wartete und wartete. So viel körperliche Bewegung, dachte ich, bekommt er auch, wenn er schläft.

Plötzlich hörte ich hinter uns ein lautes «Wuff». Ich fuhr blitzschnell herum und sah in vollem Galopp direkt auf uns einen Afghanen zukommen, der mir in diesem Augenblick als der größte vorkam, den ich jemals gesehen hatte. Ich machte einen Satz auf Eisbär zu und vollführte zugleich die schnellste Kehrtwendung, zu der ein Mann meines Alters imstande ist.

Im nächsten Augenblick kullerten wir alle drei, der Afghane, Eisbär und ich, in einem wirren Knäuel auf der Erde umher. Während ich mich, noch immer meinen Kater abschirmend, hochzurappeln versuchte, kam eine junge Dame mit einer Leine in der Hand herbeigelaufen. Sie ignorierte mich und stürzte sich auf ihren Hund. «Mein armer Alfie!» rief sie. Dann, nachdem sie ihn an die Leine genommen und noch ehe sie Eisbär gesehen hatte, fiel sie über mich her. «Ich hab gesehen, was Sie getan haben», rief sie. «Sie haben meinen Hund angegriffen. Sie hätten verdient –» Sie sprach nicht weiter, weil sie in diesem Augenblick den fauchenden Eisbär sah, der sich an meiner Schulter barg. «O je!» sagte sie. «Eine Katze! Alfie haßt Katzen!» Ich versuchte ihr klarzumachen, was sie ohnehin sah: daß Eisbär seinerseits auch nicht viel für Afghanen übrig hatte. Die junge Dame ging darüber hinweg und zu einer strengen Moralpredigt über, in der sie den Schwachsinn geißelte, eine Katze irgendwo spazierenführen zu wollen und insbesondere im Central Park. Ich protestierte. Da ich Eisbär immerhin an der Leine gehabt hätte, Alfie aber frei herumgelaufen sei, liege die Schuld wohl nicht bei mir. Doch mir wurde bald klar, daß dies verlorene Liebesmüh war, und ich gab es schließlich auf.

Ich ging ein ziemliches Stück weiter, in der Hoffnung, Eisbär werde sich unterwegs vielleicht beruhigen. Ich wählte eine Stelle im Park, die ich gründlich rekognoszierte und für hundertprozentig hundefrei befunden hatte. Dann und erst dann setzte ich Eisbär wieder auf die Erde.

Und wieder wartete ich, und das Warten wollte kein Ende nehmen, so daß ich halb eingeschlafen war, als mein Kater plötzlich wie eine Rakete davonschoß, und dies so rasch und unerwartet, daß er mir die Leine aus der Hand riß. Wie gelähmt sah ich ihm nach, wie er hinter einem Eichhörnchen her übers Gras flitzte.

Als ich schließlich die Verfolgung aufnahm, war der Abstand bereits so groß, daß ich gerade noch das Eichhörnchen einen Baumstamm hinauf- und – schlimmer – Eisbär hinterdrein flitzen sah. Ich war sicher, daß seine Leine, die hinter ihm her hüpfte, sich an einem Astknoten oder Zweig oder sonst etwas verfangen und Eisbär sich direkt über meinem Kopf erhängen werde.

Erstaunlicherweise verfing sich die Leine nicht, aber nur weil das Eichhörnchen glücklicherweise seitwärts auf einen Ast gehuscht war und Eisbärs Leine nun nicht mehr hinter ihm herrutschte, sondern herabhing. Der Ast, den sich das Eichhörnchen ausgesucht hatte, war zwar lang, mußte aber irgendwo dünn wie ein Schilfhalm werden. Vielleicht konnte er noch das Eichhörnchen tragen, eine Katze aber sicher nicht.

Während ich hinaufstarrte, verschwand das Eichhörnchen. Einen Augenblick lang dachte ich schon, es sei vielleicht auf einen anderen Ast gesprungen, aber dann sah ich, daß es kehrtgemacht hatte und nun an der Unterseite des Astes zurücklief. Und in dem Augenblick, als es unter Eisbär vorbeikam, wirbelte er herum. Er bekam das Eichhörnchen nicht zu fassen, sondern verlor das Gleichgewicht und den Halt. Als er von dem Ast stürzte, sprang ich vorwärts – und fing ihn in meinen Armen auf. Das war zugegebenermaßen eher reinem Zufall als meiner Geschicklichkeit zu verdanken.

Ich sank auf die Knie und drückte ihn einen langen Augenblick an meinen Bauch. Dann sagte ich leise zu ihm, daß es jetzt an der Zeit sei, nach Hause zu gehen. Er pflichtete mir offensichtlich bei, und ich trug ihn nach Hause. Obwohl ich bereit war zuzugeben, daß dies wohl unser erster und letzter Ausflug an der Leine gewesen war, mochte ich noch immer nicht eingestehen, daß ich daran irgendwelche Schuld trüge – und er übrigens auch nicht. Es war einfach so, daß höhere Gewalten eingegriffen hatten. Wir waren in Wahrheit in einen Dschungel geraten.

Nun ja, die Meckerer, denen man nichts recht machen kann, könnten behaupten, daß bis dato meine Diätprogramme und meine Bemühungen um körperliches Training keine rauschenden Erfolge gewesen seien. Aber ich bin, wie ich dem Leser wohl schon erzählt habe und wahrscheinlich noch einmal erzählen werde, kein Typ, der leicht nachgibt oder aufgibt.

Ich war entschlossen, ob ich nun siegte, verlor oder nur ein Unentschieden erzielte, Eisbärs Fitneßprogramm bis zu seinem Ende zu führen. Doch mit ebensolcher Entschlossenheit wollte ich zum Wohl seiner kleinen Seele wie auch meiner eigenen doch einen eindeutigen Sieg, wenn mir vorläufig auch noch nicht eingefallen war, wie dies zu bewerkstelligen sei. Doch da kam mir an einem linden Frühlingsabend, als ich auf meinem Balkon stand, eine Erleuchtung.

Ich habe solche Erleuchtungen, wenn ich das bescheiden anmerken darf, mit einiger Regelmäßigkeit. Doch diese war eine ganz besondere. Ich war, wie es meine Gepflogenheit ist, auf den Balkon getreten, um mir die Welt zu betrachten. Und während ich mich an diesem Abend an dem Panorama erfreute, wurde mir jäh bewußt, daß ich hier stand und alles sah, was es unten auf der Straße und drüben im Park zu sehen gab, Eisbär dies aber verwehrt war. Er mußte all dies durch eine Fensterscheibe betrachten, was ganz und gar nicht dasselbe war. Es war nicht gerecht; er sollte genauso seine Freude daran haben können wie ich.

Aber wie, so dachte ich – ich bin in meinen Erleuchtungszuständen sehr logisch –, wäre das überhaupt möglich? Der einzige Weg bestünde darin, den ganzen Balkon mit einem Drahtgeflecht zu sichern. Und dies wäre in den Augen der Hausverwaltung, selbst wenn sie es zuließe, ein häßlicher Anblick, und mir würde es den Ausblick ruinieren.

Ein Erfinder von durchschnittlicher Begabung hätte wahrscheinlich sofort das Handtuch geworfen. Aber ich war eben kein solcher. Und beim Nachdenken kam ich auch sogleich auf die Lösung. Es war gar nicht nötig, den ganzen Balkon in einen Drahtkäfig zu verwandeln. Die Hälfte genügte. Das war die vollkommene Lösung. Doch eine Schwierigkeit war noch zu überwinden. Es gab nur eine einzige Tür zum Balkon!

Hier wäre ein Durchschnittserfinder vielleicht wiederum am Ende seines Lateins gewesen. Nicht so meine Wenigkeit. Statt dessen beschloß ich, das Gelände sorgfältig zu inspizieren, unverzichtbarer Bestandteil jeder großen innovativen Idee. Und während ich mich umsah, stellte sich wieder die Lösung ein: Eisbär konnte seine Hälfte durch das Schlafzimmerfenster erreichen und verlassen.

So hatte ich Schritt für Schritt alle Schwierigkeiten beseitigt. Es blieb nur noch die Lappalie, für diese Arbeit den richtigen Gehilfen zu finden. Mag ich auch ein großer Erfinder und obendrein ein großer Ingenieur sein, eines bin ich nicht: ein großer Baumeister.

Wie es der Zufall fügte, erschien am Nachmittag des folgenden Tages ein Schlosser, um ein einbruchsicheres Schloß einzubauen; ein Bekannter hatte mir dazu geraten.

Während ich dem Mann bei der Arbeit zusah, begann ich ihm Komplimente zu machen. Nicht zu übertrieben, damit es ihm nicht auffiel. Ich sagte ihm einfach, daß er gute Arbeit leiste und daß ein Mann von seinen Talenten imstande sein müsse, so ungefähr alles zu reparieren oder sogar zu bauen. Ob es ihm denn, so fragte ich, nicht manchmal langweilig werde, nur mit Schlössern zu arbeiten.

Der Mann blickte hoch und sah mich erwartungsvoll an. Ich machte einen Rückzieher und sagte, ich hätte nur an eine kleine Arbeit, eine Bagatelle, gedacht, die seines Könnens kaum würdig wäre. Das Gespräch ging natürlich weiter, doch um es kurz zu machen: Er verlangte einen Wucherpreis wie alle Handwerker in New York. Am folgenden Vormittag erschien er zur vereinbarten Zeit. Er hatte meterweise feinmaschiges Drahtgeflecht, Holzleisten, Schrauben und ein großes Sortiment Werkzeuge mitgebracht. Und am Tag darauf hatte Eisbär seinen Balkon.

Mochte der Kalender auch Frühling anzeigen, in dieser Nacht schneite es. Es war einer jener seltenen, aber ergiebigen Schneefälle, die manchmal Ende März die Stadt mit einer weißen Decke überziehen. Mir war natürlich klar, daß ich die Einweihung des Balkons verschieben mußte; der Schnee lag über zehn Zentimeter hoch. Doch Eisbär wollte davon nichts wissen. Er stand auf dem Fensterbrett und hämmerte praktisch mit dem Kopf gegen die Scheibe, um hinausgelassen zu werden. Vergebens protestierte ich. «Du wirst doch nicht jetzt hinauswollen», sagte ich zu ihm.

Als meine Einwände nichts fruchteten, gab ich wie gewöhnlich nach. Ich öffnete das Fenster, und schon war er hinausgesprungen. Er versank bis zum Bauch im Schnee, erstarrte vor Kälte und machte keinen Versuch, sich zu bewegen. Dann drehte er langsam den Kopf her und schaute mich an. «Na», sagte sein Blick unmißverständlich, «diesmal hast du einen schönen Murks gemacht.» Daß er mich nun auch noch für die Witterung verantwortlich machte, faßte ich als Kompliment auf.

Doch als sich dann das Wetter besserte, hatte ihm der Balkon viel zu bieten; er konnte sich den Tauben gegenüber aufspielen, und auch diese hatten ihr Vergnügen daran. Da sie bald dahinterkamen, daß er sie nicht erwischen konnte, spielten sie sich ihrerseits ebenfalls auf. Sie gurrten nach Herzenslust zu ihm hinunter, plusterten sich vor seinen Augen auf und stolzierten dreist über sein Balkondach.

Dazu gab mir der Balkon die Möglichkeit, eine meiner vielen Theorien über Hauskatzen weiterzuentwickeln. Dabei geht es um Leute, die auf dem Land leben und ihren Katzen regelmäßig erlauben, das Haus zu verlassen – die dann im Freien durch Hunde oder Autos gefährdet und ihrerseits eine Gefahr für die Vögel der Umgebung sind. Sosehr ich auch an meinem Kater hänge, finde ich doch, daß kein Katzenbesitzer das Recht hat, die Rechte seines Nachbarn zu schmälern, der an seinen Vögeln vielleicht genausoviel Freude hat wie der Katzenbesitzer an seinem Tier. Die ideale Lösung wäre möglicherweise etwas ähnliches wie mein Balkon: ein geräumiger, mit Draht vergitterter Auslauf, der sich etwa an ein Katzentürchen in der Küche anschließt. Dann könnte die Katze jederzeit ins Freie, aber sie wäre sicher, und ungefährdet wären auch die Vögel.

Ich glaube fest an diese Theorie, so fest, daß ich tatsächlich schon davon geträumt habe, sie patentieren zu lassen. Ich träume sogar davon, wie ich mich gemütlich zurücklehne und zusehe, wie überall im Land solche Katzenausläufe aus dem Boden sprießen – natürlich gegen Entrichtung einer bescheidenen, angemessenen Nutzungsgebühr, die, wie der Balkon selbst, zu je einer Hälfte auf Eisbär und auf mich aufgeteilt wird.

## 9  Seine Außenpolitik

Eisbärs Außenpolitik ließ, wie die mancher unserer Präsidenten, einiges zu wünschen übrig. Im häuslichen Bereich hatte er, wie wir gesehen haben, seine starken und seine schwachen Zeiten. Er war nicht die aufgewecteste Katze der Welt, hatte aber einen Charme, der ihn nie im Stich ließ, und seine Ansichten wußte er sehr ausdrucksstark zu vertreten – nicht nur mit seinem Schwanz, sondern auch mit seinem Grinsen, das dem der Cheshire-Katze in «Alice im Wunderland» äußerst ähnlich sah.

Doch wenn es um Außenpolitik ging, schienen ihm gerade die Eigenschaften, die ihm im Innenbereich so sehr zustatten kamen, völlig abhanden zu kommen. Es war – wiederum wie bei manchen unserer Präsidenten – nicht so, daß er etwas dagegen gehabt hätte, seine eigene Außenpolitik zu betreiben – durchaus nicht. Ja, er fand so großes Gefallen daran, daß er sie nicht anderen Leuten anvertrauen mochte, die ungleich mehr als er von den komplizierten Feinheiten des Metiers verstanden. Dies war die Wurzel allen Übels. Denn für Außenpolitik hat man entweder ein Gespür oder nicht. Und Eisbär hatte, um es geradeheraus zu sagen, nicht das geringste. Zum einen hatte er für Diplomatie – die Kunst, sich mit anderen gut zu stellen, sie aber nie merken zu lassen, wenn man sie nicht mag –, die den Schlüssel zur Außenpolitik darstellt, nichts übrig. Zum andern wußte auf der Ebene der persönlichen Beziehungen, die im häuslichen Bereich seine Stärke waren, niemand so richtig, wie er mit ihm dran war. Manchmal, besonders gegenüber kleinen Widersachern, verhielt er sich wie ein Rambo der Katzenwelt, wie eine richtige kleine Bestie, was eigentlich gar nicht zutraf. Dann wieder, besonders bei großen Gegnern, benahm er sich oft wie ein Duckmäuser, was er ebenfalls nicht war.

Aber er war, um nicht länger um die Sache herumzureden, eine Katze mit großen Vorurteilen, genau gesagt, ein einziger Haufen oder vielmehr Morast von Vorurteilen. Wieder fühlte man sich, was vielleicht unfair ist, an bestimmte Präsidenten erinnert. Jedenfalls möchte ich damit nicht sagen, daß er nur für fette Katzen in ebenso glücklichen Lebensumständen etwas übrig hatte. Und sicher wäre es nicht richtig, zu behaupten, er habe sich überhaupt nur aus anderen weißen Katzen etwas gemacht. Hätte er es getan, wäre die Theorie, nach der Katzen farbenblind sein sollen, endgültig widerlegt worden. Eisbär hatte aber so ungefähr jedes andere Vorurteil, das man nur haben kann.

Ich werde als erstes auf seine Außenpolitik gegenüber anderen Tieren eingehen. Sie war, um es offen zu sagen, schrecklich. Der Humorist und Schauspieler Will Rogers sagte einmal, er habe nie einen Menschen kennengelernt, der ihm mißfiel – ein Ausspruch, den ich immer darauf zurückgeführt habe, daß der selige Mr. Rogers einen sehr begrenzten Bekanntenkreis gehabt haben muß. Sei es, wie es wolle, Eisbär war sicher das Gegenteil von Will Rogers. Ich glaube eigentlich nicht, daß er jemals einem anderen Tier begegnet ist, das er mochte.

Manche zwar mißfielen ihm mehr als andere. Manchen begegnete er mit Geringschätzung, und andere übersah er einfach. Ich glaube, die einzigen Tiere, über die er weder so noch so dachte, waren die Pferde. Er fand sie natürlich zu groß, und sie veranstalteten ihm zuviel Lärm, und wenn sie auf den Straßen der Stadt erschienen, sollten sie nach seiner Meinung Turnschuhe tragen. Aber weiter ging seine Abneigung nicht, und grundsätzlich hieß seine Einstellung zu ihnen: leben und leben lassen.

Bei anderen Tieren sah die Sache anders aus. Man nehme beispielsweise seine Außenpolitik gegenüber Hunden. Für sehr viele Leute sind Hunde jene Tiere, die sie auf der Welt am meisten lieben. Für Eisbär hingegen waren sie der größte Mißgriff des Schöpfers. Außerdem dehnte er dieses Vorurteil auf jedes einzelne Mitglied der weitverzweigten Hundefamilie aus. Es betraf sicherlich auch jene, denen er meines Wissens nie oder höchst selten, im Fernsehen, begegnete – und auch dort mochte er sie nicht.

Das war für mich eine sehr unerfreuliche Sache, nicht nur weil ich vor Eisbärs Auftauchen, wie schon erwähnt, immer ein besonderer Freund der Hunde gewesen war, sondern auch noch aus einem zweiten Grund. Der Tierschutz-Fonds engagierte sich wie die meisten Organisationen seiner Art dafür, herrenlose Tiere von den Straßen zu holen und für sie ein Heim zu finden. Zwar waren etwa die Hälfte davon Katzen, doch die andere bestand aus Hunden. Und wenn diese vagabundierenden Hunde von den Straßen geholt werden, ist es häufig notwendig, sie vorläufig irgendwo unterzubringen, bis ein dauerhaftes Zuhause für sie gefunden werden kann. So haben beinahe alle Mitglieder des Fonds irgendwann einmal ihr eigenes Heim für diesen Zweck zur Verfügung gestellt.

Mithin war es nur eine Frage der Zeit, bis ein streunendes Tier in meiner Wohnung auftauchen würde. Ich hatte zwar eine Chance, daß es sich um eine Katze, doch eine beinahe ebenso große, daß es sich um einen Hund handeln werde. Es war gleichsam so, wie wenn man eine Münze in die Luft wirft. Und wie das Pech es wollte, verlor Eisbär dabei. Das allererste herrenlose Tier, das in diesem Frühjahr erschien, war ein Hund.

Die Frau, die ihn eines Samstagmorgens bringen sollte, hatte mich vorher angerufen und erging sich in Entschuldigungen. Sie wisse, daß ich eine Katze habe. Aber, sagte sie zu mir, sie könne den Hund, den sie am Abend zuvor gefunden habe, nicht einmal mehr diesen Nachmittag bei sich zu Hause behalten und schon gar nicht übers Wochenende. Sie habe bereits drei Hunde, und wenn sie noch einen aufnähme, würde sie nicht nur vom Hausverwalter, sondern auch von ihrem eigenen Ehemann aus der Wohnung geworfen werden.

Mir blieb natürlich keine andere Wahl, als den Hund aufzunehmen. Doch die Frau war sich ganz sicher, daß sie bis spätestens Montag ein dauerhaftes Zuhause für ihn finden werde. «Er ist wirklich ein Schatz von einem Hund», sagte sie.

Als sie eintraf, trat ich hinaus und zog die Wohnungstür hinter mir zu. Ich hatte mir meine Strategie in bezug auf Eisbär bereits zurechtgelegt, und dazu gehörte nicht, daß seine erste Konfrontation mit diesem «Schatz» vor dieser Frau stattfinden sollte. Falls Beteiligte etwas abbekamen, dann sollte das erstens ich und zweitens der «Schatz» sein, nicht aber die fremde Frau und Eisbär.

Auf den ersten Blick wirkte der Hund im Vergleich zu Eisbär so groß wie eine dänische Dogge, was er natürlich nicht war. Leider aber war er keineswegs klein und, trotz seiner Größe, offensichtlich auch noch sehr jung. Und ebenso offensichtlich kam er einem noch völlig unabgerichteten Tier so nahe, wie man es sich nur vorstellen kann. Schließlich war zwar seine Abstammung ungewiß, eines aber lag auf der Hand: Er war irgendein Retriever-Mischling. Von allen Hunderassen sind Retriever wohl die liebenswertesten Geschöpfe, zugleich aber kommen sie in der ganzen Tierwelt einem Perpetuum mobile am nächsten. Der Neuankömmling war ein Hund von jener Sorte, die kein normales Gehen kennt, nur Rennen, Springen und Hüpfen. Tatsächlich hatte ihm die Frau bereits den Namen Sprinter gegeben.

Sobald sie Sprinter von der Leine gelassen und diese mir

ausgehändigt hatte, öffnete ich die Wohnungstüre und marschierte – soweit man mit einem solchen Tier marschieren kann – auf mein Schlafzimmer zu. Unterwegs hielt ich angestrengt nach Eisbär Ausschau. Ich sah ihn zwar nicht, nahm aber an, daß er zumindest etwas bemerkt hatte.

Kaum hatte ich die Schlafzimmertür geschlossen, sprang Sprinter dagegen. Ich nahm jedoch davon keine Notiz, und nachdem ich ihm Wasser geholt hatte, schloß ich die Tür wieder und begab mich auf die Suche nach Eisbär. Er hatte sich, wie nicht anders zu erwarten, auf den Kaminsims zurückgezogen. Offensichtlich hatte er etwas gesehen, denn er war in höchster Alarmbereitschaft. Ja er saß so starr da, daß er genauso wie eine meiner Tierfiguren auf dem Kamin aussah. Aus seinem Blick sprach unverkennbar, daß er sich als einen der letzten Krieger in Troja und mich als den Griechen betrachtete, der das Trojanische Pferd hereingeführt hatte.

«Nun, Eisbär», sagte ich, «jetzt sei mal nicht so. Das ist doch nur ein kleiner» – ich stolperte über das Wort «kleiner» – «Freund. Ein gutartiges Kerlchen, das kein Zuhause hat.» Eisbär sah mich unverwandt an, bis ich schließlich meine Erklärung korrigierte. Nun ja, fuhr ich fort, vielleicht sei er ja ein bißchen groß, trotzdem aber, betonte ich, ein junges Hündchen. Verzweifelt suchte ich nach Argumenten, die ihn zu überzeugen vermochten.

Es gelang mir nicht. Die Vorstellung, daß der Hund, jetzt schon so riesig, noch größer werden würde, behagte Eisbär offensichtlich ganz und gar nicht. Ich versuchte es anders. Es sei ja nicht einmal meine Schuld, jemand anders habe den Hund zu uns gebracht, aber jetzt seien wir beide gefordert, uns als Gastgeber zu bewähren. Sprinter sei unser Gast, und wir gäben ja schließlich nicht unser Heim auf, sondern träten nur ein Stückchen davon – und auch das nur vorübergehend – an ein Geschöpf ab, das in höchster Not sei, genauso wie er selbst einmal, woran er sich wohl erinnern werde.

Eisbärs Antwort auf diese Argumentation bestand darin,

daß er selbst zum Angriff überging. Er sprang vom Kaminsims und flitzte zur Schlafzimmertür, wo ihm, wie er wohl wußte, keinerlei Gefahr drohte. Dann kratzte er daran und gab kriegerische «Ajaus» von sich. Das regte natürlich Sprinter auf, und zwar derart, daß er nicht nur an seiner Seite der Tür ebenfalls kratzte, sondern auch noch laut zu bellen begann.

Ich setzte mich hin. Mir war durchaus bewußt, daß neue Hunde und alteingesessene Katzen – oder auch umgekehrt – nie zusammengebracht werden sollten, ehe sie in gehöriger Form miteinander bekannt gemacht wurden. Vielleicht, dachte ich hoffnungsvoll, gehört das alles zum beiderseitigen Gewöhnungsprozeß.

Also ließ ich Eisbär so lange kratzen und miauen und Sprinter gegen die Tür springen und bellen, wie ich es aushalten konnte. Schließlich ging ich hin, hob Eisbär auf und trug ihn in die Küche. Dann, während er sein Essen fraß, nutzte ich die Gelegenheit, für Sprinter eine Schüssel mit Hundefutter herzurichten, und trug sie ins Schlafzimmer. Ich dachte, Eisbär sei zu beschäftigt, um mitzubekommen, was ich tat.

Darin täuschte ich mich. Er blickte von seinem Napf hoch – was sonst nur sehr selten geschieht – und beobachtete mich mit einem Ausdruck, der sein Verhalten vorher als geradezu freundlich erscheinen ließ. So, sagte er, jetzt fütterst du dieses Ungeheuer auch noch. In seinen Augen hatte ich den Gipfel der Verräterei erreicht.

Nachdem Sprinter gefressen hatte, fand ich, es sei an der Zeit für einen Spaziergang. Eisbär ignorierend, führte ich den Hund zur Tür und blieb nur kurz stehen, um mein Fahrrad aus dem Einbauschrank zu holen. Alsbald war ich mit ihm und dem Rad unterwegs.

Sprinter betrug sich an der Leine überraschend brav, selbst neben dem Fahrrad. Und als wir bei den Schachtischen im Central Park ankamen, saß er zwar keineswegs still, verhielt sich aber, zumindest nach seinen Begriffen, relativ ruhig, während ich meine Partie spielte. Er fand auch viel Anklang bei einigen meiner Schachpartner, und als ich dann den Heimweg antrat, war ich voller Optimismus, daß die Frau ein Zuhause für ihn finden werde.

Am Abend überlegte ich, daß es eigentlich nicht fair wäre, Eisbär draußen im Wohnzimmer zu lassen, während Sprinter bei mir im Schlafzimmer war. Und so hob ich den Kater auf und hielt ihn so hoch, daß Sprinter ihn selbst mit seinem höchsten Sprung nicht erreichen konnte, trug ihn ins Schlafzimmer und vertauschte so die Zimmerreservierungen der beiden. Obwohl ich nicht gerade eine geruhsame Nacht verbrachte – mit dem endlosen Schnüffeln der beiden Parteien am unteren Türrand –, war es doch nicht so schlimm, daß es mich davon abbrachte, am folgenden Morgen meinen großen Plan für eine Beendigung unserer lächerlichen häuslichen Apartheid ins Werk zu setzen.

Es sollte eine Begegnung Aug in Aug werden, und ich arbeitete die Details so sorgfältig aus, als ginge es um ein Gipfeltreffen. Ich stellte zwar keine richtiggehende Tagesordnung auf, traf aber so ungefähr alle sonstigen Vorbereitungen. Ich würde mich, so beschloß ich, zwischen die beiden Kontrahenten knien und die ganze Zeit in dieser Stellung verharren, während ich mit der rechten Hand Sprinter an seiner Leine festhielt und mit der linken Eisbär bändigte. Außerdem würde ich sorgfältig auf alle Geräusche aufpassen, die sie von sich gaben, und sollte Sprinter ein lautes Knurren oder Eisbär ein bedrohliches Zischen ausstoßen, würde ich die Operation abbrechen. Andererseits gedachte ich, alle kleineren Drohungen zu ignorieren und, wenn es sich irgend machen ließ, nicht zuzulassen, daß das Renkontre abgebrochen wurde, bis es, wenn schon nicht zu einem dauerhaften Frieden, so doch wenigstens zu einem temporären Camp David kam.

Ich war so stolz darauf, wie ich alles geplant hatte, daß ich voll Zuversicht von meinem Vormittagsspaziergang mit Sprinter zurückkam. Ich öffnete die Wohnungstür und, statt nach links ins Schlafzimmer abzubiegen, schritt ich munter in mein Wohnzimmer. Als ich nicht abbog, sprang Eisbär natürlich sofort auf den Kaminsims. Dies konnte ich nicht zulassen, weil es meinen Plan zunichte machte, mich zwischen den beiden auf den Boden zu knien. Und so griff ich, in meiner rechten Hand die Leine mit Sprinter, mit der linken nach dem Kater auf dem Kaminsims. Ich hätte genausogut nach Quecksilber greifen können. Noch immer den Hund fest im Griff, tastete ich ein ums andere Mal hin. Doch es nützte nichts. Ich konnte Eisbär nicht erreichen, geschweige denn erwischen. Schließlich blieb mir nichts anderes übrig, als die ganze Begegnung in einer grotesk verrenkten Haltung zu moderieren: meine Linke tastete noch immer nach dem Kater, während die Rechte bemüht war, Sprinter daran zu hindern, einen Satz zum Kaminsims hinauf zu machen.

Na schön, sagte ich stumm zu mir, meine Friedensbemühungen kommen zwar nur langsam in Fahrt, aber zumindest kann die Sache nicht schlechter werden. Und sie wurde es auch nicht. Ich gab nicht auf, aber nachdem ich, wie es mir vorkam, eine Stunde lang zwischen den beiden gestanden hatte, ohne daß Eisbärs Einstellung sich auch nur um ein Jota verändert hätte, mußte ich wohl oder übel einsehen, daß die Chancen, der Kater werde dem Hund jemals irgendein Recht, selbst das bloße Existenzrecht, zugestehen, praktisch gleich Null waren.

Mit all der Würde, die ich noch aufbieten konnte, führte ich Sprinter ins Schlafzimmer und schloß die Tür, doch diesmal ging ich nicht hinaus zu Eisbär, sondern blieb bei dem Hund. Ich war entschlossen, Eisbär unmißverständlich klarzumachen, was ich von seiner erbärmlichen Außenpolitik hielt.

Nachdem ich später am Nachmittag Sprinter noch einmal ausgeführt hatte, ging ich ins Wohnzimmer, um mit Eisbär ein Wörtchen zu reden. Ich war zwar von seinem Verhalten nicht entzückt, sah aber ein, daß das Vorgefallene keineswegs nur seine Schuld gewesen war. Die Antipathie zwischen Katze und Hund ist tief eingewurzelt, und Sprinter war schließlich in Eisbärs Revier eingedrungen. Zudem war von Eisbär kaum zu erwarten, er werde verstehen, daß Sprinters Gegenwart nur vorübergehend war.

Als ich ins Zimmer trat, rief ich in fröhlichem Ton seinen Namen. Ich ließ es mir angelegen sein, das anstößige «Komm!» zu vermeiden, und ersuchte nur mit meinem üblichen «Wo ist mein Eisbär?» um sein Erscheinen. Keine Reaktion. Ich rief lauter. Wieder nichts. Ich begann mich nach ihm umzusehen und suchte das ganze Wohnzimmer ab. Ich schaute unters Sofa und unter den Schreibtisch. Ich kontrollierte die Einbauschränke. Und während ich weitersuchte, erinnerte mich das Ganze immer mehr an seine erste Nacht bei mir. Und das wieder erinnerte mich daran, in den Geschirrspüler zu schauen. Aber er war nicht darin. Er war nirgends.

Na schön, dachte ich, er spielt halt ein Spiel, und ich kann ja mitspielen. Als ich wieder in die Küche ging, öffnete ich den Kühlschrank. Jetzt, war ich mir sicher, würde er angesprungen kommen.

Doch der Kühlschrank lockte ihn nicht herbei. Ich nahm die Suche wieder auf und guckte in alle Ecken. Dabei wurde ich immer besorgter. Er mußte aus der Wohnung entwischt sein.

Aber wie hatte er das geschafft? Die Tür war nicht geöffnet worden. Doch beim weiteren Überlegen fiel mir ein, daß sie doch geöffnet worden war: als ich mit Sprinter weggegangen und mit ihm zurückgekommen war. Und beide Male hatte ich mit ihm und dem Fahrrad alle Hände voll zu tun gehabt und nicht weiter auf Eisbär geachtet, weil ich mich über ihn so geärgert hatte. So konnte es durchaus möglich gewesen sein, daß er sich irgendwie hinausgeschlichen hatte und durch den Korridor davongeflitzt war. Doch als ich mir die Sache noch einmal durch den Kopf gehen ließ, sagte ich mir: Nein. Ich hätte ihn doch bestimmt gesehen.

Ich rief wieder nach ihm, laut und inzwischen verzweifelt. Und während ich die Suche wieder aufnahm, überdachte ich noch einmal die Möglichkeit, daß er entwischt war, und entschied: Ob nun beim Weggehen mit Sprinter oder bei der Rückkehr – die Möglichkeit bestand auf jeden Fall.

Mittlerweile ernstlich besorgt, ging ich hinaus in den Korridor. Die Leute in den Wohnungen auf meiner Etage kannten meine Katze. Aber könnte es nicht sein, daß er das Stockwerk verlassen hatte, vielleicht durch die Tür zur Feuerleiter, die jemand geöffnet hatte, oder vielleicht durch die zum hinteren Lift? Vielleicht hatte Eisbär sich in den hinteren Aufzug geschmuggelt. Oder vielleicht sogar in den vorderen, als die Tür aufging und jemand heraustrat. Aber, so fragte ich mich, wenn jemand, der in dieser Etage ein- oder ausgestiegen ist, ihn hineinspazieren sah, hätte er dann nicht bemerkt, daß der Kater allein war, ihn aufgehoben, herauszufinden versucht, wem er gehörte, und ihn mir zurückgebracht?

Natürlich gab es noch andere Möglichkeiten – ein Besucher oder ein Lieferant. Sie hätten natürlich nicht gewußt, wohin Eisbär gehörte, vielleicht sogar gedacht, es sei seine Gewohnheit, allein in den Lift einzusteigen.

Ich merkte, daß ich in meiner Aufregung nicht mehr klar denken konnte. Als erstes mußte ich herauszubekommen versuchen, wohin er gelaufen sein könnte, falls es ihm gelungen war zu entwischen. Ich fuhr mit dem Aufzug nach unten und teilte George und Jimmy, den Pförtnern am Vorder- beziehungsweise Hintereingang, die schlechte Nachricht mit: Eisbär war ausgerissen. Ich bat sie, so freundlich zu sein, es weiterzusagen.

Jedermann nahm großen Anteil. Raymond, der Hausmeister, erbot sich, mir zu helfen, oben auf dem Dach und auch unten im Keller nachzusehen – zwei Möglichkeiten, die ich in meiner Verwirrung nicht einmal erwogen hatte.

Nachdem Raymond und ich alle denkbaren Verstecke abgesucht hatten und alle Leute, deren ich habhaft werden konnte, von meinem Verlust in Kenntnis gesetzt worden waren, fuhr ich wieder nach oben und rief Marian an. Sie wollte sofort herüberkommen.

Gemeinsam mit ihr suchte ich noch einmal; nur fahndeten wir diesmal nicht nur inner-, sondern auch außerhalb meiner Wohnung. Ich äußerte die Befürchtung, daß er sogar in den Central Park gelaufen sein könnte – schließlich kannte er ihn ja seit unserem unseligen Ausflug.

Wir hatten kein Glück. Eisbär war nirgends, und es wurde allmählich dunkel. In meine Wohnung zurückgekehrt, schmiedeten wir Pläne. Am nächsten Vormittag wollten wir sämtliche Tierasyle anrufen, Zeitungsinserate aufgeben, jene rührenden Verlustanzeigen schreiben, wie man sie auf Zetteln an Telefonstangen und Baumstämmen findet. Während wir unsere Planung ausarbeiteten, sagte ich zu Marian, daß ich niemandem außer mir selbst die Schuld geben könne. Ich hätte Eisbär ein anderes Tier vor die Nase gesetzt und ihm das Gefühl der Geborgenheit genommen. Er habe gedacht, er sei nicht mehr erwünscht, und getan, was er nach seiner Meinung habe tun müssen: Fortlaufen. Er würde sicher von einem Hund totgebissen, unter ein Auto geraten oder in einem Versuchslabor landen. Und es geschähe mir nur recht, weil ich allein an allem schuld sei. Aber er allein würde der Leidtragende sein.

Marian ließ mich nicht in diesem Ton fortfahren. «Ich bin noch immer nicht überzeugt», sagte sie, «daß er überhaupt aus der Wohnung rausgekommen ist. Vielleicht ist er doch noch da.» Und damit begab sie sich noch einmal auf die Suche. «Haben Sie schon hinter den Büchern nachgesehen?» fragte sie. Ich gab zu, daß ich es nicht getan hatte, aber da Eisbär mittlerweile so groß sei, wäre es doch so gut wie unmöglich, daß er sich dahintergezwängt hatte. Trotzdem schauten Marian und ich dort nach, wie am allerersten Abend, nachdem ich Eisbär von der Straße geholt hatte. Doch wir fanden nichts.

«Haben Sie die Einbauschränke wirklich gefilzt?» wollte Marian wissen. Ich erinnerte sie daran, daß wir bereits mindestens zweimal in jeden geschaut hatten. Trotzdem wollte sie es unbedingt ein drittes Mal tun. Und als sie beim letzten angelangt war, fragte sie mich, ob ich mir das alleroberste Fach vorgenommen hätte. Ich war inzwischen so entmutigt, daß ich nicht recht hinhörte. Aber als sie ihre Frage wiederholte, wies ich sie darauf hin, daß das oberste Fach mehr als dreißig Zentimeter über meinem Kopf und mindestens zwei Meter zwanzig über dem Fußboden war und daß Eisbär einen solchen Sprung schwerlich geschafft haben könnte. Er sei ja schließlich kein Känguruh.

Doch Marian ist, wie schon gesagt, eine sehr gründliche Person. Ob es für den Kater eine Möglichkeit gegeben hatte, dort hinaufzukommen oder nicht, sie war entschlossen nachzusehen. Wir holten die Trittleiter aus der Küche, und als Marian auf der obersten Stufe stand, mußte sie buchstäblich einen Klimmzug machen, um das oberste Fach zu inspizieren. Plötzlich blickten ihre Augen in ein anderes Augenpaar.

«Ajau», sagte er.

Wir kamen nie richtig dahinter, wie Eisbär es fertiggebracht hatte, dort hinaufzuspringen. Doch er hatte es geschafft. Und eines stand für uns beide fest: Er wußte ganz genau, daß wir wie die Verrückten nach ihm suchen würden. Er war entschlossen gewesen, uns und insbesondere mir eine Lektion zu erteilen, die ich nie vergessen würde.

Und natürlich vergaß ich sie nie. Indessen, in diesem Augenblick war ich so froh, ihn wiederzusehen, daß ich jede Lektion geschluckt hätte. Die Welt war wieder in Ordnung.

Am Montagvormittag erschien die Frau, um Sprinter abzuholen. «Ich habe ein wunderbares Zuhause für ihn gefunden», sagte sie, als sie eintrat, ich ihn an die Leine legte und ihn ihr übergab. Ich sagte, er verdiene es, denn er sei ein wunderbarer Hund. «Übrigens», fragte sie an der Tür, «wie ist er denn mit Ihrer Katze ausgekommen?» Ich drehte die Hände hin und her und antwortete: «So-la-la.»

In jenem Frühjahr erschien kein weiterer herrenloser Hund in meiner Wohnung, jedoch bald danach eine streunende Katze oder vielmehr ein Kätzchen. Wiederum passierte es an einem Wochenende und wieder an einem Freitagabend. Doch von der Straße geholt hatte sie ein Mieter aus meinem Haus. Er hatte das Kätzchen nur ein paar Straßen weiter weg auf dem Gehsteig gefunden.

Er klopfte an der Tür. Das Kätzchen, eine winzige, sandfarbene, quirlige Kugel, hatte er sich unter den Arm geklemmt. «Hier», sagte er, «ich habe Ihrem Eisbär eine Freundin mitgebracht», und reichte mir die kleine Katze. Damit war für ihn anscheinend der Fall erledigt. Ob er nicht ... wollte ich fragen – aber nein, durchaus nicht. «Wissen Sie, ich habe einen Hund», sagte er. Aber, so hörte ich mich beruhigend sagen, das wäre doch kein Problem. Sein Hund würde sicher ...

Es half nichts. Der Mann wollte nichts davon wissen. «O nein, mein Hund würde nicht!» erwiderte er entschieden. «Und das Kätzchen wäre mit einer anderen Katze sowieso viel glücklicher.» Mit einer Handbewegung verabschiedete er sich und ging den Korridor entlang zum Lift.

Eigentlich stimmte mich die Ankunft des Kätzchens, obwohl so kurz nach Sprinters Abschied, nicht im geringsten besorgt. Ich war felsenfest überzeugt, daß Eisbär begeistert sein werde. Unser neuer Untermieter würde der Trennung von Kirche und Staat beziehungsweise von Hund und Katze ein Ende setzen. Fortan würde ein fröhliches Miteinander die Wohnung von einem Ende bis zum andern erfüllen.

In dieser freudigen Stimmung eilte ich mit dem Kätzchen ins Wohnzimmer, damit es Eisbär kennenlernte. «Schau», sagte ich zu ihm, als ich das Tierchen neben ihm absetzte, «schau, was da kommt!» Sei es nicht einfach wunderbar, fragte ich ihn, wobei ich vorsichtshalber beide zugleich streichelte. Jetzt werde er sich nicht mehr allein und verlassen fühlen, wenn ich nicht da war. Er werde nicht nur die Gesellschaft haben, die er brauche, jeden Tag und ebenso jede Nacht, sie könnten sich auch miteinander unterhalten und spielen, soviel sie nur wollten.

Tatsächlich wollte das Kätzchen, wie ich entzückt feststellte, sofort zu spielen anfangen. Das dumme war nur, daß Eisbär nicht der Sinn danach stand.

Das Spiel ging so, daß sich das Kätzchen auf Eisbär zu bewegte, worauf er aber unverzüglich zurückwich. Tat er das langsam, folgte ihm das Kätzchen ebenfalls langsam, sprang er weg, so sprang es ihm nach. Und wenn die kleine Katze das allmählich langweilig fand, variierte sie das Spiel. Zog Eisbär sich zurück, tat sie so, als wollte sie ihm nicht folgen. Dann, wenn er einen sichtbaren Seufzer der Erleichterung ausstieß, flitzte sie zu ihm hin und sprang ihn an. Diese Abwandlung veranlaßte mich, sie auf den Namen Kamikaze zu taufen.

Es wäre eine Untertreibung zu sagen, daß das Spielen Eisbär auf die Nerven fiel. Als bedingungsloser Anhänger der Monroedoktrin wandte er seine Politik des Isolationismus, die er so energisch während Sprinters Aufenthalt durchgesetzt hatte, nun auch auf das Kätzchen an.

Jedesmal, wenn es das Signal für den Beginn der Spiele gab, reagierte Eisbär rasch damit, daß er sich auf höheres Gelände zurückzog – aufs Bett oder aufs Fensterbrett, wenn sie im Schlafzimmer waren, aufs Sofa, den Schreibtisch, einen Stuhl oder ein anderes Fensterbrett, befanden sie sich im Wohnzimmer. Das war natürlich für das Kätzchen äußerst frustrierend. Wohin Eisbär sich auch geflüchtet hatte, wieder und wieder sprang es hoch und fiel zu Boden. Wenn ich es dann schließlich nicht mehr mit ansehen konnte, hob ich es auf und setzte es neben ihn.

Eisbär, der schon mit dem Kätzchen genug Probleme hatte, nahm mein Erscheinen auf dem Spielfeld übel auf. Nun gab es keine unhörbaren «Ajaus» mehr, sondern statt dessen stummes und gelegentlich auch ein lautes Fauchen.

Ich fand, es sei höchste Zeit für eine weitere Aussprache, und zu diesem Zweck beförderte ich Eisbär auf noch höheres Gelände: Den Kaminsims. Ich wollte nicht von Kamikaze unterbrochen werden, und ich wünschte Eisbärs ungeteilte Aufmerksamkeit.

Ich sagte zu ihm, ich sei ja bereit, was Sprinter betreffe, die Vergangenheit ruhen zu lassen. Kamikaze aber sei ein ganz anderer Fall. Wie könne er, wollte ich von ihm wissen, seine alberne Monroedoktrin auf dieses reizende kleine Mitglied seiner eigenen Spezies ausdehnen? Ob er denn ein Herz aus Stein habe.

Wie mir schien, bekam ich zur Antwort: Ja, in diesem Fall sei es aus Stein. Wenigstens war das meine Interpretation, denn mein einleitender Vorwurf wurde mit ominösem Schweigen aufgenommen. Ich beschloß, die Ansprache im Ton etwas zurückzunehmen. Schön, sagte ich zu ihm, ich gäbe ja zu, daß einem, namentlich aus einer völlig egozentrischen Sicht, Kamikaze ein bißchen anstrengend vorkommen könne. Aber könnte er sich, ihr und mir zuliebe, nicht vielleicht erinnern, daß auch er einmal eine kleine Katze gewesen war? Was hätte er gesagt, wenn niemand mit ihm gespielt hätte? Hatte er sich das überhaupt schon einmal überlegt?

Diesmal wandte er mir als Antwort den Rücken zu – eine Haltung, die ich bei unseren Aussprachen nie duldete, ob er nun von meinen Vorwürfen ein Wort verstand oder nicht. Sofort drehte ich ihn zu mir her. Ich sei mir durchaus bewußt, sagte ich, daß er es als herrenloses Kätzchen vielleicht sehr schwer gehabt hatte und wenig zum Spielen gekommen war. Ich hatte kein Verlangen, Salz in eine offene Wunde zu streuen, und hätte das Thema überhaupt nicht anschneiden sollen. Aber ich erklärte ihm, an meine Kritik an sein Verhalten anschließend, ich hätte nicht nur etwas gegen seine schreckliche Außenpolitik, sondern auch etwas dagegen, daß er anscheinend außerstande sei, irgend etwas in längerfristiger Perspektive zu sehen. Und diesmal, sagte ich warnend, könnte es sein, daß er sich einen gewaltigen Fehler leiste. Hier gehe es ja nicht wie bei Sprinter um einen vorübergehenden Aufenthalt, einen Besuch. Kamikaze werde auf Dauer bei uns bleiben. Ich verlange von ihm ja nicht mehr als ein klein wenig Geduld. Kamikaze, sagte ich, werde schon bald den Wunsch ablegen, die ganze Zeit zu spielen. Und, was noch wichtiger sei, er selbst werde schneller, als er ahne, ein alter Kater und sie eine würdevolle erwachsene Katze sein, die sich gewiß daran erinnern werde, wie er sie behandelt habe, als sie noch ein Kätzchen gewesen sei. Er tue summa summarum gut daran, sich zu bessern, sonst müßte er erleben, daß sie ihn dereinst genauso ignorieren werde, wie er sie jetzt ignorierte, und dann werde das Alter für ihn eine sehr unerfreuliche Angelegenheit werden.

Doch die Situation nach unserem Gespräch wurde nicht nur nicht besser, sondern verschlechterte sich noch, und zwar rasch. Am schlimmsten waren die Nächte. Eisbär sprang immer aufs Bett, und Kamikaze versuchte natürlich, es ihm nachzutun. Dann zog ich sie zu mir hinauf, worauf Eisbär wieder hinunterspringen wollte. Ich hatte alle Hände voll zu tun, die beiden auseinanderzuhalten, sie am Spielen und ihn am Weglaufen zu hindern. Und sobald ich einen Augenblick lang meinen Griff lockerte, war Eisbär auf und davon, unterwegs ins Wohnzimmer, zum Kaminsims. Dann bettelte Kamikaze kläglich miauend darum, ihm folgen zu dürfen. Aber es hatte natürlich keinen Sinn, sie auf den Boden zu setzen, denn sie würde ihm ins Wohnzimmer nachlaufen und dort genauso jämmerlich miauen.

Nach drei beinahe schlaflos verbrachten Nächten entschloß ich mich, noch einmal ganz von vorne anzufangen.

Sobald ich ein bißchen freie Zeit erübrigen konnte, führte ich Spiele ein, die wir drei zusammen spielen konnten, vom Ballfangen – Kamikaze apportierte tatsächlich gern – bis zu komplizierten Unternehmungen, die zwar hauptsächlich Kamikaze und ich bestritten, bei denen Eisbär aber mitmachen oder wegbleiben konnte, sich jedenfalls nicht ausgeschlossen fühlen mußte. Zusätzlich zu diesen Bemühungen griff ich sogar zum Mittel der Bestechung. Manchmal trug ich Eisbär, der zwar nicht darauf versessen war, sich aber auch nicht dagegen sträubte, zu Kamikaze hin, setzte ihn in ihrer Nähe ab und versuchte, seine Nase zu ihrem weichen Fell hinzudrehen. Dann fragte ich ihn, ob er schon einmal ein so reizendes Fellchen erlebt habe.

Er war eindeutig nicht dieser Meinung, nicht einmal, wenn ich dieses spezielle Tête-à-tête mit ein paar Knabbersachen versüßte, die ich vor Kamikaze hinlegte und dann ihm gab, um ihn glauben zu machen, sie kämen eigentlich von ihr.

Es fruchtete nichts. Eisbär war, wie ich hätte wissen müssen, über solch billige Täuschungsmanöver erhaben. Er hatte nun einmal seinen Entschluß gefaßt und war nicht gewillt, sich durch irgendwelche Manipulationen meinerseits umstimmen zu lassen. Einmal spuckte er sogar ein Milchdrops aus. Und selbst wenn er eines verspeiste, gab mir sein grollender Blick zu verstehen, daß ihn weder Terror noch Bestechungen zum Nachgeben bringen würden.

Ich beschloß, eine letzte Aussprache mit ihm zu führen. Einleitend bemerkte ich, Kamikaze sei, wie jeder sehen könnte, ein solch allerliebstes Kätzchen, daß es, falls dies wirklich sein Wunsch sein sollte, ganz einfach wäre, ein anderes Zuhause für sie zu finden. Ich fragte ihn, ob ihm daran liege, sie weiterhin zu sehen oder nicht. Wenn ich sonst solche Gespräche mit ihm führte, blinzelte er zumindest ein bißchen, was mir zu einer Art Antwort verhalf. Doch diesmal starrte er mich nur unverwandt an. Nein, sprach ganz klar aus seinem Blick, es sei ihm einerlei, ob er Kamikaze weiterhin sähe oder nicht, ja wenn es nach ihm ginge: Je eher sie verdufte, desto besser.

Meine zweite Frage war ebenso direkt und lautete, ob er sein ganzes Leben als Einzelkatze zubringen wolle. Und ehe er darauf antwortete, hielt ich ihm vor Augen, daß ich diese Frage in ihrer ganzen Tragweite gestellt hätte: als eine Katze, die einen großen Teil der Zeit ganz allein sein würde. Sei das, so wollte ich wissen, wirklich sein Wunsch?

Ich war mir bewußt, daß die endgültige Beantwortung dieser Frage nicht leicht war. Trotzdem ließ Eisbär keinen Zweifel daran, daß es wirklich sein Wunsch war, eine Einzelkatze zu sein. Er hatte persönlich nichts gegen Kamikaze, und er hätte ihr sicher nie etwas zuleide getan – er war viel zu sehr Kavalier, um jemals eine Dame aus seiner Spezies zu schlagen –, aber der Gedanke an ihre Gegenwart mißfiel ihm doch sehr. Und man erinnere sich: Nach seiner Meinung war nicht ich sein, sondern er mein Besitzer, und daß ich plötzlich noch eine andere Katze hatte, war ebenso jenseits der Grenzen des Erlaubten, wie wenn er sich plötzlich einen anderen Menschen zulegte.

Letzten Endes hatte die ganze Sache eigentlich mit Kamikaze gar nichts zu tun. Es ging darum, daß Eisbär zu spüren schien, daß sie auf die Dauer bei uns bleiben sollte – und damit wurde er nicht fertig. Dessen ungeachtet war es Kamikaze gegenüber offensichtlich unfair; sie verdiente ein Zuhause, wo sie, wenn sie schon nicht die erste Geige spielen könnte, zumindest eine bessere Chance bekam als mit Eisbär zusammen. So blieb mir letzten Endes nur ein einziger Weg. Ich ließ weitersagen, daß ich ein Kätzchen zur Adoption hätte, und zögerte nicht hinzuzufügen, daß dieses Kätzchen das liebenswerteste sei, mit dem ich jemals zu tun gehabt hätte.

Als ein paar Tage später ein Mädchen erschien, um Kamikaze abzuholen, war sie, wie vorherzusehen, völlig bezaubert. Als sie schließlich von dem Kätzchen, das sie an sich drückte, hochsah, schaute sie mich mit einem vorwurfsvollen Blick an. «Wie um alles in der Welt bringen Sie es nur fertig, sich von ihr zu trennen?» fragte sie.

Das dritte herrenlose Tier in diesem Sommer brachte an einem Vormittag im Juni eine Frau, die ich, wie ich mich vage erinnerte, schon einmal gesehen, aber nicht sofort einordnen konnte. Sie hatte das Tier in einem Katzenkoffer mitgebracht. «O nein», sagte ich zu ihr, als ich den Koffer sah, «nicht schon wieder eine Katze. Eisbär ist...» – «Nein, es ist keine Katze», unterbrach mich die Frau, während sie den Koffer öffnete und ich hineinzuspähen versuchte. «Er heißt Herbert», teilte sie mir mit. «Er ist doch schön, nicht? Schau'n Sie, lavendelfarben.»

Ich sah im Innern des Koffers nicht sehr viel, aber doch genug, um zu erkennen, daß Herbert ausgerechnet eine Taube war – und obendrein eine, die einen sehr mitgenommenen Eindruck machte. Da fiel mir ein, wer die Besucherin war: eine von New Yorks legendären «Taubenfrauen», Schutzgeister dieser unbeliebten Vögel. Ich bemühte mich, zugleich meinen Mangel an Begeisterung wie einen sich regenden Sarkasmus zu überspielen, sagte aber doch, nachdem ich einen Retriever und eine kleine Katze hinter mich gebracht hätte, zweifle ich, ob eine Taube genau das sei, was Eisbär und ich wirklich brauchten. «Ach, zerbrechen Sie sich darüber nicht den Kopf», sagte die Frau energisch. «Ich habe selbst Katzen und hatte schon oft Tauben bei mir in der Wohnung.»

Wenn dem so war, ging mir durch den Kopf, warum hat sie dann nicht auch diese zu sich genommen? Doch ich behielt das für mich. Statt dessen fragte ich sie, was es mit Herbert auf sich habe.

Das Problem mit Herbert, erläuterte die Taubenfreundin, sei sein linker Flügel. Sie nehme an, er sei von einem Auto angefahren und wäre ganz sicher getötet worden, wenn sie ihn nicht von der Straße geholt hätte. Herbert versuche zwar immer wieder, mit nur einem Flügel zu fliegen, aber da der andere sehr stark verletzt sei, könne der Täuberich nicht einmal wegflattern. Sie habe ihn mit nach Hause genommen, in einen Katzenkoffer gesetzt und sofort zum Tierarzt gebracht. Der Tierarzt habe den Flügel sehr gut versorgt und ihr gesagt, was der Vogel jetzt brauche, sei ein Krankenurlaub. «Und dafür, so dachte ich», sagte sie strahlend, «wäre Ihr Balkon der ideale Platz.»

«Sie meinen, Eisbärs Balkon», korrigierte ich sie streng. Mein Balkon habe ja kein Drahtgitter.

Es half nichts. Taubenfreundinnen und übrigens auch Taubenfreunde sind von allen Menschen, die ein Herz für Tiere haben, wahrscheinlich die zähesten. Gleich darauf ging ich – wenn auch zögernd – in ihrem Schlepptau durchs Schlafzimmer und zu dem Fenster, das auf den Balkon führte. Doch ehe wir dort ankamen, drängte ich mich an ihr vorbei, um Eisbär hereinzuholen, der gerade behaglich sein morgendliches Sonnenbad genoß. Obwohl es ihm nicht gefiel, hinauskomplimentiert zu werden, und die Taubenfreundin wie alle fremden Leute sein Gefallen nicht fand, wurde er rasch aus dem Weg geschafft und durch Herbert ersetzt.

Während die Dame damit beschäftigt war, Herbert das Taubenfutter vorzusetzen, das sie mitgebracht hatte, und ihm aus einem Badetuch ein provisorisches Nest zu bauen, bemerkte ich, daß Eisbär hinter dem geschlossenen Fenster alles scharf beobachtete. Ich erwartete jeden Augenblick, daß er an die Scheibe klopfen werde, aber er tat es nicht – ja er zeigte eine für ihn bemerkenswerte Zurückhaltung.

Ich erklärte mir dieses beherrschte Verhalten jedoch nicht mit Disziplin, sondern mit Geduld und sagte zu der Taubenfreundin, ich wisse genau, warum er nicht mehr Theater mache – er denke nämlich, sie sei damit beschäftigt, sein Mittagessen zuzubereiten.

Die Taubenfrau fand das nicht komisch. «Sie glauben also nicht, daß sie Freunde werden können?»

Ich antwortete, das nähme ich eigentlich nicht an. «Sie verstehen nicht viel von Tauben, stimmt's?» fuhr sie fort. Ich gab das zu, fügte aber hinzu, daß ich genau wüßte, was in Eisbär vorgehe. Vielleicht – ich hoffte es wirklich – werde der Tag kommen, da der Löwe sich neben das Lamm lege, aber wenn der Tag käme, an dem Eisbär sich friedlich neben Herbert ausstrecken werde, würde mir, mit Verlaub, der Mund offenstehen bleiben.

Ich erzählte ihr auch davon, daß andere Tauben, wenn Eisbär sich auf seinem Balkon aufhielt und, wie sie wußten, hinter seinem Drahtgitter eingeschlossen war, sich anscheinend ein diebisches Vergnügen daraus machten, vor seinen Augen hin und her zu spazieren und dies obendrein so nahe wie nur möglich. Ich sagte zu ihr, daß dies den Kater jedesmal zur Weißglut treibe, er sich wie zum Sprung ducke, mit dem Schwanz den Boden peitsche und sogar gegen das Drahtgitter springe. Und nun, da sich das Blatt gewendet hatte und Herbert, nicht Eisbär der Eingeschlossene war, könne sie von meinem Kater wohl kaum erwarten, daß er unter diesen neuen Umständen und angesichts dessen, wie er früher gequält worden war, die Genfer Konvention einhalte.

Die Taubenfreundin war nicht meiner Meinung. Und in den folgenden Tagen, während sie kam und ging und ich, ihren reichlich erteilten Instruktionen folgend, Herbert betreute, sah ich keinen Grund, meine Meinung zu ändern.

Wenn sie sich in meiner Wohnung aufhielt, erfuhr ich von ihr eine Menge über Tauben. Sie klärte mich auf, daß Tauben äußerst aufgeweckte Vögel sind, so helle, daß sie sogar Leute auf der Straße erkennen, und nicht nur Leute, von denen sie gefüttert werden, sondern auch solche, die einfach nur nett zu ihnen sind. Eines der traurigsten Dinge, sagte sie, sei für sie, daß die Menschen, weil es so viele Tauben gebe, sie beinahe nie als Individuen respektierten.

Herbert war, wie ich selbst feststellen konnte, durchaus ein Individuum. Er wurde schon bald sehr anhänglich, mir gegenüber wie auch seiner Retterin, gurrte fröhlich, wenn ich erschien, und war auf seine Art immer freundlich, ob ich nun kam, um ihn zu füttern, oder auch nur so. Zwar saß er die meiste Zeit in einer zusammengekauerten Haltung da, das Köpfchen und der beinahe nicht vorhandene Hals ins Gefieder geschmiegt, doch als er sich besser zu fühlen begann, straffte er sich allmählich, streckte die Brust heraus und putzte sich vor mir die Federn. Am dritten Tag nach seiner Ankunft ertappte ich ihn, wie er flach auf dem Rücken auf seinem Handtuch lag und ein Sonnenbad nahm.

Die Taubenfrau besaß auch einen reichen Schatz an Kenntnissen über Tauben als Boten. Brieftauben, erzählte sie mir, könnten unglaubliche Entfernungen zurücklegen; eine flog zum Beispiel von Australien nach New York, eine Strecke von mehr als 15 000 Kilometern, die sie offenbar mittels Inselhüpfen zurücklegte. Aber vielleicht noch mehr beeindruckte mich eine Brieftaube aus Fort Meade im Bundesstaat Maryland. Sie war während des Zweiten Weltkriegs auf einem Übungsflug durstig geworden und bei einem Teich gelandet. Dieser war jedoch mit einer Ölschicht bedeckt, und das Gefieder der Taube verklebte so sehr, daß sie nicht mehr fliegen konnte. Mehrere Tage später erschien sie in diesem Zustand in Fort Meade. Sie war nach Hause gelaufen, mehr als hundertfünfzig Kilometer weit.

Bei der Lieblingsgeschichte der Taubenfreundin ging es um Cher Ami, die Brieftaube, die Amerikas berühmtes «verlorenes Bataillon» im Ersten Weltkrieg rettete. Sie erzählte die Geschichte ungemein dramatisch; wie das Bataillon, von deutschen Truppen eingeschlossen und knapp an Munition, zu allem Überfluß auch noch von der eigenen Artillerie unter Beschuß genommen wurde. Ein Major, der genau sieben Brieftauben zur Verfügung hatte, schickte eine um die andere los, aber alle wurden abgeschossen. Schließlich startete Cher Ami. Auch er wurde getroffen und torkelte zur Erde hinab. Doch kurz bevor er den Boden berührte, fing er sich irgendwie und schaffte es trotz eines durchschossenen Flügels und eines weggeschossenen Beins, mit der hochwichtigen Nachricht die Kommandostelle zu erreichen. Nach dem Krieg, so berichtete mir die Frau, wurde Cher Ami von der französischen Regierung das Croix de Guerre verliehen. General Patton schickte den Vogel in der Offizierskabine eines Truppentransporters nach Amerika zurück, wo er später Maskottchen der Fernmeldetruppe und nach seinem Tod mit vollen militärischen Ehren beigesetzt wurde.

Mittlerweile war ich von den Tauben fast ebenso fasziniert wie die Frau, von der ich das alles erfahren hatte, aber ich war noch immer keineswegs der Ansicht, daß Eisbär und Herbert jemals Freunde werden könnten. Ja Eisbär, so schien es mir, wurde immer ärgerlicher über die Wegnahme seines Balkons. Doch die Taubenfreundin wies eine solch negative Sicht zurück. Eines Tages, nachdem sie sich Herbert angesehen hatte, kam sie herein und sagte: «Er ist jetzt beinahe soweit, daß man ihn freilassen kann, aber bevor ich das tue, möchte ich Ihnen etwas beweisen.» Ich wollte gerade sagen, das einzige, was sie mir beweisen würde..., kam aber nicht zum Ende. Wie gesagt, sie war eine Frau, die ihren eigenen Kopf hatte.

Auf einer Bedingung bestand ich – daß ich wenigstens mit auf dem Balkon wäre, wenn sie Eisbär hinausließ. Und so stieg ich, während der Kater noch im Wohnzimmer eingeschlossen war, aus dem Schlafzimmerfenster und gesellte mich zu Herbert. Obwohl ich noch immer befürchtete, die ganze Sache werde katastrophal ausgehen, beschloß ich doch zu tun, was in meinen Kräften stand.

Endlich, als ich zwischen dem Täuberich und dem offenen Fenster saß, meine Hände in Bereitschaftsstellung, um Eisbär abzufangen, gab ich der Frau das Signal, daß ich bereit sei zu ihrem idiotischen Experiment. Ich lauschte angestrengt und hörte dann, wie die Schlafzimmertür aufging. Kaum eine Sekunde später, so kam es mir vor, sah ich aus dem Fenster etwas Pelziges direkt auf mich zu schwirren. Ich hatte keine Chance, seinen Flug abzubremsen, geschweige denn, es zu packen.

Ich bin sicher, daß jeder Leser, der so weit gelesen hat, selbst das unvermeidliche Ende der Geschichte schreiben könnte – daß es in der nächsten Sekunde sowohl um das große Experiment als auch um Herbert geschehen und ich, schuldbewußt und voller Grimm auf die Taubenfrau, gezwungen war, Herbert, wie seinerzeit Cher Ami, mit vollen militärischen Ehren beizusetzen.

Aber wenn der Leser den Ablauf tatsächlich so schildern sollte, wäre er ganz und gar auf dem Holzweg – genauso übrigens wie ich es war, so schwer es mir fällt, das zuzugeben. Überhaupt nichts dergleichen geschah. Eisbär flog an mir vorbei und landete auf der anderen Seite von Herbert, im selben Augenblick, als ich in der vergeblichen Hoffnung herumfuhr, seinen Angriff abwehren zu können.

Aber zu diesem Angriff kam es gar nicht. Eisbär setzte sich nur neben Herbert auf den Boden und begann sich abzulecken. Ob er einfach froh war, wenigstens einen Teil seines Balkons wiederzuhaben oder ob er sich mit Herbert anfreunden wollte, ließ sich nicht sagen. Doch so erstaunlich Eisbärs Verhalten auch war, noch erstaunlicher verhielt sich Herbert. Er blieb nicht nur regungslos sitzen, als Eisbär über ihn und mich hinwegflog, sondern rührte sich auch nicht, als der Kater landete. Er behielt zwar den Neuankömmling genau im Auge, in seinem runden, glänzenden Auge – Tauben können zur Seite blicken, ohne den Kopf verdrehen zu müssen –, geriet aber nicht in Panik, erhob keinen Protest und versuchte auch nicht wegzuflattern. Er blieb, wo er war, und geraume Zeit saßen die beiden einfach da und betrachteten einander sowie den Park unten jenseits der Straße.

«Na bitte!» rief die Taubenfreundin, als sie über die Fensterbrüstung stieg, um ihren Triumph zu genießen. «Hab ich's Ihnen nicht gesagt?»

Eigentlich mag ich Leute nicht, die zu mir sagen, sie hätten es ja gesagt, besonders dann nicht, wenn sie zufällig recht haben. Und es freute mich zu sehen, daß Eisbär meine Einstellung teilte. Denn kaum war die Taubenfrau vom Fenster gestiegen und zusammen mit ihm auf seinem Balkon, sprang er wieder zurück und bezog eine Beobachterposition auf dem Fensterbrett.

Es war nicht unbedingt so, schloß ich, daß ihm die Taube mißfiel – er mochte nur einfach die Taubenfreundin nicht. Wie ich schon festgestellt habe, war auf seine Außenpolitik nie Verlaß.

Nach Sprinter, Kamikaze und Herbert stand als nächstes in diesem Sommer ein außenpolitisches Projekt meiner eigenen Person auf der Traktandenliste – oder vielmehr des Tierschutz-Fonds.

Und wieder waren Paul Watson und die *Sea Shepherd* des Fonds daran beteiligt.

Die *Sea Shepherd* war nach der Robben-Sprühaktion zu den Bermudas gefahren. Von dort aus rief mich Paul an und fragte, ob ich nicht zu einer Besprechung hinkommen wolle. Dem Ton seiner Stimme war zu entnehmen, daß er sich wieder etwas ausgedacht hatte.

Es ging darum, wie Paul sich bei meiner Ankunft ausdrückte, dem übelsten der Walfangschiffe, der *Sierra,* «auf die Pelle zu rücken». Seit mehr als zehn Jahren hatte dieses Schiff die ohnehin äußerst laxen Regeln der Internationalen Walfangkommission umgangen, die damals von Rußland, Japan und den anderen Walfang betreibenden Staaten wenn nicht gegängelt, so doch von diesen weitgehend handlungsunfähig gehalten wurde. Unter verschiedenen Billigflaggen operierend, erlegte die *Sierra* seit Jahr und Tag jeden Wal, dem sie begegnete – Mutter- wie Jungtiere, selbst in geschützten Regionen wie dem Indischen Ozean. Unter anderem hatte das Schiff praktisch sämtliche Wale in den Gewässern um die Bermudas zur Strecke gebracht.

Was er damit meine, fragte ich Paul – der *Sierra* auf die Pelle zu rücken. «Ich meine damit», antwortete er, «die *Sierra* rammen, sie außer Gefecht setzen.»

Er bat mich, mir die Sache wenigstens durch den Kopf gehen zu lassen, was ich ihm auch versprach. Tatsächlich dachte ich dann kaum an etwas anderes, bis wir uns wieder trafen, diesmal in meiner New Yorker Wohnung. Wieder einmal war Eisbär bei der Planung einer Operation dabei – wie damals im Hotel Beverly Hills. Und wieder streichelte Paul den Kater, genauso wie damals, während er mir präzise darlegte, wie er die Sache anzugehen gedenke.

Er erklärte mir, wenn es uns gelänge, die *Sierra* zu erledigen, würde es für andere illegale Walfänger – es gab damals fünf – beinahe unmöglich werden, Versicherungen abzuschließen. Und es sei nicht undenkbar, daß wir mit diesem einzigen Schlag der ganzen Walfängerei ein für allemal das Handwerk legen könnten. «Denken Sie daran», sagte er, «daß wir noch immer diesen ganzen Beton im Bug haben – und die Felsbrocken obendrein.»

Unter vier Bedingungen, sagte ich zu Paul, während ich nun meinerseits den Kater kraulte, wäre ich mit seinem Plan einverstanden. Ich wisse zwar, daß Bedingungen nicht sein Fall seien, wolle sie ihm aber trotzdem nennen.

Als erstes, sagte ich, müsse er versprechen, daß er, einerlei, wie die *Sierra* bewaffnet sei, keinerlei Waffen, nicht einmal eine Handfeuerwaffe, mit an Bord nehmen werde. Zweitens müsse er zusagen, die *Sierra* nicht auf offener See, sondern nur dann zu rammen, wenn sie sich so nahe einer Küste befände, daß niemand ertrinken würde, falls das Schiff durch irgendeinen Zufall sinken sollte und nicht genug Rettungsboote oder Schwimmgürtel an Bord hätte. Zum dritten müsse er, einerlei, wie er die *Sierra* zu rammen gedenke, dafür sorgen, daß die beiden Schiffe sich nicht ineinander verkeilten, weil dann möglicherweise die Besatzung der *Sierra* die *Sea Shepherd* entern und Angehörige unserer Besatzung verletzen oder töten würde.

Viertens und letztens müßten er und alle anderen auf der Brücke der *Sea Shepherd* Matratzen griffbereit haben. Die Brücke des Schiffes befand sich mindestens zwölf Meter über dem Deck, und ich befürchtete, bei dem Rammstoß könnten die ganzen Aufbauten nach vorne aufs Deck stürzen. Mit den Matratzen hätten Paul und die anderen oben auf der Brücke wenigstens eine Chance, den Sturz zu überleben.

Paul dachte lange über meine Bedingungen nach. Schließlich sagte er: «Okay.» An der Tür hob er Eisbär auf. «Sie wissen», sagte er mit einem fragenden Blick, «daß wir noch immer keine Schiffskatze haben?»

Ich nahm ihm Eisbär ab und sagte streng, ja, er habe noch keine – zumindest keine für diese Fahrt.

Frühmorgens am 17. Juli 1979 wurden Eisbär und ich vom Telefon geweckt. Am Apparat war ein Reporter von der Associated Press. Er teilte mir mit, bei ihnen sei ein Bericht eingegangen, daß die *Sea Shepherd,* die seines Wissens vom Tierschutz-Fonds finanziert werde, anscheinend absichtlich einen Walfänger gerammt habe. Ob ich dazu irgend etwas zu sagen hätte.

Ja, sagte ich zu dem Anrufer, aber zuerst möchte ich wissen, ob jemand verletzt worden und wo der Walfänger gerammt worden sei. Er antwortete, ersten Berichten zufolge sei auf beiden Schiffen niemand zu Schaden gekommen, aber die *Sierra* schwer beschädigt worden. Sie sei etwa eine Viertelmeile vor der Küste in der Nähe des portugiesischen Hafens Oporto von der *Sea Shepherd* gerammt worden.

Ich stieß einen tiefen Seufzer der Erleichterung aus. Dann sagte ich zu dem Reporter, es liege mir fern, das Rammen eines Schiffes auf offener See zu entschuldigen. Aber so illegal das sei, müsse er doch bedenken, daß nicht wir mit gesetzwidrigen Aktionen begonnen hätten. Die *Sierra* sei völlig illegal zehn Jahre lang dem Walfang nachgegangen und habe widerrechtlich Tausende von Walen getötet.

Später erfuhr ich von Paul den Hergang der ganzen Geschichte. Die *Sea Shepherd* hatte die *Sierra* zuerst vor den Azoren gesichtet, und seine Besatzung habe sie dort rammen wollen. Aber er hatte sich an meine zweite Bedingung erinnert und abgelehnt. Statt dessen war er der *Sierra* bis nach Oporto gefolgt und hatte dann, um unseren britischen Kapitän und die britischen Offiziere nicht bloßzustellen, eine Art freiwilliger Meuterei inszeniert. Er hatte den Kapitän und die Offiziere im Hafen abgesetzt und danach zusammen mit nur zwei anderen Besatzungsmitgliedern, einem Maschinisten aus Australien und einem Matrosen aus Hawaii, die Arbeit besorgt.

Und was für gute Arbeit sie geleistet hatten! Die *Sea Shepherd* hatte sich die *Sierra* zweimal vorgenommen. Beim erstenmal hatte sie am Bug des anderen Schiffes die Harpune und das ganze Gerät zum Töten der Wale weggefetzt. Der zweite Rammstoß hatte direkt mittschiffs gezielt und, während die Besatzung der Sierra entweder zum Bug oder zum Heck davonstürzte, das Schiff mit solcher Wucht getroffen, daß der Rumpf auf ungefähr fünfzehn Metern Länge eingedrückt und ein riesiges Leck in den Laderaum gerissen wurde – wobei ironischerweise die illegale Ladung Walfleisch ans Licht kam.

Die *Sierra* ging nie mehr auf Walfang, und bald danach liefen auch die übrigen Walfänger nicht mehr aus, weil ihre Versicherungsgesellschaften die Verträge kündigten. In der Geschichte des langen Kriegs gegen den kommerziellen Walfang war die Rammattacke gegen die *Sierra* nur eine Schlacht unter vielen. Aber sie brachte einen Sieg und zudem einen, der wie beim Besprühen der Jungrobben während eines Tiefpunkts in der Kampagne erfochten wurde. Und wegen der breiten Berichterstattung leistete diese Schlacht einen keineswegs unerheblichen Beitrag dazu, daß der kommerzielle Walfang vorläufig eingestellt wurde.

Was Eisbär betraf, so hatte er in den kurzen sieben Monaten, die er bei mir lebte, dem Tierschutz-Fonds zum zweitenmal und wiederum bei einer hochriskanten Sache unglaubliches Glück gebracht. Beide Unternehmungen hatten sich in weit entfernten, fremden Gewässern abgespielt. Für eine Landkatze und obendrein eine, die eine so miserable Außenpolitik betrieb wie er, war das keine geringe Leistung.

## 10  Seine Innenpolitik

Nach Eisbärs Außenpolitik gegenüber anderen Tieren will ich mich nun, in diesem Schlußkapitel, seiner Innenpolitik zuwenden – die genaugenommen seine Außenpolitik gegenüber Menschen ist. Ich möchte jedoch eine mahnende Bemerkung vorausschicken: Im Bereich der Innenpolitik begegnen wir einem weiteren Beweis dafür, daß Eisbär und ich zwar in vielem ähnlich eingestellt, aber doch zwei sehr verschiedene Charaktere sind. Es war ja schon die Rede davon, wie unterschiedlich wir uns verhalten, wenn wir krank sind.

Ich zum Beispiel mag neue Leute, neue Gesichter. Wenn man meinen Kritikern glauben will, komme ich mit neuen Leuten besser zurecht als mit anderen.

Das ist natürlich nicht ganz zutreffend. Meine Kritiker neigen dazu, zu übertreiben und übereilte Folgerungen zu ziehen. In Tat und Wahrheit bin ich von niemandem aus meinem Bekanntenkreis in meiner Zuneigung zu bestimmten alten Freunden zu übertreffen, die gut zuhören können und mich nicht ständig unterbrechen. Doch ich will immerhin zugeben, daß die Kritiker in einem recht haben: Ich habe ungemein viel für beinahe alle neuen Gesichter übrig.

Aber was soll daran, wenn ich fragen darf, Unrechtes sein? Wenn man die Sache genau betrachtet, spricht schließlich sehr viel für neue Leute. Man kann ihnen, zunächst einmal, alle seine alten Anekdoten erzählen, ohne besorgt sein zu müssen, man könnte sie ihnen schon früher einmal vorgesetzt haben. Und ebenso kann man ihnen seine alten Witze erzählen, vorausgesetzt, man weiß die Pointe noch.

Bei alten Bekannten hingegen muß man sich, selbst wenn man nur höfliche Konversation macht, jede zweite Minute den Kopf zerbrechen, ob man eine Frage, die man ihnen stellt, nicht schon beim letztenmal an sie gerichtet hat. Das heikelste aber ist, daß einem ihre Namen einfallen müssen, und zwar augenblicklich, weil sie sonst gekränkt sind. Und selbst wenn man die Namen der Betreffenden parat hat, muß man sich unbedingt auch noch an die ihrer Ehefrauen erinnern. Bei Leuten, die man eben erst kennenlernt, wird von einem nicht erwartet, daß man ihre Namen weiß – schließlich ist man ja gerade erst mit ihnen zusammengetroffen.

Dann ist es, ein letzter Punkt, bei alten Bekannten manchmal sehr schwierig, sie zu überzeugen, daß man von dem gerade diskutierten Thema, was immer es auch sei, mehr versteht als sie. Es kann sogar passieren, daß sich der eine oder andere als ein Experte auf dem betreffenden Gebiet erweist oder, schlimmer noch, als ein Experte von der Sorte, die die Frechheit besitzt, in Frage zu stellen, daß man zum Thema überhaupt etwas zu sagen hat. Bei neuen Bekannten hingegen können Sie eine Autorität auf jedem beliebigen Gebiet sein – wer will behaupten, Sie seien es nicht? Sie können einfach drauflosreden und ihre klugen Ratschläge erteilen, denn da man sich gerade erst kennengelernt und eine gewisse Höflichkeit zu wahren hat, brauchen Sie nie auch nur die geringste Sorge zu haben, Sie könnten in irgendeinem unwesentlichen Faktum oder Datum oder sonst einem Punkt widerlegt werden, der angesichts Ihrer höchst überzeugenden Argumentation ohnehin völlig belanglos ist.

Eisbär hingegen blieben solche Freuden leider verschlossen, weil ihm, wenn ich das so sagen darf, einfach kein so gutes Mundwerk wie mir zur Verfügung stand. Außerdem hatte er, wie schon erwähnt, eine Aversion gegen alles Neue, und an der Spitze seiner Liste abgelehnter neuer Dinge standen neue Gesichter.

Einerlei, um welche Leute es sich dabei handelte und unter welchen Umständen sie mit ihm zusammenkamen – unvermeidlich fällte er eines seiner lächerlichen, einseitigen Urteile über sie. Das Grundproblem bestand nach meiner Meinung darin, daß er schlicht unfähig war, vernünftig abzuschätzen, worin eigentlich der Unterschied zwischen neuen und ihm schon bekannten Gesichtern bestand. Ich konnte mir den Mund fransig reden, daß neue Leute, wenn er ihnen nur den Ansatz einer Chance gäbe, zu Leuten würden, die er kannte. Aber es war alles für die Katz.

Manchmal, muß ich zugeben, war seine ganze Einstellung zu neuen Gesichtern derart frustrierend, daß ich mehr als nur einmal Leute beneidete, die statt einer Katze wie Eisbär beispielsweise einen Hund hatten. Verglichen mit Eisbär verhält sich der durchschnittliche Hund gegenüber neuen Leuten wie der Conférencier beim Miss-Amerika-Schönheitswettbewerb. Ein Hund dieser Art rennt auf den ihm noch unbekannten Menschen zu und begrüßt ihn, als wäre es sein sehnlichster Wunsch, gerade diese Person kennenzulernen. Der oder die Betreffende fühlt sich natürlich sofort aufs höchste geschmeichelt. Und dieser Zustand wird vermutlich anhalten – besonders dann, wenn man dem Verhalten des Hundes durch den Spruch Nachdruck verleiht, den so viele Hundebesitzer so gern von sich geben: Man habe den Hund gegenüber anderen Leuten noch nie so erlebt. Ich habe mir schon oft gedacht, daß dieser Satz wegen seiner so leicht zu durchschauenden Verlogenheit dem Hundebesitzer eigentlich im Hals steckenbleiben müßte, aber das kommt kaum je vor. Denn den Leuten gefällt die Vorstellung, daß sie auf Tiere sympathisch wirken, und der Hundebesitzer wird sofort feststellen, daß ihm die betreffende Person aus der Hand frißt. Zugleich, überflüssig zu sagen, wird der Hund alsbald diesem Menschen aus der Hand fressen und vermutlich auch so manches, was sehr schlecht für ihn ist.

Doch lassen wir das. Der Katzenliebhaber oder jedenfalls derjenige, der einen Kater wie Eisbär zum Besitzer hat, hat kein so leichtes Leben. Für ihn besteht nicht die geringste Möglichkeit, daß seine Katze gegenüber einem Fremden gewissermaßen einen Eisbrecher oder auch nur ein Gesprächsthema abgeben wird – schon deswegen weil sie weit und breit nicht zu sehen sein wird.

Wenn beispielsweise eine für ihn neue Person meine Wohnung betrat, wollte Eisbär als erstes wissen, was der betreffende Mensch als Entschuldigung vorbringen könne, ihn zu dieser Stunde zu stören – und mit «dieser Stunde» war natürlich jede beliebige, waren sämtliche vierundzwanzig Stunden des Tages gemeint. Als zweites wollte er wissen, ob an dieser empörenden Störung seines Tagesablaufs eventuell etwas Positives sein könne, wenn der Unbekannte beispielsweise Platz nahm und zu einer Tasse Kaffee oder einem Drink eine Kleinigkeit aß, mochte für ihn, Eisbär, etwas abfallen. Doch diese Möglichkeit wurde seiner Ansicht nach bei weitem durch die negativen Aspekte aufgewogen: Der Besucher war entweder laut oder temperamentvoll oder interessierte sich zuviel für ihn, oder es war jemand, der mich ihm entführen wollte.

Einerlei, um wen es sich handelte und besonders wenn der Betreffende längere Zeit zu bleiben gedachte, wollte Eisbär die Gelegenheit haben, ihn erst zu beobachten und sich über ihn klarzuwerden. Das tat er dann vom einen oder anderen seiner beiden Lieblingsposten aus: Hielt sich der Betreffende im Wohnzimmer auf, saß Eisbär unter dem Sofa, befand sich der Besucher im Schlafzimmer, kauerte der Kater unter dem Bett.

Wenn ein Gast tatsächlich länger blieb, gab es immer die Möglichkeit, daß er früher oder später Eisbär erspähte, entweder wenn ein Stück von ihm zum Vorschein kam oder wenn er beschlossen hatte, sein Versteck zu verlassen und in ein anderes Zimmer oder auf den Balkon zu gehen. In diesen Fällen kam es mir sehr zustatten, daß ich eine wahre Litanei von Entschuldigungen auf Lager hatte. Einer meiner Lieblingssprüche ist schon immer gewesen: «Gegenüber Fremden ist er ein bißchen schüchtern.» Andere haben beinahe ausnahmslos mit dem Tierarzt zu tun, so etwa: «Er ist gerade erst aus der Praxis zurückgekommen» oder: «Er hat gerade seine Spritzen bekommen» oder auch das allgemeine «Es geht ihm seit einigen Tagen nicht so gut.»

Anfangs dachte ich, Eisbärs Haltung gegenüber neuen Gesichtern erkläre sich daraus, daß ihm als einer streunenden Katze übel mitgespielt worden und er daher voller Mißtrauen gegen alle Leute sei, die sich nicht als vertrauenswürdig bewährt hatten. Doch schon bald stellte ich fest, daß das nicht unbedingt zutraf. Eher handelte es sich um eine Eigenheit wenn nicht aller, so doch einiger Katzen – ganz unabhängig davon, ob sie reinrassige Tiere sind oder nicht. Wir haben beispielsweise im Büro des Tierschutz-Fonds zwei Findlingskatzen. Die eine ist ein wunderschönes, grünäugiges kohlrabenschwarzes Tier, das als kleines Kätzchen während eines Gewitters im Geäst eines Baumes in den Wäldern von New Jersey gefunden wurde. Wir tauften die Katze Little Girl, was sich allerdings, als sie heranwuchs, als ein höchst unpassender Name erwies – aus Gründen, die ich nicht erwähne, weil sie in diesem Punkt empfindlich ist. Jedenfalls, Little Girl benimmt sich gegenüber Leuten, die für sie neu sind, ebenso schrecklich wie Eisbär. Immer wenn sie in der Nähe ist und jemand, den sie noch nie gesehen hat, in einen der Räume unseres Büros kommt, verschwindet sie nicht nur im Handumdrehen, sondern ist auch nirgends zu finden. Bei dem anderen Tier handelt es sich um einen großen Kater mit schwarzweißem Fell, der aussieht, als hätte er einen Smoking an, und nach meiner Meinung den Namen Smoking erhalten sollte. Leider aber wurde ich überstimmt, und jemand anders, der ungenannt bleiben soll, verpaßte ihm den Namen Benedikt.

Im Gegensatz zu Little Girl ist Benedikt die Freundlichkeit selbst. Er begrüßt alle Leute, die zum erstenmal im Büro des Fonds erscheinen, als sei es seine Aufgabe, die Honneurs zu machen, und wenn sie ihr Begehren geäußert haben und er sie in das betreffende Zimmer geleitet hat, setzt er sich mir nichts dir nichts auf ihren Schoß. Benedikt ist besonders dann in seinem Element, wenn viele Leute zusammenkommen, bei einer Vorstandssitzung, einer Weihnachtsparty oder auch bei einer Pressekonferenz. Ist zum Beispiel bei einer Pressekonferenz das Fernsehen dabei und man hat ihn nicht um sein Erscheinen ersucht, wartet er einfach, bis das rote Lämpchen aufleuchtet, und springt dann demjenigen, auf den die Kamera gerade gerichtet ist, auf den Schoß. Leute werden auf verschiedene Arten zu Fernsehstars – Benedikt kennt den kürzesten und besten Weg.

Besonders gern freundet er sich mit Menschen an, die Katzen nicht mögen. Einmal hatten wir einen Buchhalter, der offen zugab, daß er schreckliche Angst vor ihnen habe. Benedikt hatte sich anscheinend das Problem durch den Kopf gehen lassen und war auf eine Lösung gekommen. Eines Tages beobachtete er aus einem Versteck den Buchhalter, der in einem der Büroräume saß und seiner Arbeit nachzugehen versuchte, während er zugleich nervös nach dem Kater schielte. Benedikt wartete ab und schlich sich, als die Wachsamkeit des Mannes schließlich nachließ, von hinten an dessen Stuhl, sprang hinauf und dem Buchhalter auf den Schoß. Offensichtlich war er zu dem Schluß gekommen, daß sich die Katzenangst, wie ein Schluckauf, am besten durch eine ordentliche Überraschung kurieren lasse.

Der Buchhalter machte seinen Frieden mit den Katzen. Und was Benedikt angeht, ist er bis heute mit allen Leuten gut Freund – abgesehen von einer einzigen Ausnahme, nämlich Little Girl. Aber selbst von der gutwilligsten Katze kann man eben nicht alles verlangen.

Das seltsame an Eisbärs Verhalten war, daß er gegenüber Leuten, die er schon kannte, ebenso freundlich war wie Benedikt. Marian beispielsweise behandelte er ungemein liebevoll. Stundenlang saß er auf ihrem Schoß, und selbst wenn sie mir bei etwas helfen mußte, was in seinen Augen unverzeihlich war – ihm etwa eine Pille zu verpassen, ließ er es hinterher mich, nicht aber sie entgelten.

Es gab noch andere Leute, denen er aufrichtig zugetan war. Meistens handelte es sich um andere Tierfreunde, die entweder in meiner Abwesenheit bei mir logierten oder vorbeischauten und sich um ihn kümmerten, wenn sowohl Marian als auch ich nicht da waren. In seiner besonderen Gunst stand Alex Pacheco, der Mitglied der Besatzung der *Sea Shepherd* gewesen war. Er hatte damals zwar noch nicht die «Organisation für eine ethische Haltung gegenüber Tieren» gegründet, genoß aber bereits hohes Ansehen als einer der vielversprechenden jungen Aktivisten, die bald darauf die Bewegung für die Wahrung der Rechte von Tieren revolutionierten. Eisbärs Gunst genoß auch Jeanne Adlon. Jeanne, die früher in unserem Büro gearbeitet hatte, liebte Katzen so sehr, daß sie schon bald den ganzen Tag damit beschäftigt war, sich um solche zu kümmern, deren Betreuungspersonen abwesend waren. Wie sie es zuwege brachte, blieb mir immer schleierhaft, aber manchmal schaffte sie nicht weniger als zwanzig Besuche pro Tag, bei denen sie die Katzen nicht nur fütterte, sondern auch ein Weilchen blieb und mit ihnen spielte.

Eisbär machte auch wenig Schwierigkeiten, was meine Schachpartner anging, selbst wenn ein neues Gesicht unter ihnen war. Dem Schachspiel selbst stand er zwiespältig gegenüber. Er sah einige Vorzüge daran, etwa den Mangel an Lärm und auch, daß in der Regel außer mir nur noch eine weitere Person daran beteiligt war. Doch es gab am Schach auch zwei Dinge, die ihm mißfielen. Das eine war, daß sich für ihn die Partien endlos in die Länge zogen, das andere der tierische Ernst, den die Leute dabei an den Tag legten. Wenn Eisbär zum Beispiel etwas Wichtiges zu erledigen hatte und der kürzeste Weg zu seinem Ziel quer über das Schachbrett führte, konnte er nicht begreifen, warum ein solcher Wirbel wegen ein paar Figuren aufgeführt wurde, die er dabei auf den Boden warf.

Von den eben erwähnten Leuten abgesehen, lassen sich die neuen Gesichter, die Eisbär sonst noch gefielen, an den Fingern einer Hand abzählen. Eines davon war meine Enkelin Zoe. Als Zoe zum erstenmal erschien, wurde sie von meiner Tochter Gaea und deren Ehemann, Sam, begleitet, und da sie mithin zu dritt kamen und Eisbärs Limit bei zwei lag, flüchtete er sich sofort auf seinen Posten unterm Bett. Darauf kroch Zoe prompt unter die Liegestatt und zog ihn hervor – was ihm zu meiner Verblüffung zu gefallen schien.

Sympathisch war ihm auch Caroline Thompson, eine Freundin von mir, die mit zu der Robben-Sprühaktion nach Kanada gefahren war. Caroline begegnete Eisbär zum erstenmal, als ich abwesend war und sie die Nacht in meiner Wohnung verbrachte. Bei meiner Rückkehr am nächsten Morgen, als sie bereits fort war, sah ich, daß Eisbär noch schlief. Und als er aufwachte, tat er etwas, was ich ihn noch nie hatte tun sehen: Er wälzte sich mit einem idiotischen Lächeln auf dem Gesicht hin und her.

Einige Zeit später fand ich heraus, warum Eisbär Zoe und Caroline so rasch ins Herz geschlossen hatte. Bei Zoe führte ich es darauf zurück, daß sie damals gerade erst vier Jahre alt und nicht viel größer als er selbst gewesen war. Bei Caroline handelte es sich um eine ernstere Geschichte. Sie hatte ihn mit Katzenminze süchtig gemacht. Ich rief sie sofort an und hielt ihr vor, daß Eisbär noch minderjährig sei und sie für ihr Vergehen ins Gefängnis kommen könne. Ich erklärte ihr jedoch, daß ich beschlossen hätte, von einer Anzeige abzusehen. Ich würde ihn lediglich auf ihre Kosten in Entziehungskur schicken.

Einer der interessantesten Aspekte von Eisbärs häuslicher Politik lag in seinem Verhalten gegenüber Hausangestellten. Wir sind Rosa bereits begegnet, als wir uns mit seiner Schlankheitskur beschäftigten. Rosa hatte Eisbär gleich bei ihrer ersten Begegnung ins Herz geschlossen. Sie machte ein großes Getue um ihn und er ein ebenso großes um sie. Das ging so weit, daß er ihr sogar erlaubte, praktisch überall zu fegen, zu wischen und Dinge abzustauben. Er erhob nicht nur keine Einwände, sondern beteiligte sich sogar an ihrer Arbeit, so gut er es vermochte. Sie durfte ihn sogar vom Bett wegtragen, wenn sie es neu bezog, und es schien ihm ein besonderes Vergnügen zu bereiten, darauf die benötigten Leintücher in Beschlag zu nehmen, so daß Rosa ihn wiederum wegheben mußte.

Zwei von Rosas Operationen allerdings gingen Eisbär zu weit. Sie waren Grund genug, die Haushälterin augenblicklich auf den Rang eines neuen Gesichts zurückzustufen. Dabei handelte es sich um das Teppichkehren und das Staubsaugen. Wenn Rosa eine dieser Höllenmaschinen aus dem Einbauschrank holte, war dies für Eisbär das Zeichen, daß die diplomatischen Beziehungen abgebrochen worden waren und daß überall in der Wohnung die Lichter ausgingen. Ja der Krieg war bereits ausgebrochen, und sobald Rosa die Apparate anschaltete, verwandelten sich diese aus bloßen elektrischen Geräten in Panzer, die die Landesgrenze überquert hatten.

Er konnte die Teppichkehrmaschine nicht leiden, er mochte es auch nicht, wie sie sich bewegte. Doch bei ihr hatte er, wenn er vor ihr herlief und dann beiseite sprang, um mit den Pfoten nach ihr zu schlagen, wenigstens die Chance, ihr Vorrücken abzubremsen, und zudem war sie relativ leise. Die Offensive des Staubsaugers hingegen, des großen Panzers, war etwas anderes. Eisbär haßte ihn aus Herzensgrund. Der

Lärm war ohrenbetäubend und der Kampf nicht mehr fair. Eisbärs einzige Hoffnung richtete sich darauf, den Filterbeutel aufzureißen und sich die darin versteckte Infanterie vorzunehmen, doch da sich Rosa mit dem Staubsauger ständig von ihm wegbewegte und ihn zugleich anschrie, um das Getöse zu übertönen, war das so gut wie unmöglich. Natürlich konnte er nicht verstehen, daß sie nur sagte: «*Pobre Oso Polar! A tí non te gusta el aspirador, verdad?*» Alles, was er hörte, waren gebrüllte Befehle, die den Schlachtenlärm übertönten. Für ihn symbolisierte der Staubsauger den ganzen Horror des modernen Krieges.

Wenn ich hin und wieder mittags nach Hause kam und mitten in diesen Krieg hineingeriet, wurde ich zunächst weder von Eisbär noch von Rosa bemerkt und beobachtete dann verblüfft, was sich da abspielte. Schließlich sah mich Rosa doch – der Kater war dafür viel zu sehr beschäftigt – und stellte natürlich sofort den Staubsauger ab. Nun bemerkte mich auch Eisbär, kam auf mich zugerannt und hieß mich stürmisch willkommen. Für ihn war ich die Bürgerwehr, das Siebente Kavallerie-Regiment, die Marineinfanterie. Ich war gerade noch zur rechten Zeit eingetroffen, um das Schlachtenglück zu wenden.

Doch wenn dann Rosa mit dem Staubsaugen fortfuhr und ich offenkundig nichts unternahm, um ihr in den Arm zu fallen, sah das Ganze in Eisbärs Augen wieder ganz anders aus. Er konnte es nicht fassen, daß ich untätig dasaß. Diesmal war ich nicht nur ein Verräter, sondern – viel schlimmer – jemand, der sich, als der Krieg schon so gut wie gewonnen war, aus irgendeinem unerklärlichen Grund feige gedrückt hatte. Er kämpfte trotzdem bis zum bitteren Ende und bis zu seiner unvermeidlichen Niederlage weiter, doch wenn dann alles vorbei und der Waffenstillstand ausgerufen war, dauerte es lange, bis er wieder etwas mit mir zu tun haben wollte.

Wie es sich in diesem ersten Sommer ergab, mußte ich ihn

viel allein lassen, weil der Tierschutz-Fonds einen eigenen häuslichen Krieg begonnen hatte, der viele Jahre dauern sollte und bei dem der Gegner ausgerechnet der National Park Service, die Verwaltung des Nationalparks, war. Der Konflikt entzündete sich im Grand Canyon, und zwar um die dort lebenden kleinen Wildesel, die Burros, die wir vor der Ausmerzung retten wollten. Wir hatten bereits ein Landgut in Texas gekauft, wo die geborgenen Burros vorläufig untergebracht werden konnten. Die Burros im Grand Canyon hatten nichts mit den Maultieren zu tun, die die Besucher hinunter auf den Grund des Canyons befördern. Es waren Esel, die seit den Tagen des Goldrauschs frei umherliefen. Viele Prospektoren hatten, nachdem sie glücklos geblieben waren, ihre Packtiere einfach freigelassen, und diese hatten sich dann im Verlauf der Jahre stark vermehrt. Ehe wir unsere Rettungsaktion begannen, hatte die Verwaltung des National Park Service die Zahl der Tiere auf 250 bis 300 geschätzt. Wir stellten jedoch schon bald fest, daß die Behördenangaben nicht exakt waren und es sich um 577 Burros handelte.

Zudem lag derselben Verwaltung der Bericht eines Naturpark-Biologen vor, in dem behauptet wurde, das Problem der Burros-Übervölkerung im Grand Canyon lasse sich nur durch Abschuß lösen. Wir waren es natürlich gewohnt, daß Naturpark-Biologen im allgemeinen die Ansicht vertreten, wenn es ein Problem gebe, bestehe die Patentlösung im Abschießen. Doch was uns an diesem Bericht besonders empörte, war, daß er offenbar von demselben Mann erstellt worden war, der auch für den Abschuß der Tiere bezahlt werden sollte. Das ging zu weit – und wir beschlossen, etwas zu unternehmen.

Wir wußten, daß es sich beim Burro um ein Tier handelt, das nur sehr schwer zu erlegen ist. Zum einen ist er ein hochintelligentes Geschöpf, bei dem man sich darauf verlassen kann, daß es, sobald das Abschießen beginnt, sofort Verstecke findet, zumal in einem Terrain, in dem es sich weit besser auskennt als seine Verfolger. Zum andern hat es nur zwei überlebenswichtige Körperregionen – Gehirn und Herz –, und die Schützen würden mit Sicherheit viel mehr Burros verwunden als erlegen. Ein Bekannter von mir war selbst Zeuge einer Burro-Jagd geworden, bei der er ein Tier sah, «das mit zehn Kugeln im Leib zu sterben versuchte».

Während der 125 Jahre, die die Wildesel im Grand Canyon lebten, war wiederholt versucht worden, sie daraus zu entfernen, doch sämtliche dieser Operationen waren aus dem einen oder anderen Grund gescheitert. Wir vom Tierschutz-Fonds waren entschlossen, daß uns das nicht widerfahren solle. Zunächst einmal stellten wir ein Team zum Zusammentreiben der Burros auf, bestehend aus Cowboys, Pferden, speziell abgerichteten Hunden und, ironischerweise, sogar Maultieren, die, da sie Esel zu Vätern haben, gewitzter sind als Pferde und bei denen Verlaß darauf war, daß sie auf den gefährlichen Felsgraten nicht stürzen würden. Dieses Team wurde angeführt von einem Mann namens Dave Ericsson, der nicht nur ein Lassowerfer von Weltklasse war, sondern, wie mir einer seiner Männer versicherte, sogar einmal ein Kaninchen auf diese Weise gefangen hatte. Dies wurde später von Ericsson selbst bestätigt, der mir – sicher um mich zu beruhigen – erzählte, daß er dabei das Kaninchen nicht verletzt habe.

Außerdem beschlossen wir, keinen Versuch zu machen, die Burros den fast 2500 Meter hohen Steilhang bis zum Rand des Canyons hinaufzutreiben oder zu -führen, eine Taktik, die früher mehrmals versucht worden und jedesmal mißglückt war. Statt dessen wollten wir jedes einzelne Tier in an Hubschraubern befestigten Schlingen ausfliegen lassen.

Der erste Tag unserer Bergungsaktion wäre beinahe auch der letzte gewesen. Die Parkverwaltung hatte uns zugesagt, daß wir den großen, relativ breiten Touristenweg benutzen könnten. Im letzten Augenblick aber wurde dieses Versprechen zurückgenommen, und man wies uns einen anderen

Pfad zu, der an manchen Stellen praktisch überhaupt nicht vorhanden war und an anderen sehr steil in die Tiefe führte. Noch in Sichtweite des Canyonrands rutschten zwei unserer Pferde aus und begannen in Panik zu geraten. Nur die rasche, geistesgegenwärtige Reaktion unserer vorderen Reiter rettete sie und damit unser ganzes Unternehmen.

An diesem ersten Tag betrug die Temperatur im Canyon unten fünfundvierzig Grad Celsius, so daß wir, selbst wenn wir einen Burro gefunden hätten – was uns an diesem Tag noch nicht gelang –, ihn bei dieser Hitze ohne Gefahr für die Pferde wie für ihn selbst nicht hätten einfangen können. Und selbst wenn uns das geglückt wäre, hätten wir ihn nicht ausfliegen können, da der Hubschrauber in dieser Hitze nicht genug Auftrieb hatte.

Wir gingen dazu über, in den frühen Morgenstunden, wenn es kühler war, und möglichst spät am Nachmittag zu arbeiten, ehe es dunkel wurde. Und allmählich kamen die Burros, einer nach dem andern, aus ihren Verstecken. Anfangs machten sich die Cowboys oft lustig über die «Bambi-Fans», wie sie uns etwas spöttisch nannten. Doch eines Tages, gegen Ende der ersten Woche, als ich aus einem andern Teil des Canyons kam, bemerkte ich, daß eine Gruppe von ihnen um den Hubschrauber herumstand. Beim Näherkommen sah ich, daß sie an diesem Tag zum erstenmal ein Burrofohlen samt seiner Mutter eingefangen hatten und eine lebhafte Debatte im Gang war, ob der Helikopter erst die Mutter oder erst das Junge abtransportieren solle.

Einer der Cowboys erklärte mit Entschiedenheit, es wäre besser, das Fohlen als erstes auszufliegen. Auf diese Weise, meinte er, würde die Mutter wenigstens sehen, was vor sich ging, und erleichtert sein, wenn der Helikopter zurückkam, um auch sie zu holen. Ein anderer Cowboy hingegen sagte mit ebensolcher Entschiedenheit, als erstes müsse die Mutter abtransportiert werden. Dann würde sie wenigstens merken, daß ihr nichts geschehe, und denken, daß vielleicht auch ihrem Kind nichts zustoßen werde. Schließlich schaltete sich Ericsson ein. Als erstes fragte er den Hubschrauberpiloten, wie schwer der schwerste männliche Burro gewesen sei, den wir bis dahin ausgeflogen hatten. «Einer war an die 300 Kilo schwer», antwortete der Pilot. Dann erkundigte sich Ericsson nach dem Gewicht der schwersten Stute, die der Hubschrauber abtransportiert hatte. «Weniger als 200 Kilo», wurde ihm geantwortet. «Okay», sagte Ericsson, «und wieviel wiegt ein Fohlen?» – «Ich würde sagen, knapp siebzig Kilo», antwortete der Pilot. «Klarer Fall», sagte Ericsson, «wir basteln zwei Schlingen und fliegen sie zusammen aus.»

Es war, so erfuhren wir, in der Geschichte der Tiere das erste Mal, daß bei einer Rettungsaktion ein Muttertier und sein Junges zusammen von einem Hubschrauber geborgen wurden. Als es mit dem schwindenden Sommer im Canyon kühler wurde, beschleunigten wir unsere Bergungsaktion und transportierten Wildesel aller denkbaren Größen, Formen und Farben ab. Einer war sogar schneeweiß – der erste von dieser Farbe, den wir sahen. Außerdem war er ein noch junges Tier und hatte seinen eigenen Kopf. Der Name, auf den ich ihn taufte, ist bestimmt leicht zu erraten.

Zu Hause erwartete mich ein neues Problem. Es hatte sich aus einer Beobachtung ergeben, die ich im Frühjahr dieses Jahres gemacht hatte, als wir unser erstes schweres Gewitter erlebten. Eisbär hatte schreckliche Angst bekommen. Ähnlich schlimm war es für ihn am 4. Juli, unserem Nationalfeiertag, gewesen, als im Central Park eine Vielzahl von Feuerwerken abgebrannt wurde. Ein Gewitter aber war für ihn noch schlimmer. Schon lange, ehe es aufzog, wußte ich, daß sich irgendwo eines zusammenbraute, weil Eisbär verschwand. Dann, wenn es tatsächlich losbrach, ließ er sich durch nichts, was ich tat, beruhigen. Ich mochte ihn soweit wie möglich von jedem Fenster forttragen, in die hintersten Winkel des Einbauschranks in der Küche bringen, ich mochte die

Schranktür schließen, um möglichst viel von den akustischen und visuellen «special effects» von ihm fernzuhalten, ich mochte sogar mit meinen Händen seine kleinen Ohren abschirmen – es war alles vergebens. Im besten Fall wurde er ganz starr, im schlimmsten geriet er außer Rand und Band.

Eine meiner Bekannten, die Eisbär betreut hatte, als Marian und ich im Grand Canyon waren, und mit ihm zusammen ein Gewitter erlebt hatten, sagte nach meiner Rückkehr, ich müsse unbedingt etwas unternehmen. Sie schlug vor, einen Katzenpsychologen zu Rate zu ziehen.

Ich war bis dahin noch nie einem Katzenpsychologen begegnet. Zwar hatte ich Tierpsychologen der behavioristischen Schule kennengelernt, die mit den betreffenden Tieren ein Gehorsamstraining durchführten oder ihnen schlechte Angewohnheiten aberzogen. Doch ein Psychologe, der die Disziplin nur auf Katzen beschränkte, das war für mich etwas Neues unter der Sonne. Ich sagte zu meiner Bekannten, wenn es so jemanden gebe und er glaube, er könnte mit Eisbär eine Analyse oder etwas Ähnliches veranstalten, solle er sich etwas Neues einfallen lassen. Eher würde mein Kater den Psychologen analysieren als umgekehrt.

Doch störrisch wie die Esel, mit denen ich im Canyon zu tun gehabt hatte, wollte meine Bekannte ein Nein nicht akzeptieren. «Zunächst einmal», sagte sie, «ist es kein Er, sondern eine Sie. Und dann habe ich ihr bereits von Eisbär erzählt, und sie ist bereit, sich den Fall vorzunehmen.»

Ich zögerte noch immer und sagte, ich sei in Boston aufgewachsen und in Boston halte man von Analyse und Psychiatrie und alledem nicht sehr viel. Meine Bekannte sah mich nur stumm an. Trotzdem versprach ich ihr, wenn sie mir noch eine letzte Chance gäbe, selbst das Problem anzupacken, ich aber nichts ausrichten sollte, wäre ich bereit, die Psychologin aufzusuchen.

Wie schon so oft zog ich meine wachsende Katzenbibliothek zu Rate. In «Your Incredible Cat» von Dr. David Greene stieß ich auf etwas, das mir Hoffnung gab. Vielleicht ließ sich Eisbär durch Telepathie von seiner Gewitterangst heilen.

Als erstes sollte ich offenbar ermitteln, ob Eisbär rechts- oder linkspfotig war. «Wenn Ihre Katze linkspfotig ist», schrieb Dr. Greene, «stehen die Chancen gut, daß sie medial begabt ist.» Da der Autor sich darüber ausschwieg, wie ich das herausfinden könnte, beschloß ich, einfallsreich wie immer, mit Eisbär ein Ballspiel zu veranstalten, um zu sehen, ob er mehr mit der rechten oder mehr mit der linken Pfote nach dem Ball schlug. Ich warf den Ball zehnmal vor ihn hin. Sechsmal schlug er mit der linken und nur viermal mit der rechten Pfote. Ich frohlockte. Keine Frage, wir kamen voran. Jetzt blieb nur noch das Problem zu lösen, wie ich meine gewitterfreundliche Botschaft seiner gewitterfeindlichen Psyche übermitteln sollte. Nach Dr. Greene sollte dies anscheinend dann geschehen, wenn Eisbär saß, nicht lag.

Die Vorderbeine der Katze sollten ganz gerade stehen und das Hinterteil fest auf dem Boden ruhen. Bei dieser Position ist die Wahrscheinlichkeit am größten, daß sie einigermaßen entspannt, zugleich aber auch wach genug ist, um eine telepathische Botschaft aufnehmen zu können. Sie sollte von Ihnen wegblicken, der Kopf zwischen 90 und 120 Grad abgewandt sein, so daß es ihr unmöglich ist, auch nur kurz Ihren Gesichtsausdruck und Ihre Haltung zu erspähen, die beide den Test beeinträchtigende Aufschlüsse liefern könnten.

Wenn die Katze in die verkehrte Richtung blickt, verändern Sie lieber Ihre eigene Position, statt zu versuchen, sie in eine andere zu bringen, da dies unvermeidlich ihre Wachsamkeit verstärkt, und Untersuchungen haben ergeben, daß eine Katze in erregtem Zustand für übersinnliche Signale viel weniger empfänglich ist als in entspannter Verfassung.

Ich gab mir alle Mühe. Es war ungeheuer schwierig, Eisbär dazu zu bringen, daß er in einem Winkel von 90 bis 120 Grad von mir wegschaute – ich bin ja kein Mathematiker –, aber es gelang mir, ihn ans Fenster zu bugsieren, wo er Tauben sehen konnte. Er war großartig und schaute kein einziges Mal zu mir her.

Beim zweiten Schritt, wurde mir klar, kam es ganz auf mich an:

> Setzen Sie sich, machen Sie es sich gemütlich, entspannen Sie sich körperlich und lassen Sie die Gedanken bei irgendeinem angenehm ruhevollen Bild verweilen, vielleicht bei einer stillen ländlichen Szene oder bei einer Farbe, die das Gemüt besänftigt. Zuerst mag es Ihnen schwerfallen, ablenkende Gedanken fernzuhalten, aber mit ein bißchen Übung gibt sich das.
> Sobald Sie sich geistig und körperlich entspannt fühlen, stellen Sie mit einem Blick auf Ihre Uhr die Zeit fest und fixieren dann genau zehn Minuten Ihre Katze. Wichtig ist, daß Sie in dieser Phase keine Bewegung und kein Geräusch machen, damit die Aufmerksamkeit Ihrer Katze nicht durch andere als telepathische Mittel angezogen wird.
> Konzentrieren Sie Ihre Gedanken so intensiv wie möglich auf irgendein gemeinsames erfreuliches Erlebnis ...

Doch mit einem einzigen Tag solcher Exerzitien war es offenbar nicht getan:

> Wiederholen Sie im Lauf der folgenden Tage beziehungsweise Wochen diesen Test neunzehnmal und jedesmal zu einer anderen Tageszeit. Letzteres ist wichtig. Untersuchungen haben nämlich ergeben, daß Telepathie bei manchen Personen anscheinend am Abend und bei anderen gleich am Morgen kraftvoller wirkt. Diese Unterschiede

gehen offenbar auf die natürlichen zirkadianen Rhythmen des Körpers und die biochemischen Veränderungen zurück, die diese bei den geistigen und körperlichen Funktionen bewirken.

Ich hatte offen gestanden noch gar nichts von meinen zirkadianen Rhythmen gewußt, was immer das auch sein mochte, beschloß aber, diese neunzehn zusätzlichen Tests zu reduzieren; mit zwei, drei mehr, fand ich, sei es vollkommen getan.

Endlich war ich bereit, Eisbär meine Botschaft zu übermitteln. Ich teilte ihm mit, daß er fortan keine Angst mehr vor Gewittern habe – nicht?

Auf die Antwort mußte ich natürlich bis zum nächsten Gewitter warten. Leider erlebten wir geraume Zeit keines, und als dann endlich doch eines kam, fiel die Antwort laut und unmißverständlich aus. Eisbär erging es nicht nur nicht besser, sondern seine Angst war womöglich noch schlimmer geworden. Ich rief meine Bekannte an, erzählte ihr von meinen parapsychologischen Bemühungen und berichtete von dem enttäuschenden Ergebnis. Ich sagte ihr, daß Eisbär inzwischen schon verschwinde, ehe das Gewitter überhaupt New York erreicht habe. Jetzt verziehe er sich schon mit eingezogenem Schwanz in den Kücheneinbauschrank, wenn das Fernsehen melde, daß es in Baltimore regne.

Ich war zugegebenermaßen reif für die Katzenpsychologin. «Gut», sagte meine Bekannte, «ich werde mit ihr abmachen, daß sie am nächsten Samstagvormittag zu Ihnen kommt.» Dann fuhr sie nach einer Pause fort: «Und übrigens, lassen Sie sich von ihr nicht abschrecken. Sie kann es nicht sehr gut mit Leuten, aber zu Katzen ist sie wunderbar.»

Die Frau, die dann erschien, war von kräftiger Statur und einschüchterndem Wesen. Als sie ins Wohnzimmer hineinmarschierte, maß sie mich mit einem stahlharten Blick. «Wo sind wir?» fragte sie. Wir seien in meinem Wohnzimmer, teilte ich ihr mit. «Nein, nein», sagte sie ungehalten. «Wir. *Wir*. Wo ist der Kater?» Sie war offensichtlich eine dieser «Wir»-Frauen, wie man sie so oft nach ungemütlichen Operationen neben Krankenbetten lauern sieht, wo ihnen nichts Besseres einfällt, als die benebelten Patienten zu fragen, ob «wir» jetzt «unseren» Orangensaft möchten.

Eisbär hatte sich beim Erscheinen dieser Frau natürlich sofort auf seinen Posten unter dem Sofa zurückgezogen. Ich sagte, er sei direkt unter ihr, neben ihren Füßen. «Aha», sagte sie. «Nun, ich brauche uns jetzt noch nicht sofort. Zunächst einmal möchte ich mich mit Ihnen unterhalten, danach werde ich mit uns sprechen und zuletzt dann mit Ihnen beiden zusammen.»

Ich bemerkte, das höre sich ja fast wie nach einer Scheidung an; ich hätte nicht vor, mich von Eisbär scheiden zu lassen, sondern wolle ihm nur über seine Gewitterfurcht hinweghelfen.

«Wie Ihnen vielleicht bekannt ist», sagte sie, «bin ich Strukturpsychologin. Kennen Sie die Arbeiten von Dr. Watson?» Ich antwortete, nur indirekt, durch meine Bekanntschaft mit Sherlock Holmes. Das überhörte sie. «Nun ja, macht nichts», fuhr sie fort. «Jedenfalls glaubte er, durch die Anwendung der Verhaltenstherapie so allgemeine mentale Phänomene wie Denken und Fühlen in den Griff bekommen zu können.»

Ich nickte. «Mir», sprach sie weiter, «geht es um den Versuch, seinen Ansatz mit meinem eigenen zu kombinieren. Und hier in diesem Fall besteht unsere Aufgabe grundsätzlich darin, zwischen einer adaptiven Adaptation und einer nichtadaptiven Adaptation zu entscheiden, denn wir haben es eindeutig mit einer Situationsneurose zu tun, ohne Zweifel die Folge einer traumatischen Reaktion, die aus einer Persönlichkeitsstörung in der Kindheit resultiert – oder vielmehr in der Kätzchenheit. Soviel ich weiß, waren wir ein herrenloses

Tier, und daher wissen Sie wohl nicht sehr viel über unsere Kätzchenheit, oder?»

Ich bestätigte das. «Eine Charakterneurose», fuhr sie fort, als halte sie ein Seminar mit besonders begriffsstutzigen Studenten, «kann, wie eine traumatisierende Situation, eine Situationsneurose auslösen.»

Ich begann, die Geduld zu verlieren, und sagte, Eisbär habe einen durch und durch guten Charakter. «Aha», sagte die Frau wieder. Es war klar, daß das «Aha» gleich nach «wir» ihr zweiter Lieblingsausdruck war. Plötzlich griff sie in ihre Handtasche und förderte eine Kassette zutage. «Da ist ein Gewitter drauf», sagte sie. «Haben Sie einen Recorder?» Ich bejahte die Frage. Sie reichte mir die Kassette und ließ sich dann auf Hände und Knie nieder. «Ich möchte sehen, wie wir darauf reagieren», sagte sie. «Haben Sie eine Taschenlampe?»

Es war keine Video-, sondern nur eine Tonbandkassette, wie eine dieser Platten zum Einschlafen, die manche Leute auflegen, um sanfte Meeresgeräusche oder leise Musik zu hören, nur daß in diesem Fall das genaue Gegenteil zu vernehmen war. Beinahe sofort füllte sich das Zimmer mit einem dröhnenden, brüllenden Getöse, begleitet von Donnerschlägen und grellem Knistern, das offenkundig Blitze simulieren sollte. Schon beim ersten Donnerhall und noch vor dem ersten Blitzeinschlag schoß Eisbär unter dem Sofa hervor. Er riß ihr beinahe die Taschenlampe aus den Händen und fetzte im Höchsttempo zum Einbauschrank in der Küche. «O je», sagte die Psychologin, erhob sich rasch und sah ihm nach. «Das gefällt uns aber nicht, was?» – «Nein, sagte ich grimmig, «es gefällt uns nicht.» Ich wollte sie aufhalten, doch sie stieg in den Schrank und versuchte, den Kater zu erwischen, was ihr jedoch nicht gelang. Das Nächste, was ich sah, war, wie Eisbär zum Schlafzimmer flitzte und in wilder Jagd die Frau hinterher.

Zum Glück war gleich darauf ihr mitgebrachtes Gewitter zu Ende, und ich mußte nicht lange warten, bis sie wieder erschien. «Wir sind zum Fenster hinaus», sagte sie. «Ich habe gesehen, wohin, wollte aber nicht auch hinaussteigen.»

Ich sagte, das sei ein kluger Entschluß gewesen; Eisbär habe sich auf seinen Balkon geflüchtet, den er als eine Art Refugium betrachte, aber wenn er sich erst beruhigt habe, wäre dort draußen vielleicht der geeignete Ort für ein Gespräch mit ihm.

Die Frau stimmte mir zu, nahm mir aber das Versprechen ab, zu bleiben, wo ich war. Doch schon sehr bald war sie wieder zurück. «Na ja», sagte sie, «sehr kommunikationsfreudig sind wir ja nicht gerade, nicht wahr?»

Ich widersprach. Was sie denn erwartet habe, wollte ich wissen – Ronald Reagan? Ich erklärte ihr, zumindest mir gegenüber sei Eisbär auf seine Art durchaus mitteilsam. «Aha», sagte sie, «und wie, wenn ich fragen darf, kommunizieren wir mit Ihnen?»

Ich bemerkte einen scharfen Unterton in ihrer Stimme, hielt aber die Stellung. «Wir sprechen miteinander», sagte ich.

«Wir sprechen?» fragte sie. «Sie wollen sagen, *Sie* sprechen.»

«Nein», sagte ich mit gleicher Festigkeit, «wir sprechen beide. Ich mit ihm und er mit mir.»

«Sie wollen sagen, *wir* sprechen mit Ihnen?» wiederholte sie. Ich merkte, daß der Unterton noch schärfer geworden war, und antwortete, ja, das täten wir sehr wohl.

«Mr. Amory», sagte sie leise, «Katzen sprechen nicht.»

Ich fragte sie, wenn es sich so verhalte, warum sie dann auf den Balkon gegangen sei, um mit Eisbär zu reden.

«*Ich* habe gesprochen», versetzte sie streng, «nicht wir. Wir sprechen nicht. Was ich von uns bekomme, sind sprechende Bilder.»

Dann sei das also, fragte ich, so ähnlich wie im Fernsehen. Sie nickte. «Und das bringt mich auf die Frage, ob wir fernsehen», sagte sie.

Ich schüttelte den Kopf und lächelte sie zum erstenmal an. Ich fände, sagte ich, das Fernsehen sei zu einseitig für Eisbär: In den Sendungen kämen alle möglichen Hunde, nie aber Katzen vor, nicht einmal in Familiensendungen. Katzen dürften nur in Werbespots auftreten und Katzenfutter anpreisen.

«Verbringen wir viel Zeit vor dem Spiegel?» fragte die Frau. Ich erwiderte, er tue nichts dergleichen; er sei überhaupt nicht eitel und außerdem glaube er, wenn er sich im Spiegel sehe, es handle sich um eine andere Katze. Und das gefalle ihm nicht, weil er eine Einzelkatze sein wolle. Das griff die Psychologin sofort auf. «Wollen Sie behaupten», fragte sie, «daß er überhaupt keine anderen Katzen toleriert?» Es falle ihm nicht leicht, gab ich zu.

»Aha», sagte sie. «Und Sie leben allein, wenn ich es recht sehe.» Ich nickte. «Ich denke», fuhr sie fort, «daß wir dem Problem allmählich auf die Spur kommen. Wissen Sie, das sprechende Bild, das ich dort draußen von uns bekam, war ein ganz eindeutiges Rot.»

«Rot?» fragte ich. Alle Katzen seien doch farbenblind. Sie schüttelte den Kopf.

«Nein, die neuesten Befunde sprechen dafür, daß sie es nicht sind. Sie sehen verschiedene Farbtöne, und Rot bezeichnet etwas ganz Spezielles.»

Ich hätte gern bemerkt, wenn Eisbär rot sehe, dann sei er meiner Meinung nach zornig. Und wäre ihm das zu verdenken? Schließlich hatte sie ein Gewitter abgespielt und ihn dann auf den Balkon hinausgejagt, wohin er nie ging, wenn ein wirkliches Gewitter tobte. Und als er dort draußen war, hatte er feststellen müssen, daß es gar keines gab, sondern daß sie einfach eines erfunden hatte.

Während mich diese Gedanken beschäftigten, entging mir einiges von dem, was sie sagte, aber das Ende bekam ich wieder mit. «Die Farbe Rot», dozierte sie, «ist in der Regel ein Hinweis darauf, daß das, was uns bedrückt, etwas mit unserem Besitzer zu tun hat. Ich möchte Sie jetzt etwas fragen. Fürchten Sie sich vor Gewittern?» Ich verneinte und sagte, wenn Sie glauben sollte, ich hätte Eisbär die Gewitterangst eingeflößt, befände sie sich auf dem Holzweg. «Sie haben sie uns vielleicht nicht eingeflößt», entgegnete sie ruhig. «Vielleicht bekamen wir sie schon als kleines Kätzchen. Aber Sie haben sie zutage gefördert und verstärkt.»

Wie ich das getan haben könnte, wollte ich wissen. «Es ist Ihnen wahrscheinlich nicht bewußt», antwortete sie darauf, «aber Sie haben sehr wohl Angst vor Gewittern. Und wenn aus keinem anderen Grund, als weil Sie wissen, daß sie uns angst machen.»

Ich schwieg. Die Katzenpsychologin erhob sich. «Schön», sagte sie, «das genügt wohl für unseren ersten Termin. Wir werden eine nichtadaptive Adaptation durchführen. Ich möchte, daß Sie beim nächstenmal nicht auf das Gewitter achten, und vor allem möchte ich, daß Sie in keiner Weise darauf achten, wie wir darauf reagieren.»

Meine Bekannte hatte mir ein psychologisches Wörterbuch besorgt, und nachdem die Frau gegangen war, schlug ich «adaptive» und «nichtadaptive Adaptation» nach. Ich verstand die Erklärungen nicht. Doch bald darauf stieß ich auf die Definition des «Aha» oder «Aha-Erlebnisses.» Das Wörterbuch erklärte es als «die Reaktion im Augenblick der Einsicht in problemlösende Zusammenhänge».

Nun war es an mir, aha zu sagen. Die Lösung meines Problems mit Eisbär lag in einem letzten Kompromiß zwischen ihm und mir: Wenn er verspreche, sich bei einem Gewitter etwas mehr zusammenzunehmen, würde ich versprechen, die Katzenpsychologin nicht mehr kommen zu lassen.

Und ich hielt mein Versprechen. Ich fand mich allerdings nicht bereit, eine Gewohnheit abzulegen, die immer wieder Anlaß geliefert hatte, daß Eisbär und ich uns in die Haare gerieten. Dabei ging es nur darum, daß ich hin und wieder eine

Party gab. Einladungen waren ihm verhaßt. Daß eine solche im Anzug war, spürte er schon lange vor dem Eintreffen des netten jungen Paares, das gewöhnlich die Speisen und Getränke lieferte. Ich bin nie dahintergekommen, wie er das anstellte – ob es die plötzlich zunehmenden Anrufe waren, ob es davon kam, daß Marian Möbelstücke umstellte und Blumen brachte oder ob ihm ein extralanger Krieg gegen Rosa und den Staubsauger einen Tip gab. Aber was es auch war, wenn der Tag der Party kam und die Speisen und Getränke eintrafen, war Eisbär bereit, seine Nummer abzuziehen.

Während sich das junge Paar in der Küche zu schaffen machte und ich den beiden aus dem Wohnzimmer hilfreiche Ratschläge erteilte, schritt Eisbär vor mir auf und ab und verharrte bei jeder Kehrtwendung gerade lange genug, um mir einen vernichtenden Blick zuzuwerfen. «Du weißt ganz genau», pflegte er unsere Zwiesprache zu beginnen, «was mir das letztemal passierte, als du eine Party gabst.»

Da ich diese Ansprache schon mehrmals gehört hatte, war ich nicht in der Stimmung, sie noch einmal über mich ergehen zu lassen, und deshalb unterbrach ich ihn. Ja, ich wisse, was ihm passiert sei, erklärte ich. Im selben Augenblick, als der erste Gast erschien, hatte Eisbär sich unters Bett verkrochen, und hervorgekommen war er erst wieder, als sich der letzte Gast verabschiedet hatte.

Nun unterbrach er seinerseits mich. «Ich spreche nicht davon, wo ich glücklicherweise eine Zuflucht fand», sagte er, «sondern von dem, was nachher geschah. Du hast es vermutlich vergessen, aber ich stand mindestens drei Tage an der Schwelle des Todes.»

Ich sagte, daß er hirnverbrannten Blödsinn daherrede. Es sei ihm bestens gegangen, nur habe er sich krank gestellt, weil er geglaubt habe, ich hätte die Party absichtlich gegeben, um ihn krank zu machen.

«Und die mir, ob du es weißt oder nicht», unterbrach er

mich abermals, «wahrscheinlich mein kleines, kurzes Leben verkürzt hat.»

Wenn er darauf anspielte, fand ich immer, daß das wirklich unter die Gürtellinie gezielt sei. Wir redeten, erwiderte ich, nicht über die Kürze des Lebens von weiß Gott wem. Worüber wir redeten oder zumindest reden sollten, sei die Tatsache, daß ich hin und wieder eine Party gebe, weil ich mich eben dafür revanchieren wolle, daß Leute mich netterweise zu ihren eigenen Partys eingeladen hatten.

Natürlich gab er sich nicht die geringste Mühe, das zu verstehen. In seinen Augen bestand keine Notwendigkeit, Partys zu geben, um sich Leuten erkenntlich zu zeigen, die mich zu ihren eingeladen hatten, ja er sah nicht einmal ein, warum ich überhaupt zu ihren Partys ging. Statt dessen sollte ich, zumindest höflichkeitshalber, die letzten Abende, die ihm hienieden wahrscheinlich noch beschieden waren, in meinem eigenen Heim verbringen, allein mit ihm.

Darauf erklärte ich ihm, daß ich von diesem Gejammer einfach nichts mehr hören könne. Ich pflegte auch hinzuzufügen, daß er höchstenfalls zwei Jahre alt sei und noch die zehnfache Zeit vor sich habe, falls er nicht entschlossen sei, sich durch seine bodenlose Sturheit alle möglichen Nervenleiden zuzuziehen, die ihn tatsächlich vor der Zeit ins Grab bringen könnten. Aber, warnte ich ihn, sollte es dahin kommen, dann wäre daran nicht ich, sondern er ganz allein schuld.

Schließlich sagte ich zu ihm, ich hätte doch angenommen, er werde zur kommenden Party keine so lächerliche Haltung einnehmen, wie er es bei meinen früheren Einladungen getan habe. Immerhin jähre sich der Tag, an dem ich ihn von der Straße geholt hatte, und ich fände, ich hätte immerhin ein Recht darauf, mir etwas Erfreulicheres zu erwarten als seine alte Nummer, sich unsichtbar zu machen. Ich gab freimütig zu, daß zu der Party vielleicht ein paar neue Gesichter erscheinen würden, aber er werde auch viele ihm bereits bekannte schen – Leute wie etwa Sergeant Dwork, meinen Bruder und seine Frau und sogar Mrs. Wills. Außer diesen würden auch Leute kommen, die er viel besser kenne: Meine Tochter Gaea, meine Enkelin Zoe, Jeanne Adlon und Caroline Thompson, die ihm die Katzenminze mitgebracht hatte. Sogar ein paar seiner alten Freunde aus Kalifornien, wie beispielsweise Paula Deats, würden erscheinen.

Ich legte ihm alles sehr genau dar, und als der erste Gast eintraf, hatte ich noch eine gewisse Hoffnung. Doch sie zerschlug sich, als das zweite Paar an der Wohnungstür klingelte. Eisbär hatte sich verdrückt.

Marian und ich dachten uns ein System aus, wie wir, während die Leute kamen und gingen, die Tür im Auge behalten und verhindern könnten, daß er sich gleichfalls absetzte. Und gelegentlich und so unauffällig wie möglich linsten wir unters Bett, um uns zu vergewissern, daß er noch dort war. Leider waren meine Kontrollblicke nicht unauffällig genug, um dem scharfen Auge von Walter Cronkite, dem bekannten Fernsehkommentator und Journalisten, zu entgehen. Er wollte wissen, was ich da täte.

Ich drehte mich um, schaute zu ihm auf und gestand ihm, daß ich nach meiner Katze gesehen hätte. Walter liebt Katzen und hatte zu jener Zeit selbst eine: Seine Tochter hatte ihm das Tier vorübergehend in Obhut gegeben, aber Walter hatte sich so sehr daran gewöhnt, daß er es nicht mehr hergab. «Eine Katze?» fragte er. «Sie haben eine Katze? Wie heißt sie denn?» Er kauerte sich neben mich vor das Bett und spähte gleichfalls darunter. «Hei, Eisbär», sagte er lockend. «Komm her, Eisbär!»

Mochte Walter Cronkite auch in ebendiesem Jahr von einer großen Mehrheit des amerikanischen Fernsehpublikums zum «vertrauenswürdigsten Mann» gewählt worden sein, für meinen Kater bedeutete eine solche Auszeichnung nichts. Walter war für ihn einfach ein neues Gesicht, und Eisbär drückte sich, falls das möglich war, noch dichter an die Wand hinter dem Bett.

Doch als Walter und ich uns hochrappelten, stießen wir ungeschickterweise gegen das Schachbrett, das ich auf einem Tischchen im Schlafzimmer deponiert hatte und an dem Mr. George S. Scott in ein titanisches Ringen gegen eine Gegnerin vertieft war, die ich eigens für ihn ausgesucht hatte – eine junge Frau, die hohes Ansehen als Turnierspielerin genoß. George, der Eisbär schon kannte, wurde plötzlich aufmerksam und wollte wissen, wo der Kater sei. Ich deutete hilflos unters Bett. «Was zum Teufel soll das denn heißen, er ist unterm Bett?» fragte George. «Er kann doch nicht den ganzen Abend dort unten verbringen!» Kurzerhand und in jenem berühmten schnarrenden Ton, mit dem er im Film «Patton» die Dritte Armee in den Kampf geschickt hatte, erteilte er nun Eisbär seinen Marschbefehl. «Los, Eisbär, komm hierher!»

Ich lächelte George mitleidig an. Katzen, so klärte ich ihn auf, hörten auf so etwas nicht. Nur Hunde. Georges eigener Hund, die Bulldogge Max, vermutlich auch. Katzen aber nie, und schon gar nicht Eisbär. Er werde einfach nicht...

«Er wird einfach nicht – *was?*» fragte George in scheinheilig-mildem Ton. Denn just in diesem Augenblick und höchst nonchalant wirkend war Eisbär zum Vorschein gekommen. Er schritt zu George hin, streckte sich, und dann, vor aller Augen, salutierte er gewissermaßen.

Es war nur ein weiterer Beweis, falls ein solcher gebraucht wurde, daß seine Innenpolitik – wie seine Außenpolitik – ihre Ausnahmen hatte.

Als ich am folgenden Morgen erwachte, stand Eisbär auf dem Bettvorleger und betrachtete mich angelegentlich. Ich sah sofort, daß er nicht seine am Tag nach einer Party übliche Nummer «an der Schwelle des Todes» abzog. Entweder hatte er aus Vergeßlichkeit nicht daran gedacht oder, Wunder aller Wunder, er gewöhnte sich langsam tatsächlich daran, daß es hin und wieder eine Einladung gab.

Er stand in beinahe der gleichen Haltung da wie an jenem Weihnachtsmorgen ein Jahr vorher, und er sah mich auch beinahe genauso an wie damals. Doch inzwischen war er ein Kater, der sich sehr verändert hatte. Anstelle des dürren, verletzten und verängstigten Tiers, das beschlossen hatte, mit mir sein Glück zu versuchen, stand da ein Kater von hinreißender Schönheit, mit glänzendem Fell und feist – oder vielmehr, berichtigte ich mich, stattlich –, und seine hellgrünen Augen schauten mich mit einem langen, zufriedenen Blick an. Wenn meine Ohren mich nicht trogen, schnurrte er.

Ich lag da und sah ihn nachdenklich an – und dachte an die unglaubliche Veränderung, die er in mein Leben gebracht hatte. Doch als ich den Blick nicht von ihm ließ, hörte er auf zu schnurren. Die Augen verengten sich langsam, und sein Schwanz begann zu zucken. Gefühle, gab er mir klar zu verstehen, seien ja schön und gut, doch erwachsene Individuen sollten sich nicht zu sehr gehenlassen. Partys hin oder her, das Leben gehe weiter, und wolle ich denn nicht aus dem Bett steigen und ihm sein Frühstück machen? Und für den Fall, daß mir nicht ganz klar war, was er wollte, setzte er seine Stimme ein.

«AJAU!» sagte er.

«Was heißt da ‹ajau›?» antwortete ich, als ich ihn auf dem Weg in die Küche hochhob. «Fröhliche Weihnachten!»

## *Schlußwort*

Alles, was ich in diesem Buch geschildert habe, spielte sich während des ersten Jahres ab, das Eisbär bei mir verbrachte. Und das liegt jetzt, während ich diese Zeilen schreibe, schon fast ein Jahrzehnt zurück.

Ich weiß natürlich, daß in den meisten Büchern mit einem Tier als Mittelpunkt dieses Tier am Ende stirbt. Auf Eisbär trifft das gottlob nicht zu. Er lebt und ist, danke für die Nachfrage, putzmunter. Weder er selbst noch ich betrachten ihn als einen alten Kater. Wenn irgendein junger Gernegroß daherkommt und es nötig wird, auf die Rangordnung zu verweisen, benutzen wir vielleicht den Ausdruck «gereift», nie aber «alt».

Eisbär ist heute ein Katzensenior, mit all den Rechten und Privilegien, die sich mit diesem Titel verbinden. Er fährt zwar nicht zu einem ermäßigten Fahrpreis im Bus und zahlt auch fürs Kino nicht weniger – aber nur, weil er überhaupt nicht gerne reist und weil ihm die meisten modernen Filme ohnehin nicht zusagen würden.

In mancher Hinsicht ist er, wie ja vielleicht auch sein Biograph, allmählich immer mehr zum Brummbär geworden. Er empfindet zum Beispiel sehr stark, daß in unserem Leben viele Veränderungen eingetreten sind, und nicht in jedem Fall zum Bessern. Er hat zu viele Beispiele von schlechtem Service, unnötiger Bevormundung, mangelndem Respekt und, in Werbespots, das immer wiederkehrende Ärgernis von schauspielernden jungen Katzen erlebt, die ihr Handwerk nicht gelernt haben. Doch zugleich ist er in anderen Bereichen, von denen in diesem Buch die Rede war, weniger kritisch geworden.

Das betrifft unter anderem herrenlose Tiere, die sich vorübergehend bei uns aufhalten. Ich will nicht behaupten, daß er sie mit inniger Freude begrüßt, doch heute legt er ihnen gegenüber wenigstens mehr philosophische Gelassenheit an den Tag als damals, in jenem ersten Jahr.

Ich habe auch eine gewisse – *gewisse* – Verbesserung an seinem Verhalten gegenüber neuen Leuten festgestellt. Wenn er beispielsweise besonders gemütlich auf dem Sofa liegt und es erscheint ein neues Gesicht, macht er sich heute oft nicht einmal die Mühe, wie ein Blitz herabzuspringen und sich unterm Sofa zu verstecken. Ich würde dem gerne hinzufügen, daß ich ähnliche positive Veränderungen an seiner Einstellung zum Reisen, gegenüber Schlankheitskuren, Fitneßprogrammen, großen und geräuschvollen Partys, Gewittern oder sogar gegenüber dem Staubsauger erlebt hätte, doch das hieße, sich an der Wahrheit zu versündigen. In all diesen genannten Punkten ist er nach wie vor unverbesserlich.

Man könnte sagen, daß ich ihn in diesem Buch ausgiebig durch den Kakao gezogen habe – aber er hat das umgekehrt auch getan. Tatsache bleibt, daß wir beide, wenn wir uns über einander lustig machten, viel Spaß zusammen erlebt haben. Und das gilt hoffentlich auch für jene meiner Leser, die mit ihren Tieren sicher Ähnliches erlebt haben.

Noch mehr aber hoffe ich, daß diejenigen Leser, die noch nie ein Tier hatten, in das nächste Tierheim eilen und eines der Geschöpfe dort adoptieren werden. Sie werden feststellen, daß das Tier ihnen jeden Tag ihres Lebens nicht nur Freude bereiten, sondern auch jene ganz eigene Liebe schenken wird, die, wie ich eingangs sagte, nur jene erfahren, die das Glück hatten, jemals Eigentum einer Katze gewesen zu sein.

*Inhalt*

 1 Die Rettung                5
 2 Die Entscheidung          21
 3 Der große Kompromiß       37
 4 Bei der Tierärztin        51
 5 Seine Wurzeln             71
 6 Eine knifflige Frage      89
 7 In Hollywood             109
 8 Sein Fitneßprogramm      135
 9 Seine Außenpolitik       163
10 Seine Innenpolitik       193
   Schlußwort               221